—————— 阅读之前 没有真相

午夜文库

长安异闻录2

远宁 著

新 星 出 版 社　NEW STAR PRESS

目 录

1	上部　骊宫惊梦
167	下部　雨落马嵬

上部　骊宫惊梦

序

"'九五,飞龙在天,利见大人。'这卦象若是真的,那么一切都要慢慢布置起来了。虽然如今那孩子如潜龙在渊,希望他终有一日能飞龙在天!"

"这里叫狱池,其实真的……通向地狱。"

"这书院看似是离天最近的地方,却不是老天爷开眼的所在。"

一

人说远望长安城堆锦积秀，其实指的就是骊山的东西绣岭——不仅风景如画，而且有温泉，实在是人间的洞天福地，难怪皇家会把华清宫修建在这里。

此时东绣岭的山间小路上，有一行人在匆匆赶路。

他们走的地方山势陡峭，有些地方怪石嶙峋、犬牙交错，只有一线石阶如羊肠在山间曲折弯绕，四处都是郁郁葱葱的林木。行了不久，只见在那苍松老桧之间露出了一角碧瓦飞甍，偶尔还可见氤氲的香烟直飘天际，而那正是他们此行的目的地——骊山书院。

"这书院为何非要建在山顶？"史无名气喘吁吁，忍不住一面走一面抱怨。

"因为那里与天接近，有接近天子之意，而且爬山也算得上一种修行。"走在前面的李忠卿随口回答，随后停下脚步看了一眼身后的史无名，忍不住揶揄了一句，"走几步路便气喘吁吁，你这身子骨也太差了点儿。"

"瞧你这话说的，这么多年了，你什么时候见过我喜欢运动？"史无名朝天翻了个白眼，叹了口气，"如果可以，我宁愿整天看书，和猫一起打瞌睡，断不会到这里爬山受罪！"

"如此四体不勤下去可不行，你要多锻炼。"李忠卿在陡峭的崖边伸出手拉了史无名一把，觉得这书呆子弱的可以，颇有些担忧。

"知道了，多谢。"史无名没有诚意地敷衍了一句，然后又殷殷叮嘱他，"忠卿，我现在的身份是要赶考的举子，也是柳家的小郎君，你是伯父派来盯着我的管家，可千万别露了馅儿！"

"放心，不会。"李忠卿哼了一声，觉得这叮嘱简直多此一举，他盯史无名从小盯到大，什么时候出过问题了？

而且一提到赶考，李忠卿就觉得心情忿忿，他和史无名分开最久的日子大概就是史无名入京师赶考的那两年了，然而两年后在京城再相遇，却被史无名避而不见，此事一直都是李忠卿心中之恨，有机会便拿出来翻翻旧账①。

"你那不是武举嘛。"史无名闻言讪讪一笑，"而且你家在京师也有镖局，有吃有喝有住，又没吃什么苦。"

"是没吃什么苦，只是心苦，因为当年有人在京师见到我就跑。"李忠卿有些刻薄地说。

"哎呀，君子胸怀四海，何必老对一件事耿耿于怀？"史无名笑眯眯地推了李忠卿一把，让他不要一直翻旧账。

"知道了，快走吧。"

若是在五十年前，史无名他们无论如何也不可能登上这里。那时候从西绣岭的烽火台到石瓮寺的范围都属于华清宫，有重重卫士把守，人靠近一点都要被驱走，但如今只剩下眼前这一片寂静的山林罢了。

物是人非，怎能不让人唏嘘。

"荒废了有些可惜，这里的温泉实在不错。"史无名往山下看了一眼，有些遗憾，这里清静，又少有人来，确实是休养避世的好去处。

---

① 原因见《长安异闻录》第一部。

"那我们可以在下面买个宅子，听说许多人都想卖了这里的私宅，价格也不贵。"李忠卿闻言说道。

昔年在玄宗朝，为了和天子更接近，许多达官贵人都在附近置购了产业。可是一朝天子一朝臣，后来的帝王把这里视作不吉之地不再临幸，而在战火中被损坏的华清宫也没得到及时修缮，到了如今处于无人打理的状态，有些地方只剩肉眼可见的断壁残垣。皇家行宫亦如此，附近达官贵人们的别院私宅便更是门可罗雀，有的甚至直接废弃了，还有很多住宅都亟待出售。

不得不说，李忠卿的建议让史无名有点心动，他也考虑了一下自己钱袋子的近况——确实不是很丰盈，难道自己要再偷偷写点什么赚钱……等等，打住。

史无名有点心虚地瞅了瞅前面的李忠卿，偷偷匿名写传奇卖给书商这种事情还是不要让人知道了。

"那也要案子办完后才行，现在才好不容易爬上来呢！"史无名嘀咕了一句。

"就怕办完了案子，就没什么心思看宅子了。"李忠卿叹了口气。

"咦，为什么？"史无名一愣。

"若是这案子真的有太多龃龉，你我得罪了上峰，最终被赶出长安，那还谈什么大好的温泉宅？"

听到这句话，史无名也不由得叹了口气。李忠卿说的也是实情，他们来此处是为了一件极为要紧的案子，而且个中关系十分复杂。

"大家看，这边可以看到华清宫的全貌。"这时，队伍里有个人指着山下兴奋地说道。

一行人顺着他手指的方向望去，葱茏的树林中，可以看到亭台楼阁掩映其间。它们有的在远处的山顶，有的在半山腰，而到了山脚，宫殿群更是鳞次栉比。这些朱墙金边、阔门广殿的建筑宛若繁花锦绣点缀在骊山之上。若是在玄宗朝，那可能是最为热闹繁华的地方，不像如今，冷冷清清，没有一丝人间的烟火气。

"可惜我等无缘见到玄宗朝时的盛况。"有人不禁感叹。

"是啊，太多东西都消弭于战火。"史无名也忍不住唏嘘，战争给世间带来的伤害太大了，他往山下眺望，指向其中的一座建筑，"那里应该就是按歌台，曾经是梨园子弟排练歌舞的地方。"

按歌台是一个很宽阔的舞台，据说能工巧匠下了很多功夫，有机关供表演者升降、出入舞台，周围还有亭台轩榭以供观众欣赏使用。从山上看去，夕阳之下，那些舞榭歌台似乎默默述说着曾经的辉煌和发生在那里的歌舞风流，只可惜那些往事早已经被雨打风吹而去，如今已物是人非了。

"这么推算，这边的宫殿是长生殿，那边就应该是梨园旧址。"

华清宫东墙外是梨园，玄宗皇帝、贵妃与梨园弟子们曾常在此歌舞娱乐。如今还能看到那片郁郁葱葱的梨树，但是往昔的繁华锦绣都随着帝王的逝去变得一片死寂，而后来的帝王也把这里视为不祥之地——因为先帝沉迷于享乐，导致国之大祸，这里又怎么能算得上好地方？

"'七月七日长生殿，夜半无人私语时'。既然那里早已被废弃，那么又是谁在那里长夜歌舞呢？"一个随从轻声问道。

听到这个问题，史无名的面色沉下来，因为这是他们来这里的原因之一。

前一段时间华清宫里发生了一件可怕的案子。

最近这一两年来，此地的百姓曾多次在深夜看到华清宫的某一隅突然燃起灯火——有人在其中宴饮欢聚，语笑晏晏，一副歌舞升平的景象，宛如当年一般奢靡繁华。

如今在华清宫里留守的只有几个年老的宫女太监，出了这样的事情，他们早就被吓了个半死，也不敢去查看，只是每日烧香拜佛过日子。因为也有人曾经壮着胆子去探查过一次，可是等他们到了那里，刚刚发生的种种景象就像一个朝露一样的梦境，遇到阳光后就无处可寻了。

于是事情就慢慢往鬼神之说上发展了。

最为常见的说法便是"鬼娘子"在宴饮游乐，其中的昔日风光，就宛如海市蜃楼，过眼云烟，可望而不可即。

"鬼娘子"指的便是昔年的杨贵妃，这位最美最荣耀的女人在世时，宫中上下都尊称其为"娘子"，待遇等同皇后。只是可惜生前有多荣耀，死时便有多凄凉。所以大家都觉得她心头有着无尽怨气，多年后依然在此徘徊不去。

既然闹鬼便要做法事。当今圣上虽然心里烦着华清宫这地方，但是出了事情又不能不管，便把这事情交给了司天监。

司天监去了也没查出什么，只是顺水推舟做了一场大法事便回去了。

只可惜法事也没起什么安抚作用，事情反而闹得更凶了——大概在半个月前，有一个在骊山书院读书的学子莫名死在了按歌台上，死状恐怖，尸体只剩下白骨和衣物，把发现尸体的老宫女直接吓得当场晕厥。

出了人命，下面的人不敢隐瞒，便又层层报了上去。

二

当今天子为此事头痛不已，随后便把大理寺的人招了去。

可让大理寺卿和苏雪楼心感莫名的是，皇帝只是说了几句华清宫这边的异象，就把话题转移到杜绝朝臣结党营私上去了。

结党营私在历朝历代都是皇帝的禁忌，有王叔文的例子在前，那时闹得朝野震荡，人人自危，皇帝自然不喜。但是大理寺卿和苏雪楼却觉得无语——作为臣子，谁和谁私下走得近是他们各自的选择，谁还不能有个朋友呢？就算有人被皇帝抓到了小辫子，整顿吏治也该是吏部的事情，和大理寺有什么相干？

而事情到了最后，他们才算明白过来，因为皇帝也不确定这件事是真是假，姑且只算是猜疑。

因为没抓住实证，而帝王又对吏部生了疑心，所以抱着宁可杀错不可放过的心思让大理寺去查。可他若是明明白白地说清楚去查谁便也罢了，偏偏态度又十分模糊，只是指给大理寺一个地方——骊山书院。因为他听说从这里出来的人高中的概率特别大，几乎所有人都能榜上有名。而这些人有同窗之谊，再一起高中皇榜，长此以往，很容易结党营私。

皇帝自顾自地说，大理寺卿和苏雪楼双双听得头痛，从一开始，腹诽就没停过。

"保不齐那些高中的人就是被文昌帝君眷顾了呢？有同窗之谊必然会比别人走得近些，难道还让人彼此装作不认识吗？国内书院多着呢，有同窗之谊的人多着呢，难道都结党营私？皇上您到底想干什么就直接说，别绕圈子了！"

"皇上不会怀疑这些人都能考上是作弊吧？可是要怪，就怪前朝定下的科考规矩，让如今的录取有许多漏洞可钻！"

"得罪人的事情干吗总是让大理寺去干！"

……

诚然，唐朝的科举录取方式确实存在一定的弊病。

首先是士子可以投牒自举，或者由朝中官员来举荐人才。这确实能够使得一些优秀人才脱颖而出，也曾经收到了很好的效果。但是这种手段也有太多不公平之处，因为不是每个有才华的士子都有机会被推荐——毕竟不是每个人都有门路能结识豪门，并得到权贵赏识。

不过因为朝中各种派系的斗争，方方面面的利益纠葛太多，所以权贵们推荐时都有自身的考虑和权衡——他们可能因为想要壮大自身的势力而提拔自己派系的人，就算那个人胸无点墨；又或者极力打压对方派系要提拔的人，即使那个人满腹经纶。而且武后那一朝取消了试卷糊名，这也为营私舞弊创造了机会——不是所有的主考官都会出于公正的心态去选拔人才，他们会根据自己的派系或者喜好去择人录取。不看才华而是看关系的亲疏远近，让许多真正的人才不能进入朝廷效力，造成了人才的浪费。

"此种考试方法的弊端，皇帝自然知道，然而如今却突然发作，非说某个地方出来的人有问题，倒是有点借题发挥的意思。"史无名听完了苏雪楼的抱怨后说。

"是，当今天子的位置看着是稳了，不似当年，但实际上依然处境艰难。如今朝廷百废待兴，陛下还想对各节度使动手，而此时如果再有人作乱添堵，他自然会想要发作。"苏雪楼感慨颇多，"这种既可以举荐又可以在考试中给考生提供某种方便的官员，职位绝对不会低。看来是皇帝想要发落他，所以要以这件事为由头。"

"皇帝想发落谁？"史无名直接问道。

"王阁老。"苏雪楼低声说。

"他？为什么？"史无名有些意外，这可是位饱受恩宠的人物，他如何得罪了陛下？

"因为他的孙子王无咎就在骊山书院寄读，陛下认为骊山书院背后的资助者是王阁老，而王无咎在那里读书是为了替他祖父网罗党羽。"

"王无咎是王阁老的孙子？"

史无名认识的王阁老的孙子只有一个，就是王家的嫡孙。这个年轻人很得人缘，年纪轻轻就已经做了官，和史无名偶尔在公务上还有所往来，自然不可能在什么骊山书院读书。

虽然王家也分嫡出和庶出，但是王阁老有多少子孙史无名还算清楚，从未听说他还有个孙子被送到了这里。

"不受欢迎的孩子会被冷落或者刻意抹杀，这种情况在高门大户人家里并不鲜见。实话说，我也是第一次听说王阁老还有这么一个孙子。"苏雪楼倒是没觉得有什么意外，"听说他是个私生子，一直养在郭夫人的家乡那边，后来年纪大了便被送回了长安，却不为长辈所喜，在几年前又被送到了骊山书院。"

"永贞元年被送到书院的？"史无名翻了翻情报资料，看到这个时间点忍不住眉心跳了跳。那是他很难忘记的一年，也是很多人都无法忘记的一年——朝堂动荡，连换了三位皇帝，怎么可能是寻常的一年？

"他的父亲是王阁老的小儿子，而母亲是郭子仪的小女儿？"

"对，虽然是记在郭夫人的名下，但实际情况是其母不详，否则这么高贵的出身不早就被王家推到人前了？他出生的时候郭小姐还在待字闺中，所以你能理解为什么王无咎为长辈所不容了吧？郭子仪的女儿是什么人，就算记在她的名下，她又怎么能容忍丈夫在婚前的孩子？一进门就当娘，这可是莫大的羞辱啊！"

"可我怎么听说他们两口子感情不错，而且郭夫人还把这孩子放到自己娘家去抚养。"

"我的小无名啊，这种举动也许只是一块为了两家颜面的遮羞布，或者说郭夫人拿捏自己丈夫的一种手段，否则这样出身的孩子怎么不养在王家那边而是送到自己娘家？别把人想得太好！"

史无名闻言沉默，他当然知道可能是这种情况，但他总是希望能将人性想得好一点。

诚然，世人听后只觉得这是王家郎君婚前的某些风流韵事。但皇帝不是世人，他忌惮这个年轻人的身世，又怀疑王阁老借他在骊山书院有所图谋——即使他在朝堂上对王阁老表现得百般信任，万般恩宠。

天威难测，就是如此。

"苏雪楼若是真为你好，就不应该让你参与这件事。这摆明就是一摊浑水，却偏偏让你蹚进来，大理寺又不是没有别人！"李忠卿不太想让史无名参与这案子，因此对苏雪楼颇有怨言。

"别人去不行。"史无名摇了摇头，"他们几乎都在书院露过脸了，而且查了一阵，没有发现任何端倪——书院的人都很谨慎，不肯轻易吐露内情。"

苏雪楼前段时间带人查案，他和身边的人都在书院混了个脸熟，已经不适合再潜入调查。而史无名和李忠卿恰好前段时间回家省亲，并没有参与案子的前期调查，书院里无人认识他们，显然是最合适的人选。而来这里之前，他们也尽量把史无名的伪装身份做得滴水不漏。

史无名本想冒用表哥柳飞卿的名号，但是京师当中认识柳飞卿的人不少，容易露馅。于是他最后便编造了一个柳家旁系子弟的名号，名字叫柳飞絮。这个柳飞絮的设定是远从汉中而来，在族中排行老九，为了科举来投奔伯父。被京师的繁华迷昏了眼，整日里游手好闲，学业上不思进取，遂被伯父伯母不喜，最终被送到了这里读书。即使有人暗中调查，柳家也会为史无名遮掩，确保万无一失。

等到一切准备停当，史无名便上了骊山。

三

骊山书院修建在靠近山巅之处，原身是一座道观，面积不小，没有人知道当年在这么高的地方修建一个这样规模的道观要花费多少人力物力，但是它的建造依托于华清宫，似乎就不那么奇怪了。

原道观也曾经香火鼎盛——因为本朝皇帝姓李，还自称是三清之一的老君之后，所以有多位皇帝曾经来此参拜。可惜在玄宗朝后，道观便渐渐失了香火，最终破败。直到最后一位道人在去世前将其托付给他的好友，也是一位一直在这里清修的居士——不语居士。这位不语居士重新修缮了这里，开始收留赶考的学子读书。

从一开始，这个书院里的先生就只是负责管理学子们在此寄读的生活，并不负责他们的学业。这便和寻常寺庙道观收留学子寄读一样，叫书院其实名不符实。可是来此寄读的学子们都觉得叫书院挺好，说出去还有面子。后来不语居士便真的弄了一块"骊山书院"的牌匾挂了上去。

不语居士年轻的时候是位才子，曾经在前朝担任过高官。但他后来在朝中得罪了人，深深慨叹为人处世观棋不语才是真君子，便给自己起了个"不语"的号，再加上性本爱丘山，便辞官归隐来到了这里。如今他已经年逾花甲，不怎么出来管事，管事的是另外两位居士，一位号曰凌云，一位号曰青云。不过大家都不知道这二位的俗家姓名和身家往事，好在既然已经归隐，前尘往事便不再重要，也没人想探听他二人的隐私，便都拿这号来称呼他们。

原道观唯一被保存下来的只有文昌帝君殿，如今这里又恢复了香火鼎盛的局面，因为据说此处的文昌帝君十分灵验，因此常常有人慕名而来到此上香。

事实上，如今想要在这里寄居读书和进那些真正有名的书院一样难，不仅仅要给帝君捐上一大笔香火钱，还要缴纳学费束脩，甚至还要走门路——史无名这次能进来还是走了他姑父的路子。这让苏雪楼又心生警惕，莫非这里收录学子也看门第？

"累死了。"史无名气喘吁吁，饶他们是正当壮年的男子，走到山顶也用了半个多时辰，众人中也只有李忠卿还未露出疲相罢了。

"大家警惕点，前面有人。"走在前面的李忠卿回头低声提醒所有人。

大家朝前望去，果然在不远处有一个年轻仆役等在路中间，他神情冷漠，身材精壮，让人觉得不好接近。

"小人见过诸位，诸位是送这位郎君上山清修的吧？"他上前问道，神情并不热络，自称小六子，是书院里的杂役。

"正是。"李忠卿点头。

"请随在下来吧。"

除此以外，小六子并不多说话，搞得想要套话的史无名神情讪讪。

好在书院很快就出现在眼前,门前站着一个人正等着他们。这个人年纪四十开外,身宽体胖,做居士打扮。然而在史无名看来,此人并无方外清修居士的清高之气,他见人三分笑,形容诌媚,给人的第一感觉更像个市侩的商人。

"是柳家的小郎君吧?"

"是,在下柳飞絮,先生是?"

"郎君称在下青云便好。"青云居士笑眯眯地回答。

"居士恕罪,在下生性顽劣,不适合叨扰贵宝地,所以就先行告辞了!"史无名上前施了一礼,然后龇牙一笑,转身就要跑。

这一连串的举动让青云都愣了,一时没反应过来,多亏"柳郎君"身后还有个忠心耿耿的管家。

"把郎君请下去歇着。"李忠卿一把抓住自家"郎君"并捂住了他的嘴,然后把他交给了随从。

"居士见谅,我家郎君只是口无遮拦,一片稚子之心罢了。老爷说一定要给郎君找个清净地方读书,务必让他远离俗世纷扰。小人见这骊山书院环境清幽,让人灵台清净,正是修身养性的好地方。"

"明白,明白。"青云居士顿时露出了然的微笑,他在这里多年,见得最多的就是这样的富家子弟——他们被外面花花世界迷了眼,耽误了学业,然后他们有权势的家人就会把他们送到这里,反正山高路远,四下无人,哪里也去不得。又或者是那种在家中不受待见的孩子,也花点钱打发到这里,让家中人眼不见为净。当然,也有个别人到这里是为了刻苦读书,但是到了最后,没有一个不想走捷径的,毕竟这里有文昌帝君保佑,又有通向捷径的"梯子"。

"我家九郎君个性有点跳脱，易受外界莺莺燕燕诱惑，老爷说必须让他清心寡欲！"

闻言史无名不满地哼唧，想要偷偷摸摸踢李忠卿一脚，而李忠卿面不改色，躲开了他的攻击，一板一眼地又把要求向青云强调了一遍。

"请柳侍郎放心，我们这里清净无扰，他老人家一定满意。"青云居士赔着笑说。

"我家老爷还说，这边有帝君保佑，静心温书苦读的学子能高中者甚多，若是少爷真的能榜上有名，定然要为帝君重塑金身。"

"的确如此，的确如此，许多人都是为此而来。"青云露出了与有荣焉的神情，还朝帝君殿方向拱了拱手，"有帝君保佑，这里读书的学子多能金榜题名，光宗耀祖，相信柳郎君也会如此。只不过在此读书，不必有这么多人随侍，其余人都回去吧。"

"什么？这些人都是伺候我的，为什么不能和我进观？！""柳郎君"又是一顿炸毛。

李忠卿看他演得上瘾，便随他发挥。

"书院内屋舍有限，带一人服侍即可，剩下的人可吩咐他们下山。"青云根本没管史无名，而是直接和李忠卿交涉，显然知道谁说了算。

"好。"李忠卿点头应允。

"柳忠，你胆敢把人都放走，你！"史无名指着李忠卿跳脚，他的表演让李忠卿心中暗暗发笑，但是面上不显，而是尽职尽责地扮演着一个严格管家的角色。

李忠卿立刻把其余人都打发下了山，无视了自家"郎君"的无理取闹。

"柳郎君"那一刻似乎气得都要晕厥过去，最后发现抗议无用，才变得蔫头耷脑。

看着眼前人从反抗到放弃，最后露出一副生无可恋的神情，青云居士露出一个满意的微笑。

"小六子，带他们去见见凌云居士，听听书院里的规矩。"

四

"柳郎君既然选择在这里清修读书，就必须遵守书院的规矩！"

与一团和气的青云不同，来给他讲规矩的凌云看着就十分可怕，他左侧脸颊上有一片可怕的疤痕，应该是烧伤。这还伤及了他的左眼，让他只有一只右眼可以正常视物。此时他用那只完好的右眼严厉地看向史无名，用一种"你一看就是我见过的最差的学子"的眼神鄙视地看着他。

青云和凌云，一红脸一白脸，就像他和李忠卿办案时一样分工明确。

"自然遵照居士叮嘱。"李忠卿立刻答道。

凌云对于李忠卿的态度还算满意，随即递给李忠卿一个小册子。

"柳郎君须严格按照上面的要求去做，记住这里是清修做学问的地方，不是玩乐的场所！"说这句话的时候，他的右眼死死盯住史无名，似乎恨不得将所有规矩都塞到这位顽劣的柳郎君脑子里。他知道被送到这里的富家子弟个个都不是省油的灯，胸无点墨还仗着自己的家世胡作非为，只会看不起像自己这样的……

打住，静心！不能被这种人扰乱心绪。

凌云在心里这么告诫自己，又严厉地叮嘱了一遍史无名。

"请郎君务必劳记并且遵守这些规则，否则永远不得再入这骊山书院！"

然后他板着脸走了。

"喊，好像谁愿意来一样！"

史无名撇了撇嘴，随手翻了翻那本小册子，竟然还真的是一本子的规矩！

"柳郎君，小人带您去参观书院。"此时一直跟在他们身后没出声的小六子开了口。

表面不情不愿实则满心好奇的史无名和李忠卿便跟着小六子走了，途中小六子先带他们去了一次文昌帝君殿。

殿里香烟缭绕，供奉着文昌帝君的高大神像，很多人辛辛苦苦地爬上骊山就是为了到这里给文昌帝君来上一炷香。而这香也十分好闻，让人身心宁静——据说是书院特意到香坊定制的，里面加了珍贵的香料。

"外界传言这里因为有帝君保佑，所以考运极好，可是如此？"史无名抬起下巴问道。

"正是。"小六子点头，提起文昌帝君的灵验他满是骄傲，还提醒史无名，"郎君应该给帝君上香。"

史无名闻言便入乡随俗，捐了些香火钱，上了香。上香过后，小六子却没有着急带他们去住所，而是带着他们在帝君殿前的院子里转了一圈——四周的墙上都是在此居住过的学子留下的墨宝。

史无名粗略扫了一遍，这些诗文有志得意满的，也有郁郁不得志的，有愤世嫉俗的，也有看破红尘的……总之，喜怒哀乐，人生百态，不一而足。

"郎君不要小看这些诗文。"小六子说，"能在这墙上留下诗文的学子最后都榜上有名，如今都是朝廷官员。虽然在来这里之前有暂时的不得志，但是最终都能一飞冲天，小人真心希望有朝一日郎君的墨宝也能出现在这里。"

"他们真的都考上了？"闻言史无名感兴趣地追问。

"是的，绝无虚言，且听小人为您介绍。"此时小六子一改刚刚惜字如金的态度，开始如数家珍地给史无名介绍。史无名听后，这墙上还真有那么几个官员是他认识的，心中确定小六子并未骗人。

"看来这骊山书院果然是有神灵庇佑！"史无名忍不住抚掌。

"神灵庇佑是一部分，还有一部分原因是事在人为……"小六子欲言又止，眼神颇为有戏。

来了，史无名心中暗道。

果然前面种种只是铺垫，所有来这里的人都会被下仆介绍的题诗墙所吸引，然后对方顺势抛出能够吸引他们的条件，怎么会不无往不利？

"事在人为指什么？"他追问。

"世间事，三分天注定，七分靠人为。想要知道如何人为，需要郎君在此苦读期间慢慢追寻了。"小六子意味深长地回答。

史无名看了他一眼，想要继续询问两句，但小六子什么也不肯说了。

这波钓鱼倒是有张有弛。

再往后走便是书院里日常生活的区域。

藏书阁给学子们提供日常书籍阅读；在明思堂里学子们可以谈书辩理，也可以做文会诗会；静修室是平日里静修学习的地方；集思斋，如果学子们写出文章诗词愿意贡献出来，便可以放在此中给所有人品评，互相交流；至于学子们居住的寓所、温泉池、厨房，也占了很大一部分地方。

寓所分成两部分，一部分是书院中的人员居住，另一部分则是给寄居的学子们居住。

给学子们居住的院落是后来加建的，与书院老师和杂役们的寓所有一墙之隔，但是居住条件更好一些。学子们的寓所共有三进的屋舍，每进有六间屋子，因为史无名他们是新来的，小六子想把他们安排在最外一进，因为这一进的屋舍并没有住满。

此时在三进屋舍里都没什么人，小六子说这个时间所有人应该都在自修，因此整个院落都鸦雀无声。

"里面那进也住满了吗？我不喜欢这进屋子，和前院那么近，传来的香火味太大，我睡不着觉！"史无名拉下了脸，又是一副要闹腾的样子。

"小先生，在下也觉得里面那进应该更幽静，更适合我家郎君。在外面的院子，我怕他偷着跑掉。"李忠卿低声说了一句，并且在"柳郎君"怒发冲冠前从袖子里塞给了小六子一点什么。小六子掂量了一下，脸色果然好看了几分。

"最里面那进已经住满了，但是中间那进应该是可以的。"小六子一边说一边不知想到了什么，瞥了史无名一眼，嘴边露出一个颇有意味的笑容，"二进人最少，正房和两三间偏房都没有人住，以柳郎君的身份，自然是要去正房住的。"

正房可以独居，偏房则可以住好几个人，正房住宿的价格要比偏房贵上很多，不过柳郎君家大业大，住得起。

"至于这位小哥害怕的事情，在下认为并不会发生。因为入夜之后，不仅是外面的大门，包括这三进房屋之间彼此相连的门都会锁上,保证各进的人员不会彼此乱窜。而且这里所有通向外面的窗子都是钉死的,没人能偷偷溜掉!"

"如此,那真是最好了。"李忠卿表示满意。

"哪里好?我怎么就住不得最里面的那进,我伯父是礼部侍郎,在他家的时候,我都是想住在哪里就住在哪里!"

"里面那进都已经住满了,而且郎君来这里也不是为了住得好,而是来读书的,不是吗?"见眼前这位"柳郎君"开始搅闹,小六子拉下了脸,回了一句。

"小先生说得有道理。"李忠卿连连点头,"我们马上搬进去。"

小六子便把他们引进了二进。

两间正房,一左一右,两间正房之间被一条通向后院的走廊隔开,其间也有一道铁栅门。

史无名本想选左边,但是李忠卿非常强硬地选了右边那间,史无名便随他去了。看到他们选右边正房,小六子的嘴角抽动了一下,但是没说什么,只是打开了锁让他们进去。

虽然是正房,但屋子也不算大,仅仅分为里间外间,里面的设施都极为简单。外间可以作为日常生活和会客用,放着一张桌子和几把椅子。桌子上供着一尊文昌帝君的神像,看他前面小香炉里的香灰就知道常常有人上香。角落里还有一张供人休息的小榻——是给仆役用的。而卧房内有床榻、书桌和书架,书桌放在前窗那里,旁边便是书架,上面还放着不少书。

"再往后还有温泉池,后进院落有门直通那里,也可以从院外绕过去。晚上想要沐浴便可以到那里,但是一定要在锁门前回来,锁门的时间在亥时末刻,所以请柳郎君注意时间。"

"谁来锁门?"

"书院中的杂役。"小六子指了指他们这进左边正房和厢房之间夹的隐蔽角门,那里通向书院杂役们的居住地,"晚上值夜的人会在前后院负责上锁,然后从这里离开,当然也会锁上这扇门。"

"可是这种鸟不拉屎的地方,重重上锁的意义在哪里?"史无名觉得不能理喻,"难道还会有人来这里偷东西,或者有人偷跑?"

"郎君注意言辞。"李忠卿在后面咳嗽了一声,显然对自家郎君口出粗言十分不满。

史无名朝他翻了个白眼。

"这么做自然是为了保护诸位。深山空旷,野兽出没,锁门自然是为了大家的安全。您来前难道没听说过,这附近有鬼出没吗?人不能与天争,自然也不能与鬼神相争,学生们若是自行外出遇到鬼怪,发生什么不测……恕书院也无法负责。"

"那所谓的鬼不是在山下?怎么山上也……"

"鬼神之事本就莫测,千里之外取人性命的也有,遑论山上山下这点距离。"小六子十分严肃地强调,能看出来,他对于这鬼神之说也十分畏惧,不似作伪。

五

"其实除了要求得严一点儿,倒也没有什么别的特色。"史无名仔细阅读了一下规则手册后跟李忠卿说。

"严格点儿好啊,大家老老实实的都待在书院里,才方便我们查。"李忠卿随口点评了一下,并没有意识到此时想法的天真。

史无名便给李忠卿简单概括了一下书院的要求。

"每天要对帝君晨昏定省,不仅仅是在大殿中,对屋中的神像也要诚心供奉；在书院内不能动荤不能动酒——清修之地，不重口腹之欲；起床有时间要求，但是熄灯无要求，这一点和别的书院里也没什么区别；统一服饰——还是道服，这也能理解，毕竟这里是居士们的清修之地；在明思堂探讨学问必须低声，不得大声喧哗，不许随便下山，想要下山需要有几位居士的允许……这些都是正常的。不过你看这一条——日常若非探讨学问，不能私下通联，这就奇怪了。"

一般来说，学子们私下的交流是正常的，不管是为了学业上的探讨、思维上的碰撞，还是为了排遣疲惫、增进友谊，抑或是为了将来能够在仕途上互相依仗，都不会有人对于这种事横加干涉，但这里却不允许学子们的私下来往，显然有些奇怪。

"只怕是做个样子罢了。"李忠卿评价道。

"嗯。可能就是怕将来落人口实，所以才会特意写这些规则。然而，我觉得这里最奇怪的一点是没有夫子，书院里的老师只是做日常管理。没有夫子点播引导，只凭个人自修，这要如何提高学业？"

"来这里的都是要科举的举子。"李忠卿倒是不以为然，"都是上过学的，只是需要温书，应该不需要夫子，你当年不也是这么过来的吗？"

"品学兼优的人应该可以，可若是不学无术之徒呢？或者头脑要比他人慢一些的呢？若是无人引导点播，学业如何进步，如何才能榜上有名？"

"你着相了。"李忠卿正色说，"正是事出有异，所以我们才来探究。"

史无名闻言一愣，然后恍然醒悟过来。是啊，他还真的认为这里是一个寻常意义上的书院了，如果它不奇怪就不需要他们来调查了。

"不过既然这里管理如此森严,所有的门入夜都会锁上,窗子还都从外面钉上,陆青岚又是怎么跑到那皇家园囿中的?"

"总有能让人钻空子的地方,你读书的时候,不也钻过先生不少空子?"

"呃……"

身边有个太了解自己的人就是这点不好,什么事情都知道,还能随时揭你的短。

史无名气恼地咂了咂嘴。

"这案子司天监和大理寺都调查过。司天监就不说什么了,他们整天神神道道的。但是能让苏雪楼无功而返,这里的事情绝不简单。"

"是啊。"这点李忠卿是同意的,苏雪楼虽然看着吊儿郎当,但是办事能力极强,能让他铩羽而归的事情很少。

"这里大部分是官宦家中的庶出子弟和富庶人家中的二世主,这些人无法继承家业,又或者仕途艰难,家里人不能让他们自生自灭,所以把他们送到了这里求一份前程。"

"这和有些大户人家会把家中犯了错的女眷打发到庙里修行的做法,倒是有异曲同工之妙。"

"豪门贵族的后宅中不知有多少阴私,所以并不奇怪。"李忠卿冷笑一声,"这书院也算拿人钱财,与人消灾。"

"就怕不是如此简单。"史无名摇头道。

"怎么说?"

"我和苏兄研究过这里大部分的中榜者。他们举荐也是挑人的——大概从家庭出身到人品性格都有考虑。过分精明的不要,过分愚蠢的不要,毕竟将来是要为他们办事的人,不好控制和不好使唤的人都不是最佳选择。他们选择的人，要么是家中有一点势力依仗，学识上还算过得去，却仍需要一点助力之人，如梁磐和陆青岚这种；要么是孤注一掷，出身布衣，家有薄资，只能依仗他们走出困境的，如谢不离和前院挤在一起住的那些人。将来这些人做不上大官，即使被录取大概也在榜末，派官也不会过于显要，因此不会惹人注意。但是他们就如钉子一样，被安插到了朝廷的各个角落，他们可能把握关键的事务，又或者就此成了国家的硕鼠，后患无穷。"

李忠卿闻言微微睁大了眼，他也意识到了问题的严重性。

"如果真的有阴谋，只怕主使人伏线千里，只为将来一朝收网，所图必然不小。不过现在四海宁和，你先别自己吓自己了。"

"倒也不是说叛乱，只是说皇帝怀疑的结党营私。"

史无名有些忧虑地踱了几步，下意识地走到了书架前，翻了翻上面的书。

这些书都是应试常用的书籍，但这些并非新书，而是被人用过的。上面布满了圈点勾画痕迹和读书人自己的见解，史无名甚至可以看出不同时期不同人的笔迹，也就是说许多人看过这些书。

"看来这屋子里住过很多人啊。"史无名抚摸着书说。

"这书院从寂寂无名走到如今，自然是来过许多寄读的人。"

"前人心得，后人参考，也算是一种传承，不错！"史无名把书放回去后感叹道。

"看来你很赞同这种做法。"

"大家沟通思想，集思广益。而且这些书籍反复利用，可以提点后人，而不是被私藏于一人之家，就这一点来说，我是欣赏的。"

对于读书一事，李忠卿向来听史无名的，史无名说好那自然是好。如今的世道不是什么人都能买得起书籍，有时候寒门学子都是手抄笔录才能得到一本自己心仪的书籍，这骊山书院竟然免费提供书籍来读，还真的是不错。

史无名又去推了推后窗，没有推开，果然如小六子所说，窗子从外面被钉死了，但是能看到后院里面的情形。屋子右边有一扇小轩窗，不大，成年人钻不出去。他捅破窗纸往外看了看，只能看到书院外成片的树木和山石，还有林间偶尔飘来的袅袅雾气。

"那边应该就是温泉吧。"史无名说。

"应该是，毕竟骊山这里就是以温泉闻名的。"李忠卿一面说一面打量那扇轩窗，看起来很想对它做点手脚。

"你想做什么？"

"把钉子悄悄弄掉，虽然我们从这里出不去，但可以让阿雪跳进来，还指望它送信儿呢！"

阿雪是两个人养的狗，现在就在附近徘徊，等待主人的指令。

"先收拾一下，一会儿出去转转，认认人，弄清每个人分别住在哪里，还有他们的底细。"史无名说，"我们这个屋子的位置很好，在中间，前后两进若是发生什么事，我们都可以先于他人知道。"

"就怕这里是一潭死水。"

"如果这里是死水，我们就做激起涟漪的石子。"史无名严肃地说。随后他把包裹一拿就要去铺床，但是被李忠卿拦住了。

"我来，我现在是下人，本就该做这些事，别被人看出破绽。"

史无名乐得自己不用动手，开开心心地把东西都塞给了他。可是没想到李忠卿收拾了两下，动作就停住了。

"怎么了?"史无名不解地凑上前。

"你看。"李忠卿眉头紧锁,指向床头。

原来不知道是谁在床头刻了一行小字。

"愚妄者不知死之将至。"

字不大,但不像是新刻上的,如果不是李忠卿想要擦去床头上的灰,也不会发现它。

其中那个"死"字刻得要比其他的大一些,也深一些。

李忠卿面色不快,他觉得让史无名躺在这样一张床上实在不吉利。史无名倒是觉得无所谓,反而兴奋起来。

"这是对我的一种警告吗?"史无名眯起眼睛,看起来就像是一只兴致盎然的猫,随即又摇摇爪子否定了自己的想法,"随机挑选的房间,应该是从前的房客留下的。"

"换个屋子吧,太晦气了!"

"我又不怕这个。"史无名拒绝道。

"那我和你换一下床?"李忠卿看了他一眼,提议道。

"那怎么行!你怎么能用这种床?"史无名想也不想就否决了李忠卿的建议,最后却因为李忠卿抗议的目光投降了,"算了,你去找人换床吧,我也想听听书院里的人怎么解释这件事。"

小六子被叫来的时候面色不虞,但看到那张床上的刻字后便整个愣住了,脸色青青白白,煞是好看,再出口说话的时候,语气都有些虚。

"书院仓库里没有闲置的床了,如果郎君想换,就去隔壁换,或者你们换去隔壁屋子住。"

史无名二人都看过陆青岚一案的卷宗,知道隔壁的房间原是那个在山下化成白骨的陆青岚的房间,所以刚刚选房的时候李忠卿才不愿意让他选左边那间正房。

"隔壁从前谁在住？"于是史无名明知故问。

"小人记不得了，这书院也不是时时都有人来。小人还有事，你们换完来叫我就行。"小六子敷衍地回答，随后把隔壁房门打开，便匆匆离开了。

他的反应很奇怪，这让史无名和李忠卿都觉得不太对劲。

随后他们进了左边的正房——即使这里曾经被大理寺搜过了，他们也想再找一次。

但他们一无所获。

而李忠卿的烦心事也多了一件——他觉得史无名睡那张床不吉利，可这边是死人躺过的床，更不吉利。最后他想了想，回到屋子里把那块刻字的木板拆了下来。

"好歹是证物，换过去怕他们就处理了，一会儿我去给你找一块新的换上，等他们来问就说我把这不吉利的板子烧了。"

"其实我并不在意，忠卿。"史无名无奈地说。

可李忠卿在某些方面有着奇怪的坚持，反正那块床板卸下来了，就随便他了。

"卷宗上说，陆青岚是悄无声息地在书院里失踪的，没有任何人知道他是怎么离开的，然后他就死在了山下。现在甚嚣尘上的说法——陆青岚是被鬼娘子引了出去，随后被赐死，因为他误入华清池惊扰了她。"

"瞎扯！"史无名不以为然地摇了摇头，"我们破过那么多的案子，没有哪一件不是人在装神弄鬼，人才是最可怕的！"

六

静修室在整个书院的最后面，十分偏僻幽静。

从前这里是道士们打坐静修之处，如今改成了学子们学习的地方。静修室有一半的空间都是依山势而建，凹进去的山体被改造成了屋子的一部分。屋子里略微有些冷，而且只要窗子一开，时不时还会有白色的雾气飘进来。静修室里面还有个套间，那便是思过居——实际上就是一个深邃的山洞。山洞里黑黢黢冷森森，把人关在这里确实可以使人提神醒脑，深切体会惩戒之意，角落里还放着个一人多高的大肚丹炉，是原来道士们炼丹用的东西，现在已经废弃不用了。

一路上走来，没看到什么学子，书院里的杂役倒是见了不少，一个个膀大腰圆，但是看着又非常疲惫困倦的样子。

"忠卿，这里的杂役看着都不太对劲儿。"史无名偷偷和李忠卿比画了一下。

"看着像是练家子。"李忠卿会意地点头，他有些警觉——一个书院，却配上了一群镖师一般的杂役，这是为什么？

静修室里到处都放着桌案和席子，大家零零散散地坐着读书，大约二十人，年纪最大的能有四十多岁，年纪轻的也有十七八岁。虽然每个人表面上看起来都在用功，但是实际上真正在读书的没几个人——发呆的发呆，打瞌睡的打瞌睡，偷着传纸条的传纸条。主座之上，凌云居士正在沉浸式看书，面前的书案上还放着一摞书和一些摊开的书稿，他才是读书读得最认真的一个。

史无名进来后，空气似乎短暂凝滞了一下，虽然每个人好像都在忙自己的事情，但是史无名能感觉到他们有意无意地偷偷打量自己。

他就像一粒石子，投入了一片十分静谧的湖面，激起了一片涟漪。

但是史无名没有紧张——这种小场面难道还能比得上去金殿

面圣吗？还能比得上当年在长安街头男扮女装躲着李忠卿吗？

"在下柳飞絮，见过诸位。"史无名向大家施了一礼，也没多说话，然后就慢悠悠地挑选了一个角落里的书案坐下，随随便便把书摊开。书上的东西他当年就滚瓜烂熟，现在要装一个无心学习的纨绔，因此这书看多还是看少都无所谓，他便做出一副百无聊赖的神情，偷偷打量这群人。

虽然这些人坐得松散，但能看出是分成不同小团体的。

一些是真的在看书，一些和自己一样在放空，还有一些根本就是在偷偷讲小话，而且谈论的对象应该就是自己。

真是普天之下，所有书院皆如此——史无名心中暗暗叹了口气。

那几个敢在先生眼皮底下讲小话的应该是此处的"地头蛇"，其中为首的那个人，应该就是自己此行的目标——王阁老的孙子王无咎。

王无咎长相清俊，但不知道为什么整个人看起来十分阴郁。他的眼神带有无尽的厌倦，好像看什么都觉得疲惫，即使身旁的人和他说话，他的回应也漫不经心。史无名知道围着他的那几个人家中都是有些名堂的，但都不如王家，这使得王无咎在这里隐隐有些唯我独尊的意思。

史无名也没有急着去接触王无咎，欲速则不达，太过急切反而会显得别有用心。如果王无咎真的是在这里笼络人脉，那么时间长了，肯定会沉不住气来接触自己，或者派人来接触自己。

果然，在自修结束往回走的时候就有人来接触他了。

当时史无名特意慢悠悠地走，大部分人对他都是礼貌地一点头，毕竟刚刚认识。但有人却故意放慢了脚步，就为了和他说句话，这人正是围在王无咎身边的其中一个。

"柳郎君是柳侍郎家的子弟？"对方先开了口，面上带笑。史无名打量了一下他，此人二十出头，面目普通，但是唇薄齿利，一看就是精明又善于交际的。

"正是，敢问仁兄是？"

"在下陶文，家父曾经有幸在柳侍郎手下办过差事，所以看到柳郎君便感到几分亲切。山上时光无趣漫长，相逢即是有缘，大家都想与柳郎君亲近些。"陶文笑眯眯地说。

陶文是个小官吏家庭的庶子，他父亲确实可能在姑父手下办过差事，不过仓促之间也无法考证，这算是在拉拢自己还是试探自己？史无名心里盘算。

"陶兄所言甚是，得见诸位也是三生有幸，初来乍到，但求陶兄为小弟引荐。"史无名拱了拱手，此时他们身后传来一声咳嗽，二人回头看了一眼，凌云正一脸不满地盯着他们，史无名便打了个眼色给陶文。

"那就改日再聊，贤弟先回屋子放一下手头的东西，过一会儿去饭堂吃晚饭。"陶文不以为然地扫了一眼凌云，笑着对史无名说。

史无名立刻点点头，跟着大部队一起回了寓所。然而大家看到史无名进入的房间的时候，都露出了一种愕然的神情——这当然没逃过史无名和李忠卿的眼睛。

这是为什么？两个人心里都出现了问号。

里面那进院子住的就是王无咎和陶文等人，明明有空房，却很多人都挤在一个厢房内居住，若说为了省钱，这里大部分人家境都不错，其实倒也不必如此。

而自己这进院子屋舍冷清，只住了刚刚在静修室里角落的三个人和另外一个年轻人。前三者自成一个小团体，都是快到而立之年，其中一个长得特别俊秀，在人群中很抢眼，他独自住着一个厢房，其余两人合住一间。不知为何，这个年轻人对自己有点儿莫名的敌意。

他为什么对自己有敌意？

史无名不解。

"那三个人便是陆青岚的狐朋狗友。"李忠卿闲着没事的时候，便借着下人的身份去找其他书童仆役套话。这些下人除了要遵守规矩保持安静外，并没有额外的要求。山上本就无聊，因此他们常常会凑在一起说说话，从他们的八卦中能得到很多信息，不过李忠卿初来乍到，看他相貌也不太好接近，大家对他还是有些防备的，因此他打探出来的事情不算多。

"那个对你有敌意的叫谢不离，他最看重自己的相貌，估计是你让他有了危机感。鼻子旁有痦子、看着有点儿猥琐的那个叫于文墨，头发有些蜷曲的叫马连良，他们两个都唯谢不离马首是瞻。死去的陆青岚是这个小团体中年龄最小的，也是这四个人中家境最好的。"

陆青岚的父亲是刑部管理卷宗籍档的一个官员，蒙祖荫家境还算殷实，负责的也算是件养老的差事。他自己仕途无望，便对孩子们要求很严。陆青岚在家中是长子，需要承担家业，挑起家族的担子，并且帮衬自己的兄弟姐妹。可是陆青岚却似乎无心于此，他虽然聪明，但是学业并不上进，整日里要么在街头酒肆流连，要么跑到父亲那里偷看卷宗，因此常常被父亲责骂。可是在陆青岚死后，为了他的案子，陆父已经多次到大理寺，动用了他所有能求到的关系来查这案子，哀切之情令人动容。

"他确实有些顽劣，但是本质不坏，只是交了些坏朋友，就算犯过些小错误，也罪不至死……我不接受，我不能接受啊！"

史无名一直记得陆青岚父亲反反复复说的话，他听过无数人说这些话，他们有的是被害者的亲人，有的是凶手的亲人，他们都觉得自己的孩子不应该有如此结局。

"陆青岚在他父亲眼里算不上争气的孩子，脑子聪明却不怎么用在读书上，还交了谢不离那样的酒肉朋友。他说要到骊山书院读书的时候，全家人还以为他要改邪归正，后来才知道谢不离他们也在这里读书，家里人便又和他发生了争执。陆青岚一怒之下，连个仆人都没带就回到了骊山。陆家人还等着他回家服软，谁想到天降噩耗，人就这么没了。"

"而陆青岚出事的时候，谢不离他们都在书院里——观里的居士青云和凌云可以给他们做证。而且骊山书院规矩严格，夜里并不容易进出，所以苏雪楼就没有继续调查他们。"

"不能深挖一下吗？"

"我试探过，但是他们对这件事讳莫如深，并不多谈。而且我刚来，不敢做得太过。不过正因为他们这种态度，我才更觉得有问题。"

"的确如此。"史无名点点头，"越是这样，越是让人觉得其中有鬼。"

"除了陆青岚，谢不离等三人都是小康人家的子弟。学业方面，他们在家乡的州县还能算得上佼佼者，但是到了长安城就达不到了。"

"那是自然啊，毕竟全天下的才子都聚集在这里，窥过天地之大才知道自己的渺小。"

"是啊，因此他们连续几次考试都不曾考中，蹉跎了许多岁月，便渐渐随了俗流，开始花天酒地，这次到骊山书院寄读也算他们最后的孤注一掷。"

"王无咎和他的亲信陶文分别住在里面那进的两间正房。剩下的房间住着其他人，他们更像是王无咎的仆役或者跟班，而且有件事我觉得很奇怪。"

"什么事？"

"王无咎成年累月待在骊山上，即使是过年过节，或者王家长辈的寿辰，他也很少回到长安。"

"这怎么可能？"史无名瞪大了眼睛。

"确实听起来不可思议，但这是真的，王家就像没他这个人一般。"

闻言，史无名感到不可思议，就算是再不受宠的孩子，年节之时都会回家在长辈面前过过眼，然而王无咎竟然多年待在此处不回王家。怪不得史无名从未在京师听过王无咎这号人物，因为他被边缘化得太厉害了，连苏雪楼也是从皇帝嘴里听到这个名字的，看来是王家有意为之。

"外面院子住的是一些闷头读书的人，以一个叫梁磐的人为首，也都是小官吏或是富裕家庭的孩子，他们学业普通，没什么门路，所以进这里求个前程。"

是个平凡且现实的理由。

"还有，书院的人对王无咎那群人并不严苛，甚至私下给了他们很多方便。"从陶文对凌云的态度便能看出端倪。

"他在这里盘桓这么久，如果和书院里的人还是不熟，那才是问题。"史无名坐在书桌前，托着下巴望向窗外。

"对了，还有，主事的青云和凌云其实面和心不和。"

史无名并不觉得奇怪。"这两个人从性格到日常为人处世都不太一致，有矛盾并不奇怪。"

"凌云为人清高，还有些学问。他看不起市侩的青云，但是有些事情又不得不听青云的——因为他不通庶务。而青云这个人嗜钱如命，吝啬贪婪，言行并不像静心修身的居士，倒像是个生意人。好在书院的经营正需要这样一个人，所以青云的位置一直稳稳的。而这两个人从建立书院开始便在这里，真实姓名和前尘往事都不可考。凌云孤身一人，而青云有家室，经常要下山回家住几天，不过他从未吐露过自己的家在哪里。他们的详细情况可能只有不语居士知道，不过不语居士从很久以前就不再露面，把自己锁在后院的一个屋子里著书立说，连饭都是让人送进去的，一般人见不到他。"

"作为书院的主人，这不太对啊。"史无名沉吟了一下。

"看书院仆役的言行，他们也是只知凌云、青云，不知不语。可能就是年纪大了，身体不济，养老放权了。"

史无名点点头，又问："我们院里那个总拿着一个白瓷罐的娃娃脸年轻人是谁？"

"他叫兰若虚，是所有人里最奇怪的！"

"为什么这么说？"

"不知你有没有发现，日间几乎没什么人和他来往。"

"是，的确如此。"史无名细细思索自己这几个时辰里观察到的细节，大家对兰若虚确实敬而远之，有的人甚至目光掠过他都要避开。

"他来自永州，但是却自己住一个房间。"

"忠卿，永州是穷，但也不是每个人家里都揭不开锅，难道这样就奇怪？"

"不，听说兰家算是那边的中等人家，不过到了长安就算贫穷了。而且永州那边的州学县学水平不行，所以兰若虚到了京师觉得中举艰难，便找到了这里静心读书。他能自己独自住一间房,是因为被别人疏远——他们都认为兰若虚会下蛊养蛊。"

"下蛊养蛊?"史无名皱起了眉头,怎么又出来蛊术之说?

"大家都认为他手里那个白瓷罐里养的就是蛊。听那些下仆说,兰若虚到这里读书好像没花费银两,有个神秘人资助了他。"

既然说是神秘人,自然无法得知是谁。

"不过有人猜是梁磐。"

"梁磐?"

梁磐成日里一脸苦大仇深,拼死读书,他确实是能和兰若虚说上两句话的人。史无名记得卷宗上写梁磐的父亲是个翰林,他是家中第三个儿子,不怎么受重视。

"对。他的性格有点一言难尽——脑子不快还有点轴,肯下力气读书,可惜老学不明白。待人接物有些迂腐古板,但是好在不会看人下菜碟,大概正因为这样反而成了能和兰若虚说上几句话的人。不过人以群分,和他一起住在外院的人,基本是一群书呆子。"

七

快到晚饭的时候,有人敲响了史无名的门。

史无名本以为会是善于交际的陶文,但打开门后却发现是兰若虚。

兰若虚看着比史无名年纪小,个子有些矮,带着一点点孩子气,身上有一股淡淡草药香气,此时他手里依然带着那个白瓷小罐子。

"柳兄,在下兰若虚。要用晚饭了,你第一天来,怕是找不到饭堂在哪里,让在下给你带个路吧。"

"多谢多谢。"史无名急忙朝他拱手道谢。

兰若虚还礼之后,还往他的屋内看了看,吐了吐舌头问道:"柳兄,你为何会住在这个房间啊?"

"这个房间怎么了?"史无名一愣。

"唉,要不柳兄和书院的人说说换个屋吧。"兰若虚低声说,"这屋子的前任住客不久前死了,多少有点晦气。"

史无名闻言一愣,他们住的是死去的陆青岚的房间?可是陆青岚住的不是隔壁吗?

"是那个陆青岚吗?"史无名试探地问。

"对,是他。"兰若虚点点头。

史无名和李忠卿对视一眼。

怪不得大理寺对于左边正房的搜查一无所获,那不是陆青岚的房间,当然会一无所获。随后他们都想到了那个刻着诅咒的床板。如果这个房间是陆青岚的,那么有人在诅咒陆青岚会死吗?

可问题又出现了,书院为什么要给来查案的苏雪楼指一个错误的房间呢?如此看来,骊山书院确实有问题。

"而且那位陆郎君在这个房间见到过'鬼嫁娘'。"兰若虚煞有其事地说,"有一天早上起来,他问我们有没有看到院子里有一个穿着嫁衣的女子。当时把我们都问毛了,这书院里哪里会有女人啊!后来也有人夜里在树林中或静修室附近看见一个穿嫁衣的女子的影子。这么一来,大伙儿都有点害怕了,觉得应该就是那山下吃人的'鬼嫁娘'。但是书院的居士们严禁我们讨论这件事,说子不语怪力乱神,这里有文昌帝君保佑,不可能会有鬼,最后这件事便不了了之了。"

"不是说'鬼娘子'吗?为何又有了什么'鬼嫁娘'?"

"其实他们都觉得'鬼嫁娘'和'鬼娘子'是同一个鬼怪。"

"为什么这么说?"史无名一愣,这里还有什么他不知道的故事吗?

于是兰若虚又给史无名讲了这么一个故事。

在德宗贞元年间,山下有一户方姓人家。男主人名叫方申,他长年经商,为人乐善好施。骊山在长安之东,从东面来的商旅多经过此地。方申有感自己行商途中的艰难,想给经过这里的行人旅客提供方便,便在自家住所旁建了几间茅屋,专供行人歇脚住宿,还提供水和食物。他家有一个十三岁的儿子,也常常在此帮忙,过往的商旅对于他们一家人的善举都交口称赞。

但就是这样的慈善之家却遇到了一场泼天大祸。

一日午后,有一个貌美女子上门求水,自称要去马嵬探望姐姐,行到此处又渴又累,便来讨些水喝。方申极为热情地请她入内,不仅仅让她歇脚喝水,还招待了饭食。用完饭后,方申挽留这个女子,说马嵬在长安之西,距此处还有很远的路程,现在出发恐怕要走夜路,建议她当晚留宿,明日一早再出发,那女子便应允了。

于是方夫人便将那女子带到自己家中,与她以姐妹相称,两个人还一起做针线活儿、说家常。女子说自己名叫杨玉儿,是个寡妇,夫家那边已经没有亲人,如今丧期已满,便去马嵬坡自家姊妹那里去投亲。方夫人发现这女子的女红非常好,而且做事利落,于是更加喜爱她,问女子是否愿意成为她的儿媳妇,与自己成为一家人,而这女子也答应了。

女子当晚便和方申的儿子成了婚。婚礼前,杨玉儿告诫方家人说最近盗贼很多,希望大家注意安全,不要开门睡觉。她进了洞房后,便用一只木棒把房门顶住。然而,后半夜,方申的妻子反复梦到儿子向自己哭诉被鬼吃了，她便忍不住讲给了方申听。方申最开始不以为然，后来受不了妻子的絮叨，两个人便一起来到新房门外呼唤小两口。但是房间里没有声音，如死一般寂静。两个人觉得事情不对，便喊下人将房门撞开。

谁想到刚一开门，屋里便窜出一个怪物，它身着嫁衣，宛如厉鬼，在开门的瞬间猛然朝众人袭来。众人被吓得惊呼溃散，怪物便趁机逃出方家消失无踪了。而后人们来到屋内，发现新郎已经被吃得只剩下一堆白骨。

而这个故事的结局更让人唏嘘，因为最后失去性命的不仅仅是方申的儿子一个人——因为痛失爱子，还受到巨大惊吓，方夫人很快就一病不起，继而去世。而方申也觉得此地不祥，又怕那鬼怪再度前来，就搬离了此地，不知所踪。

方家的宅子现在还在山下，但早已经变得荒芜一片，好好的一家人就这样家破人亡。附近的人都说是老天不开眼，好人没有得到好报。但是对于那个鬼怪，人们却有了另一种猜测。

玉儿——据说是杨贵妃的乳名，她在方家说自己要去马嵬，还有姊妹在那里，恰好和贵妃的身世相符。而方家以平民之身却想娶贵妃为妻，自然要受到惩罚。至于她为什么要吃人……既然都已经是鬼怪了，做什么都不奇怪吧。

所以很多人都认为"鬼嫁娘"和"鬼娘子"就是同一个鬼怪。

听了这个故事，史无名一时间思绪颇多，他需要好好地思考一下里面的因果，但表面上还是向兰若虚抱怨了一下。

"我来之前只听说山下闹鬼，书院里闹鬼还真没听别人说过。而且我来的时候，那个小六子说出事的是隔壁的屋子。" 史无名一副愤愤之态。

兰若虚闻言冷笑了一声。

"那些人怎么会告诉你？他们为了一点利益连官府都敢蒙蔽。"兰若虚撇了撇嘴，"就怕张扬出去，没人敢上山读书！"

"多谢兰贤弟告之，我一会儿就去找他们换个房间！"

"其实柳兄若是不嫌——反正那位陆郎君也没死在屋子里，这屋子住着多少还是能有点好处的。"

史无名闻言一愣。

他刚刚说要换房间只不过是为了迎合常理，但是兰若虚为什么说住这里还有好处呢？

"什么好处？"

"你是新人，他们也许会迎新，然后你就知道了。"兰若虚朝他眨了眨眼睛，没多解释就带他们去了饭堂，搞得史无名这顿晚饭都食不知味。

回去之后，两个人又将屋子里里外外检查了一遍，依然没有什么别的收获。

"你说我们要不要搬去隔壁？"李忠卿还真的动了心思。

"不去，我要看看这个房间有什么特殊！"史无名干脆利落地拒绝了。

晚上，史无名点燃了灯，也不看书，就躺在榻上发呆，如今新床板上面已经没有刻字了。旧板子被他藏在床下，史无名把它拿了上来，打算躺着研究看看。然而就在他上眼皮打下眼皮的时候，被钉死的后窗突然传来了敲击的声音。随后，那扇后窗竟然从外面被打开了！

"什么人？"李忠卿一惊，直接逼到了窗前。

"柳贤弟莫怕，是在下。"陶文提了一盏小灯站在后窗处，"今夜有个小小聚会，诚邀贤弟参加，就当是给贤弟接风洗尘，请务必赏光。"

"聚会？到哪里聚会？"史无名从李忠卿身后探出头来。

"贤弟莫急，跟我走便是。"陶文颇有深意地笑了笑

"可是陶兄，这窗不是钉死的吗？你刚刚是怎么打开的？"史无名疑惑地问。

"在外面用钉子别住，你们打不开，不等于我打不开。"陶文有些得意地对史无名说。

"原来如此，那、那我们现在……"史无名看向陶文。

"贤弟跳到我这边来，或者你去那边的谢不离的房间，那位谢郎君也是独居，而他的屋子有一扇窗可以通到外面。"

原来如此，看似严格复杂的规矩也有人钻窟窿，陆青岚可能从谢不离的房间离开，但是谢不离隐瞒了这一点。

"陶兄，冒昧问一句，这里每间屋子都有一扇能向外打开的窗子吗？"

"那怎么可能？"陶文哑然失笑，"每个院子的厢房，有一间屋子的窗户能通向外面，此外也只有一进和二进的正房有一扇窗可以通向后面的院落。"

"正房窗子向后院开，而厢房的向外是吗？"也就是说陆青岚不仅可以从谢不离的房间离开，也能从后进院子离开。

"正是，若有必要，你也要向同院的人提供方便。今日告知了贤弟，这窗子今后我就不在外面别住了，由你自由掌控。"

"多谢陶兄告知。"史无名拱了拱手，"只是在下还不曾结识那位谢郎君，所以今夜还是跟陶兄走吧。"

"不行，郎君，你不能出去！"不得不说，李忠卿扮演忠仆实在像模像样。

"闭嘴，我是主子，你少管我！"史无名扬起下巴骄横地对他说。

就在李忠卿考虑是否继续装着阻止一下的时候，史无名已经顺着窗钻出去了，他也装出无可奈何的神态急忙跟着出去了。

陶文也没有多说废话，把史无名带到后进院子右侧的一间厢房，进屋后，他推开一扇向外的窗子跳了出去。

而史无名和李忠卿什么也没说，直接跟着他跳了出去。

窗外就是书院之外的树林了，陶文提着灯，做了个噤声的手势，带着他们穿过黑暗的树林，四野寂静，虫蛾飞舞，莫名让人有点心慌。

"在这里说话就不容易被人发现了。"陶文笑着说，"虽说被抓住也不会怎样，但还是不要明目张胆为好。"

"晓得晓得，陶兄不是说有聚会？"

"柳贤弟莫急，马上就到了。"

八

他们秘密聚会的地点在一处背风的山坳，只要不闹得声音过大，就不会被人发现。史无名到的时候，山坳里已经生好了火，有仆役在炙烤食物，还有人在四处倒酒。人们三个一堆，五个一簇地聚在一块儿吃吃喝喝、谈笑风生。

"先给柳兄引荐一下王兄。"陶文把史无名带到了王无咎面前。

"阁下是柳家的郎君？"王无咎瞥了一眼史无名，他一手拿着一袋子葡萄酒，一手往火堆里扔柴枝，满脸百无聊赖的神情，只有看向史无名时眼神才带着一丝兴味。

"正是，在下柳飞絮，见过王兄。"

"听说柳侍郎喜好奇石花木，可有此事？"

"王兄记错了吧，伯父喜好的是书法，对于奇石花木并无太多研究。"

"那喜好奇石花木的应该是你堂兄柳飞卿?"

"七哥自幼喜欢干净整洁,哪里肯靠近那些会把他衣物弄脏的东西?看看还行,若说喜欢怕是叶公好龙。"

"听说前些日子,他在妙音阁为了个舞姬和人发生了争执,惹得柳侍郎极为不快?"

"可不!若不是因为我被送到这里,王兄在这里看到的可能就是七哥了,他挨了罚,现在已经被送到伯母的家乡读书了。"

"原来如此,怪不得最近在京城的圈子里听不到他的消息了。"王无咎看了史无名一眼,向他举了举酒袋子,随意说了一句,"山中无聊,柳郎君随意。"然后便往后面的树上一倚,不再搭理他了。

史无名也不以为意,自己寻了个地方坐下,然后低声和李忠卿交流了两句。

"他刚刚在套我的话,可能是怀疑我的身份,好在家里那边已经安排好了。不过,这不是我最担心的事情。"

"你担心什么?"

"他在这里从不离开,却知道表哥在花楼与人争执,而且对柳家很是了解。由此推测,他可能知道每个来这里寄读的人的信息。那么问题来了,他是怎么得到这些信息的?"

"他一个刚及弱冠的年轻人,自然不可能有这么大的能力搞来这么多情报。应该是有人在帮忙,比如说王阁老。"李忠卿说。

"我知道,忠卿。但是我依旧觉得很奇怪——你也说他和本家的关系不好。"

"也许只是表面上不好,既然能布下这么大的一个局,那么内里肯定有我们不知道的事情。"

"你说得对……"史无名的话还没说完,便陆陆续续有人过来和他打招呼,他不得不端起笑脸,和来的人应酬。最后还被一个麻烦的人物缠上了,正是老学究梁磐,他醉了之后意外成了话痨,还喜欢抓住人不放。

大家明显知道他这毛病,都躲着他,但是史无名不知道,就被梁磐抓到了。

"柳老弟,你不知道,我们这个地方可厉害了!"

被醉鬼抓住的史无名不能动弹,一脸苦笑。

"梁兄小心脚下,小弟愿闻其详。"

"老弟不知道,咱们这个书院里啊,不仅仅有文昌帝君,还另有上达天听的大人物呢!"梁磐双眼迷离,神秘兮兮地说。

他这一席话,莫说把史无名惊到了,连周围听的人都变了脸色。

"梁兄胡说什么呢!"有人急忙打岔,想拉梁磐坐回去。

"梁兄莫不是在说不语居士?听说他老人家从前也是大官呢!"兰若虚也帮着转移话题。

"哪里是那老头?提起这位,来头可就大了,还是位皇帝呢!"梁磐大着舌头说。

闻言史无名嘴里的酒差点儿喷了出来,这梁磐还真是什么都敢说。"皇帝?!梁兄你说什么?!"

"是皇帝,就是太上玄元皇帝!"梁磐在史无名耳边悄声说。

史无名怔怔地看了他一眼,长出了一口气。

太上玄元皇帝指的是三清之一的老子,在高宗乾封元年,高宗皇帝追尊老子为"太上玄元皇帝"。而传说玄宗皇帝也梦到过老子降临骊山西绣岭的朝元阁,于是将朝元阁改名为降圣阁。所以,梁磐说骊山有太上玄元皇帝保佑倒也说得通。

不过这也让史无名很失望，于是他更急切地想摆脱这个让人无语的醉鬼。

"夜深了，风大。少爷，咱们往那边走走，避避风。"李忠卿在史无名需要的时候适时出现了，扮演起忠仆的角色，撕开了黏在史无名身上的梁磐，把他丢给了其他几个人。

"这个梁磐神神道道的，刚刚那句话可吓死我了。"史无名揉了揉自己的肩膀，嘀咕了一声，赶紧离梁磐远了点。

可这时候，梁磐却又吸引了他的注意——其实是把所有人都吸引了，因为他的声音实在是太大了。

"多年寒窗，无论如何也要求一个功名，否则对不起双亲和妻儿。"可能是酒喝得有点多，身边又失去了和他说话的人，梁磐嚷嚷了起来。

"只是我这脑子太笨，总学不明白……说是勤能补拙，可是我勤了，也没觉得自己变伶俐多少！"

随后他"哇"的一声哭了出来。

史无名也不知道应不应去哄他，一时间手足无措。

"别理他，他就那个样子！只要喝醉了就要哭上一哭，我们都习惯了。"陶文说。

等到有人去安慰他了，史无名才松了一口气。

"这位梁兄到底是怎么回事？"史无名忍不住问陶文。

"没事。人啊，总有些自己得不到的东西，他多年苦读，但是毫无建树，考试也榜上无名，心中自然苦些。但是他最终选择来到了这里，也算是聪明。总归有神灵庇佑，希望他能得偿所愿。"陶文意味深长地向史无名眨了眨眼睛。

"也是。"史无名扑哧一声笑了，"能来到这里读书，这里有太上玄元皇帝，又有文昌帝君，总归是要比别的地方多一分希望。"

"可不，咱们去喝酒。为了欢迎你来，王兄特意让人弄了些不错的好酒。"陶文热络地把他拉走了。

于是又是一顿推杯换盏，酒过三巡，所有人都有些醉意了。

"喂，你们看山下！"突然有人发出一声惊呼。

大家立刻停下了动作，一同望向山下。

不知什么时候，山下的某一处亮起了灯光。

"你看到了吗？忠卿。"史无名从嗓子眼里憋出了这句话，暗中揪住了李忠卿的袖子扯了两下。李忠卿知道他不是害怕，而是激动，于是安抚般地拍了拍他。

光亮处的中心是一个戏台，四周都隐藏在黑暗之中，只有台子上灯火通明，虽然没看到有人在上面，但隐隐能听到丝竹之声。台下没有看到观众，但能听到黑暗中有人鼓掌叫好，还有欢笑之声。

"那是哪儿？"

"白日里还好判断，天这么黑，不好说，感觉像是华清宫按歌台一带。"李忠卿低声回答，他也被眼前的异象惊住了。

"山下的人能发现我们吗？"

"不好说，他们不像是我们，居高俯瞰，他们没那么容易看到。"

史无名悄悄地打量了一下周围人的神情。

所有人看起来都很兴奋，他们指指点点，窃窃私语，并没有太多恐惧的成分。而史无名则完美地表现出初见这景象的惊愕之情。

"这、这是怎么回事？"

"那是鬼戏！"走到他身边的兰若虚给他解释说，"传说因为贵妃生前喜欢看戏，所以鬼戏班偶尔会在这里上演折子戏，没想到柳兄你第一次来就赶上了，这鬼戏可谓可遇不可求，可要仔细看看。"

"鬼戏？！"史无名惊呼了一声。

"柳兄小声些，难道要把书院的仆役引来吗？"兰若虚示意他小声。

"兰贤弟，我实在被吓到了，什么叫贵妃喜欢的鬼戏？"史无名低声问道。

兰若虚左右看了一眼，见没人注意到他们，便把史无名拉到了一边。

"其实就是前朝死去的那些梨园弟子在上面演戏。"

"什么？！"

"七月七日长生殿。"兰若虚神秘兮兮地说，"华清宫中有长生殿，长生殿原来也叫集灵台。既然叫集灵台，自然是聚集灵魂的地方。那里也是贵妃娘娘和玄宗皇帝定情之处，贵妃在马嵬坡离世，玄宗皇帝从蜀地回长安后一直尝试给她招魂，最有名的一次法事就是在这长生殿里秘密进行的。"

史无名一愣。

"临邛道士杨通幽？！"

"对。据说他在长生殿招来了贵妃的一抹幽魂。"

"那大概就是《长恨歌》中所描绘的情景了。"

"听说自那之后，这里就好像打开了阴阳两界的通道，常常有人会在这附近看到昔年梨园歌舞的景象，就好像回到了过去盛世的岁月。而这种种就如海市蜃楼，寻常人只能远观，不可靠近。"

史无名觉得不可思议，但一切都应该有合理的解释才对。

"非要说个解释的话,柳兄有没有听说过鬼市?这里经常有鬼市,阴气比较重,所以有鬼戏台也不奇怪。"

"这里还有鬼市?就是如务本坊一般一入夜就会出现的鬼市?"史无名有些意外地问。

"风雨如晦,云烟遥遥。务本坊的鬼市又被人称为'风雨集',因为它往往在风雨如晦光线不明的夜晚出现,里面多是真人。而这里的鬼市却被称为'云烟廛',如云似烟,过之即散,无影无踪,里面可未必都是真人。"

"真的?"

"真的,有人说这里的鬼市是在战乱中死在这里的宫人们经营的,他们依然活在往昔辉煌的岁月里。有人曾经误入其中,见到了世间罕见的珍奇,都是昔年宫中的宝贝。只不过如果过于贪心、和鬼市中的人有了牵扯,不按时离开鬼市的话,那么就只能永远留在那里,再也无法返回人间。就如那位陆郎君,有一种说法就是他被引入了鬼市,因为贪恋那光怪陆离的世界而错过了离开的时辰,结果却被女鬼分食,只剩白骨。"

史无名从来都没有想过,陆青岚的案子竟然还有这么个解释。他突然想起自己曾经办过的鬼门寮一案——在京师中,传说只要通过一个叫鬼门寮的地方,便可以到达鬼市,在那里能得到世间难得一见的珍奇,还可能看到已经故去亲人的亡灵,如果能把亲人的亡灵从鬼门寮带出来,那么他们就会重新返回尘世。而自己和李忠卿也曾经被人用棺材抬着进入过神秘的鬼门寮。

"柳兄切记,若是再遇到此景,只可远观,不要靠近。"兰若虚殷殷地叮嘱,"鬼神之事,我们这些凡夫俗子不能去惊扰。"

"多谢兰贤弟告知,不过这鬼戏班的戏是从什么时候开始有的?"

"不知道，小弟也不过才来了几个月，只听过传说，这是第一次看到。"

"你们看戏台！上戏了！"人群里突然有人惊呼。

九

只见那戏台上的光变得红彤彤的，那种红在暗夜里显得幽深瘆人，顿时吸引了所有人的注意力。只见戏台上出现了一支送亲的队伍，和寻常热热闹闹的送亲情景不同，那些人把花轿送到台上便鬼鬼祟祟地跑了，只留下花轿孤零零在那里。不一会儿，从花轿里走出一位新娘，她看起来很惊慌，东张西望，不知道自己为什么会被留在这里。可就在这时，台上突然冲上来四个男人，对新娘拳打脚踢，把她摁回了花轿里，然后四人合力把花轿推到了台下的一片黑暗里。

黑暗里似乎传来一声凄厉的呼救，大家都吓得站起来了。

"这、这是什么鬼玩意儿！"突然有人惊叫一声，把所有人都吓了一跳。

惊叫的人是谢不离，此时他脸上的表情就好像见了鬼一样。而他身边两个同伴的面色也很不好，随后三个人就匆匆地走了。

史无名发现，王无咎看到刚刚那一幕的表情十分讥讽，只不过这神情一闪而过，史无名也不确定是不是自己看错了。

此时戏台已经消失，四下恢复了浓重的黑暗，好像刚刚的那一切都是一场虚无的梦境。

"看谢不离他们如此，怕是做过什么亏心事吧！"不知什么人的嘀咕声传到了众人的耳朵里。

"诸位，下面不会真的有女子遇到了危险吧？"只有史无名愣愣地问了一句。

可惜没有人回答他的问题,每个人都对此置若罔闻,最后大家便悄无声息地散了。

只有兰若虚安抚地拍了拍他的肩膀。"都说那是鬼戏班上戏了。"

"可是若真的有人在那里出了事,怎么能不去救人?"在某些事情上,史无名还是很固执的。

兰若虚闻言露出一种有点意外的神情。

"相信我,那只是一场虚无的鬼戏,只有心中有愧的人才会感到惶恐。"

"可你又为什么能肯定那是鬼戏?"史无名神情严肃地追问。

"因为我们都相信,当所有人都相信,那就是了。"兰若虚怔怔地说。

史无名望向黑暗中戏台的方向,依然对刚刚的一幕感到不安。此时人都走了,只有他们三人留在了最后。李忠卿和兰若虚都在劝他回去,史无名也不好再固执,只好听了他们两人的话。三人从后进院子的窗户回到自己院子,因为他们同院的谢不离把窗子从里面闩上了,根本不搭理他们。

"这也太过分了,我们院子里只有他那间屋子的窗子能进出,他却不给我们方便!"兰若虚愤愤然,拉着史无名想去和谢不离理论。

但是谢不离紧闭房门,他那两个朋友也一样。

"回去休息吧,别和他们生气,夜已经深了。"史无名想做的事情还有很多,自然不想在这种事情上再浪费时间。

把兰若虚送走后,史无名把自己的窗子用一根钉子从里面别住了——能从外面被人打开,实在是很没有安全感。

"忠卿，刚刚的事要让人去查，那出戏的地点应该就在华清宫内。"史无名正色说，"那显然是特意演给某人看的戏，而且已经收到了效果。"

他走到前窗，看向谢不离的房间。

"他们三个人有问题。"李忠卿显然明白史无名要说什么，"苏雪楼对他们以及华清宫的调查还是简单了点。我去传信儿，你注意安全。"

李忠卿推开门，观察了一下四周，确定无人后便轻盈地蹿上了墙头，一转身跳出了书院。到了无人之处，他吹了个口哨，不多时，两只大家伙就扑到他面前，尾巴摇得飞快，开心得都要疯了。

那正是他们养的大狗雪衣娘和它的养子阿青。

阿青是雪衣娘从小养大的狼儿子，平日里跟着李家的镖局走镖当保镖，基本实现了吃肉自足。这一次恰好回到了长安，便又开始跟着李忠卿和史无名打转，来给他们当保镖。史无名把雪衣娘和阿青带上来，就是为了方便给山下送信。如果随身带着鸽子，不好隐藏不说，山上猛禽很多，不知道会不会给老鹰做了点心，但是狗和狼就不那么惹人注意，而且更加安全。

一狼一狗围着他好一顿亲热，但是很听话，没有发出任何声音。

李忠卿把事先写好的纸条放在竹筒里，系在雪衣娘的脖子上，拍了拍它的背，做了个手势，一狼一狗便依依不舍地告别了他，迅速往山下跑去。

李忠卿看着它们消失的背影，又看看四下无人，便再次回到他们屋子的小轩窗前，动起了手脚。

十

第二天清晨,史无名被一个孩子的哭声惊醒。他昨晚喝酒熬了夜,身上发懒,便打发李忠卿去看看发生了什么事,打算清醒清醒再起身。

旧床头板就在他手边,于是他又把它拿了起来。

"愚妄者不知死之将至。"

史无名用手指描摹着这几个字,它们是被刻刀刻上的,笔锋虽然都微微往左倾斜,但是刻的时候有许多刀的收尾却不自觉地向右倾斜,因此不经意地造成了许多轻微的划痕。

"莫不是惯用右手却故意模拟左手写字?"他喃喃地说,还想细探究竟,这时李忠卿回来了。

"谢不离偷偷离开了书院,在外面哭的是被他抛下的书童。"

史无名一愣,从床上坐了起来。谢不离跑了?联想到他昨晚的失态,史无名觉得这绝对和昨晚的那出戏有关系。

于是史无名急忙起身出门,等他出门的时候,院子里变得更乱了,连青云和凌云也都赶过来了。

谢不离的书童是个十三四岁的少年,看起来就不精明,平日里被谢不离驱来赶去地干活,做得不好便会挨骂。如今这孩子被吓得如同没头苍蝇,站在那里只知道呜呜地哭。院子里站满了人,却没人理他,只有兰若虚去哄了哄他,但这孩子却哭得更厉害了。于是史无名走了过去,代替一脸无奈的兰若虚,哄了书童几句,让他把事情说清楚。

"我家郎君昨天夜里……"

"咳!"这时候站在附近的陶文咳了一声,眼神像刀一样飞了过来。

书童一抖，果然没有再说昨晚聚会的事情，继续哭诉道："我家郎君深夜不睡，在屋子里走来走去，不知在焦躁些什么。小人最开始还陪他熬着，可是后来实在熬不住就睡着了，恍恍惚惚中听到他和什么人争执了几句。"

"和人争执？是和谁争执？"

"小人不知道，当时太困了，只听说要钱什么的。"

谢不离如果吵架，最大的可能是和同院里的人吵，也就是除去自己和李忠卿外的三个人。不过谢不离的窗子可以向外打开，也有可能是在和别人吵架。

"然后呢？"

"小人当时睡得迷迷糊糊，隐约看到郎君跳窗出去，以为他像以前一样出门散步或是去泡温泉，也就没在意。早上才发现郎君还没回来，再看看他的包袱细软，也都不见了，郎君就这么把小人丢下了！"说完他又哭起来，完全没有意识到自己已经说出了很多秘密。

但是书院的人都像没听到谢不离跳窗这事一般，就这么装聋作哑地过去了。

"两位居士，用不用我们帮忙找人？"陶文问凌云和青云。

"不必，观里会派人去找的，这山上林莽苍苍，寻人不易，诸位都是贵人，还是在此安心读书罢。"

青云虽然看起来笑眯眯的，但此时态度却很强硬，他和凌云对了个眼神，凌云就板着脸把他们赶走了。

平时日间，大家要么去静修室学习，要么去藏书楼读书，或去明思堂谈论学问。但是今日大家没有去成静修室——听凌云说，静修室里的山体突然开始渗水落石，为确保安全稳妥，书院要找工匠来看看，暂时不让学子们进。于是三进院子里人气活泛了许多，可以看到人们偶尔三三两两地凑在一块儿说小话。

看来所谓院规不过是一纸空文。

史无名和李忠卿小声嘀咕道："你看，群居和八卦才是人的本性！"

李忠卿嘴角一抽，不置可否。

随后两人去了一趟明思堂，明思堂是学子们平日里讨论学问、传阅文章的地方。不过今天大家显然没有谈论学问和写文章的心情，这里一个人也没有。

"你要做什么？"李忠卿看史无名十分仔细地看这些文章和诗歌，有些不解，但随即又明白了，"你想辨识笔迹？"

"是。我早上发现，在床头板上刻字的人很可能是装左撇子，如果真的是鬼怪所为，不会有这样的破绽。"

"既然装左撇子，那就是为了隐藏身份，不太可能会在平时的笔迹上露出马脚。"

"见微而知著，我觉得也许能找到一点儿蛛丝马迹。"史无名知道李忠卿说得对，但是还不死心。他一面和李忠卿说话，一面不停看那些文稿，最后拿着一沓文稿递到了李忠卿面前。

"怎么，你找到了？"

"不。"史无名摇了摇头，将手中的文章递给李忠卿看，"这几篇是陆青岚的文章，能看出他思想活跃，渴望自由，厌倦束缚，所以一想到他的结局就觉得可惜。而这几篇是王无咎的文章，出乎我的意料，无论他的文章还是诗歌，都有浓浓的哀伤，带着归隐之意——不是'倦鸟思山林'，便是'池鱼念故渊'，宛如陶潜在世一般。照理说，他是来给自家祖父结党营私的，怎么会有这种想法呢？"

"也许是为了掩人耳目，所以特意无病呻吟？"李忠卿说。

"来这里的人都心照不宣，他再如此岂不是惺惺作态？"史无名摇头道。

"如此说来，是很奇怪。"李忠卿闻言点头，也翻了翻那些文章。

"他们这些文章……是在押题吗？"

"对，"史无名看着那堆手稿说，"都是押题文。每次科考前，经验丰富的夫子都会押个题，书肆里也有类似的文集，学子们会根据押题的题目做文章，背诵篇目。宛如押宝，押中了就是吉星高照，押不中也无所谓，不过是图个心安。"

"你这么一说，我还真有点怕了。"李忠卿敲敲那些文稿说。

"怕什么？"史无名好奇地问。

"怕一下子翻出个明年春闱的考题来。"

"春闱还没考呢，你怕什么？"史无名本想笑他一下，突然意识到李忠卿话里的含义，"你怕事先透题？我觉得以王阁老的心性，不会做到如此明显的地步。而且如果做了这么大的事，还会把这些东西留着而不处理掉吗？"

"不过让这样一群人上榜，我觉得似乎也不太容易，就没有一个像正经读书人的样子！"李忠卿嘀咕了一声，他见过史无名读书，也见过他写文章，因此对这些人完全看不上眼，"真的是需要手眼通天！"

在明思堂里查看笔迹没有什么收获，两人决定还是回院子，结果刚回去，就发现院子里又闹了起来。

这回闹的人是马连良和于文墨，因为谢不离走了，他们也想要走，结果被王无咎带人拦住了——准确地说，王无咎站在后面，面无表情地抄着手看，而拦人的是陶文。

"怎么，十年寒窗苦，其中付出各种努力，你们就这么放弃了？不想要功名了？"陶文看着他们两个人，意味深长地问。

这么一句话，就让那两人慢慢停下了动作，然后不声不响地把东西又放了回去。

看他们不再闹着要走，陶文便朝史无名点了点头，带人簇拥着王无咎走了。

"昨天那出戏里有四个男人，如果其中一个是谢不离，另外两人是马连良和于文墨，那么最后一个人会不会是……"

"陆青岚？"李忠卿说。

两人对视一眼，觉得很有可能。

"那谢不离走之前，与他争吵的人会不会是王无咎或者陶文？王无咎帮他引荐，谢不离自然要付出钱财，而谢不离想从这里离开之前，会不会去找王无咎要回他的钱？这可能就是小书童听到的有关钱的话题。"

史无名闻言摇了摇头。

"他只是从这里离开，又不是今后不参加科举了，应该不会为这个得罪王无咎。"

"是啊，背靠大树好乘凉，王无咎就是他们的大树，他们不会轻易得罪，那么和他争吵的是谁呢？"

"无所谓了，他现在是走了，又不是出事了。但是你发现了吗？对于谢不离能顺利逃跑这件事，观里的先生和杂役并不吃惊，他们可能都知道学生们外出的小秘密，只是装作不知道。"

"大概是心照不宣，毕竟这里不是天牢。就算在寻常书院里，也有一些师长们都知道但是装作不知道的小秘密。"史无名眨了眨眼睛，当年他在学堂里也有点儿小秘密，只是李忠卿也不知道罢了。

十一

书院对于谢不离的下落一无所知,当然,他们也可能根本没有认真在找。晚饭后,兰若虚便跑来和史无名八卦这件事,他看起来也是憋得慌,巴不得赶紧找人一吐为快。

"这事是从梁磐那里听来的。柳兄大概能看出来,梁磐和谢不离那几个人关系并不好,所以他专门调查过谢不离,他和我说谢不离跑了应该和昨晚的鬼戏有关。"

"哦?愿闻其详,贤弟快说说!"困了有人递枕头,史无名正想查这件事,便有线索送了过来,他顿时十分高兴。

兰若虚闻言神秘兮兮地看了看门外,史无名会意,让李忠卿上门外守着。

"梁磐说谢不离他们手上可能真的有一个姑娘的人命!"

"什么?还有这种事!你快说说!"史无名瞪大眼睛,"梁兄一副读书都快读愚了的模样,竟然还知道这样的八卦?"

"只是听说,做不得准,柳兄听听就算了。"兰若虚连忙让他小声一点儿。

"这个自然。此事出你之口,入我之耳,绝对不会旁生枝节。"

兰若虚点了点头。

"几年前有一个传闻,说是曲江附近有一座魁星庙很是灵验,一到科考时节,便会有许多举子前去烧香许愿,都想要求个金榜高中的好彩头。只不过后来传言越来越玄妙,出现了谁的祭品越贵重,魁星给予的回报就会越大的传闻。"

"简直是无稽之谈!"史无名听到这里心中便隐隐有了猜测。

"是啊,就是无稽之谈!可就在那年科举考试前,魁星庙前的江面上溺死了一个新娘，没人知道她是谁。后来有人说，这个新娘应该是个祭品，不是送给曲江神的，就是送给魁星的，有人偷偷用人命搞了祭祀。而梁兄怀疑搞出这件事的就是谢不离他们几个。"

"若是真的，这还有王法吗？！"

史无名一听就拍了桌子，吓得兰若虚急忙按住了他。"只是怀疑，只是怀疑！事情是梁兄听来的，柳兄莫要声张啊！"

"从那晚谢不离几人的反应来看，不像空穴来风。"史无名又有些疑惑，"梁磐与谢不离他们有什么恩怨，以至于如此调查他们？"

"唉，梁磐在平康坊有个相好，是个舞姬。她更爱颜色好的少年，所以后来便看中了谢不离，毕竟梁兄的长相……"两人心照不宣地笑了，"谢不离手头紧的时候，她便会偷偷用自己的钱去贴补谢不离。梁兄一直生闷气，怕她被骗，但又恨谢不离撬他墙角和那女子的背叛。后来那女子被谢不离抛弃，梁磐念着旧情去看她。她便和梁磐讲了这件事，说是一次谢不离喝醉了做噩梦，被梦魇住的时候断断续续说了很多梦话，那女子听到后连蒙带猜组成了这么个故事。"

"这件事还有谁知道？"

"不知道！"兰若虚摇摇头，"梁兄嘴可不严，谁知道他有没有讲给别人听？"

"肯定有人知道，否则戏台上怎么会有人演那出戏？"站在门口的李忠卿说。

"这样说可不对，鬼戏台上表演的都是鬼怪，既然是鬼怪，又有什么不知道的？"兰若虚神色玄妙，"也许就是那女子化为鬼怪回来复仇，因为后来还发生了一件非常可怕的事！"

"还发生了什么事？"史无名追问道。

"因为没有查出那新娘的身份，她的尸体就被官府草草埋葬了。但转年发生了一件怪事——在一场惊雷暴雨后，有人发现那新娘的坟墓被破坏了，而尸体也不见了，坟墓被破坏的样子就好像有人从里面爬出来过一样！"

"这些事也是那位梁兄查的？"史无名有些狐疑地问。

"是啊。前些日子，陆兄死在了下面的按歌台，官府来了几次也没查出什么。当时谢不离就有点儿想走，但是其余两个人不同意，他们之间还发生过争执，这里的人多多少少都注意到了，只不过大家没往心里去，而真的去查这件事的只有梁磐，他发现了一个疑点。"

"什么疑点？"史无名追问。

"陆青岚和那几个人认识的时间不长，最多和他们花天酒地，做些寻常富家郎君做过的花花事，要说是什么伤天害理的事情肯定没有做过。更何况，当年出曲江新娘祭品事情的时候，他还是个少年，根本不认识谢不离他们，更不可能是鬼戏中四人之一。"

"你说得对，既然他和那女子之死无关，那他为什么会被杀？"史无名觉得兰若虚说的这件事确实极为重要，但暂时无解，只能开个玩笑转移话题，"难道真的如传说的他进入了皇家园囿，冒犯了天家，所以被鬼娘子赐死了？"

"什么冒犯天家？"兰若虚表情有些无奈，"下面的华清宫早就破败了，剩下的那几个老太监老宫女，就是溜进去人他们也不知道。有时候遇到他们，给他们点小钱儿，他们就随便你做什么，我们其实都溜进去过呢！"

闻言史无名愣住了，原以为皇家行宫威严无比，寻常人不敢进入，但谁想到竟然是如此情形，但他后来想想也释然了。乱世之中，人如草木，华清宫自然也难逃如此命运。

"至于说他被鬼娘子赐死……"兰若虚继续说道，"我想那位娘娘生前便高贵端庄，死后大概早就荣登仙界了，怎么会在这种地方徘徊？我觉得若有鬼怪，应该还是山下方家的那位鬼嫁娘。"

"说到方家……"提起方家，史无名来了兴致，"那天听兰贤弟说完，我想了很多——它确实是一个悲惨的案件，但也有太多不合理之处。"

"有什么不合理的？"兰若虚好奇地问。

"方申作为一个商人，就算再乐善好施，怎么会毫无防备之心？突然对上门的陌生女人这么好，还殷勤地招待吃喝并且留她住宿？我觉得这个行为本身就很可疑。一个正派的人会这么做吗？即使要收留陌生女子，出于礼节，他也应该让他夫人出面才对。而他的儿子只有十三岁，还是个少年，他的父亲会突然决定给他娶一个寡妇做妻子？一开始他的母亲还和这个女人以姐妹相称，说明她们之间的年纪相差不大，但是一转眼就同意让她和自己的儿子成婚，而理由仅仅是觉得这个女子手巧、女红好，这合理吗？"

"无事献殷勤，非奸即盗，这种行为倒更像是方申见色起意了！"李忠卿补了一刀。

"是的。"史无名朝自己的老搭档挑了挑眉毛，"而且那女子也完全没有避嫌，在陌生人的挽留下竟然真的住了下来，她更像是有意为之。而她自称要去马嵬，还自称姓杨，很可能也是故意的。要知道，这天下姓杨的人何其多，非要和贵妃扯上关系未免有些刻意。"

"柳兄果然有见地，这案子确实不能细究，细究起来哪里都不对劲儿。"兰若虚闻言一笑，上下打量了史无名一番，仿佛重新认识了他,"我记得陆兄也说过类似的话。"

"陆青岚也说过?"这句话可让史无名真的有些意外了。

"别看他平时吊儿郎当的,可是一提起案子就如数家珍,可惜世事难料。"兰若虚叹了口气,"方家的事情人尽皆知,陆青岚也说过这件事不对劲儿,他说怕不是这方老爷起了色心,想纳妾,所以他夫人曲线救国,让这个女人嫁给了儿子,将了她丈夫一军。"

"可如果只是夫妻间的博弈,为什么受害者是他们十三岁的儿子?"史无名思忖了一下,"虎毒不食子,方申可能喜新厌旧,不想要自己的妻子,可为什么受害的是儿子?而且这个案子到最后只有他还活着,儿子和夫人都死了。他看似失去了所有,但……也许是最大的获益者。"

"怎么说?"兰若虚目不转睛地盯着他。

史无名突然意识到自己刚刚的表现完全不符合富家浪荡子的人设,心中不由得一紧。"也没什么,只是我个人的胡思乱想罢了,我平时还挺喜欢分析案子的。我伯父说,将来我如果能考中,最好能去刑部或是大理寺。"

"也是,柳兄确实对这方面比较擅长。"兰若虚意味深长地说。

史无名觉得后背冷汗都要流下来了,实在有必要转移一下兰若虚的注意力,便抱怨了起来:"兰贤弟,不瞒你说,如今我对这骊山书院上上下下可是失望至极了。"

"为何?"兰若虚不解地问。

"且不说谢不离那几个人是不是犯过案子,就说那梁兄,看起来老实巴交的,却也在暗中搞这种争风吃醋、私查同窗隐私的事情。伯父送我来的时候,可说这是个风水宝地,有神灵庇佑,遇到的都是饱学之士,可如今一看,怎么全都是这样的人?"

"他们……其实也有在读书的。"兰若虚底气不足地辩解道。

史无名说:"梁兄还算努力读书,我可没觉得谢不离那几个人也在用功,还有陶文那帮人……"

"谢不离当然不用功,他们的学问就那样,扶不上墙。"兰若虚左右看了看,把声音压得更低,"但他们找到了靠山,可以给他们举荐——当然,书院大部分人都找到了,也包括我。"

史无名心中大喜,不由得竖起了耳朵,并鼓励兰若虚继续讲下去。

"还有这等好事,兰贤弟快给我讲讲!"

"王无咎能找人给我们引荐,柳兄知道吗?他的祖父是当朝阁老!"

答案一下子就跳出来了,让史无名觉得充满了不真实感。

"就算有王阁老,他一个人能举荐多少人?"史无名疑惑地问。

"王阁老自己不能,但他还有家人、下属和门生,而他举荐的人将来也会成为他的下属和门生,周而复始嘛!"

闻言,史无名觉得身上微微发冷。

"那么王无咎就是王阁老在这里的代理人了?难道他不去科举吗?"

"科举?"兰若虚有些神秘地轻笑一声,"你知道他在这里待了多少年吗?"

"他看起来年纪也不是特别大,能在这里待多久?"史无名明知故问。

"好像从这书院收纳学子读书开始,他就被送到这里了,那大概是永贞元年(公元805年)。"

永贞元年,史无名微微一愣,他突然想起从前看卷宗的时候,也看见过这个时间点。那是一个非常特殊的年份,每次回想起那年发生过的事情，他都心有余悸。

在那最为混乱的一年，正值大好年华的王无咎被送到了这里，再也不曾归家，王家是怎么想的呢？

"既然他这么手眼通天，又有王家作为依仗，那应该早就入主朝堂了，而不应该在这里蹉跎啊？"史无名故作不解地问。

"可能还是因为他的身份比较尴尬。听说他是私生子，不得嫡母的喜欢。他的那位嫡母可是姓郭。"兰若虚一脸八卦的神情，恨不得下一刻就给他们讲一个嫡母虐待私生子的后宅阴私故事，"这种事情，放到谁家都是难念的经。虽然外面的人说郭夫人对王无咎不错，但估计就是做做表面文章，敢问谁会喜欢一个丈夫的私生子？要是喜欢，能让他几年都待在这里，连个面子都不愿在人前做？"

兰若虚离开后，史无名和李忠卿继续讨论了一下这件事。

王家的事没那么简单，两人对此达成了共识。

"再说，那梁磐因情生怨，恨不得抓住谢不离的短处搞死对方，这倒也可以理解，但是兰若虚为什么要对我讲这些呢？是单纯因为书院里的人都疏远他，而我对他还算客气，所以才找我说这些八卦吗？"

"你现在怀疑所有人。"李忠卿笑了笑，给他倒了杯茶。

"是的。"史无名有点不好意思地接过了茶盏，"事情太过扑朔迷离，只有普遍怀疑，慢慢排除。"

"还有那方家的案子，这么多不通情理的破绽，没道理别人发觉不出。"

"所谓一叶障目不见泰山，忠卿，鬼神之说本就是蒙蔽世人的障眼法，不幸的是，上至君王下至百姓，他们都相信这个。"史无名叹息了一声，有些无奈，"在这个案子里，抛开鬼怪的因素,对方申之子的死只能靠留下的骨头做判断,但谁能确定那骨头和头发就是属于方家小郎君的呢?"

"难道你觉得那少年还活着?"李忠卿对这个推论表示震惊。

史无名摇了摇头,神情有些沉重。

"我觉得当晚对于这个少年来说,是个死局。那个女人所做的一切,似乎都是为了不被打扰地杀死他。而这仇怨可能来自于他父母中的任何一方,基于后来他母亲也死去了,我怀疑和他父亲有关。"

"方申的仇人?"

"也许你不信,我甚至怀疑是方申让人来杀他的。"

"亲爹杀亲儿吗?为什么?"李忠卿一愣。

"如果那不是亲儿,或者他在外面有了更喜欢的儿子呢?"

是的,这也是一种思路。

"他常年在外经商,谁知道他在外面是不是有别的红颜知己?又有谁知道他是不是怀疑自己妻子的忠贞?"

"你该不会怀疑那杨玉儿是他的情人吧?"

"谁知道呢?找到他才能找到真相。"史无名说,"事情才过去几年,方申肯定还活着,也应该开始新生活了。正因为他家的事才流出了鬼嫁娘的传言,所以也让苏兄找一找他吧。"

十二

因为谢不离的离开,到了第二天,人心还有些浮动,王无咎便难得地在众人前说了几句话。

"走了个人有什么关系?这院子里来来往往的人那么多,有的人是吃不得苦走的,有的人是做了官走的,终归是自己选的路,只不过人往高处走,水才往低处流,各位想想自己要什么,这才是最重要的。"

这番话把情绪有些浮动的众人按住了,大家便各自去读书写文章了。

"若说威严和号召力,他还是有些的。"史无名在人群后低声评价了一句。

"再怎么不得长辈的眼,好歹也是出身钟鼎之家,和这里的人是天差地别。"李忠卿看着王无咎的背影说,"我觉得我们的计划可能有个漏洞,如果王无咎不打算和你过深接触怎么办?"

"为什么?"史无名不解地问。

"因为你不需要找王阁老引荐,你背后是位高权重的柳侍郎,想要什么都能有。"

"所以我期待的是他能把我绑上王家的战船!"史无名说,"我和苏兄考虑过这个问题,所以我一直表现出对伯父的不满。这样能让他对我有更多的期待,毕竟绑上了我也就算绑上了柳家。而在他们眼中柳家还算有分量,第一天陶文就来接触我便是证明。我还算条大鱼,舍了太过可惜。"

而这一天,凌云和青云都不知道去干什么了,就连那些五大三粗的杂役也很少见,静修室还不能去,学子们因为无人看管变得更加散漫。

而梁磐兴致却很高——他讨厌的人走了,他显然很高兴,便想搞个文会,拉人去明思堂,可是除了他院子里那几个人,没人应和,最后只拉到了一个兰若虚。其实兰若虚也不太感兴趣,但是梁磐过于兴奋,他推托不得,不得已才去了。

史无名想凑到王无咎跟前聊两句,但是又觉得太刻意,便没有行动,一时间百无聊赖地发起呆,就在这时,陶文走到了他跟前,和他攀谈起来。

"听说柳兄在京师得到了花魁云塔娘子的青睐,还是入幕之宾?"

他们竟然真的知道云塔,史无名暗自心惊。

"啊,是的,在下最为倾慕云塔小姐。"

纵然平康坊内的红粉阵仗里一代新人换旧人,但云塔依然是花魁,依旧美丽逼人,傲视群芳。

"无事不登楼,有事才想起奴家。"

为了铺好柳飞絮这条线,史无名去见过云塔,还在她那里坐了一个时辰,当时云塔笑着这么调侃他。

"哎呀,柳兄着实让人羡慕,竟然能博得云塔小姐的青睐。"陶文来了精神,一个劲儿地和史无名套问云塔的信息,看起来对云塔非常感兴趣。

"得了青睐又能如何?到了这里,就算美人如花,也如隔云端了!这里不见黄金屋,更是不见颜如玉啊!"史无名叹息着说。

"若是柳贤弟想,其实在这里见解语花也未尝不可。"陶文朝他眨眨眼睛。

"陶兄莫要哄小弟,我可不信。"史无名表面不信,但心中却是一动,陶文这是什么意思?

"柳贤弟可听说过鬼市云烟廛?"

"可是和务本坊风雨集齐名的鬼市云烟廛?倒是听人提过一点。"

"正是。"陶文神秘一笑,"在那里,无论是美人,还是珍宝,或是奇遇,都如过眼云烟,遇到了就及时拥有,不要徒留遗憾。"

"陶兄这么一说,可是勾起小弟的好奇了。"史无名垂眸一笑,有些亲热地挽住了陶文的胳膊,"敢问陶兄,这到底是一个什么去处啊？"

陶文见他如此，觉得果然和调查的一样，这位柳家的九郎不爱读书，倒是个风流种，就爱在那脂粉堆里打滚。

"自然是人间最好的去处，贤弟如此知情识趣，其中的小娘子定然会喜欢得不得了。"陶文笑着回答。

"那是自然，小娘子们都喜欢我。"史无名心中暗道罪过，但是面上依然骄傲自得，"只是不知陶兄把这云烟廛说得如此天花乱坠，会不会盛名之下其实难副，要知道这天下的至奇至美可都在长安！"

听他语气中充满了怀疑，陶文笑了。

"柳贤弟放心，这可绝非虚言，说句大不敬的话……"陶文压低了声音说，"就是当今陛下也未必能得到如此享受！"

"真的？"史无名瞪大了双眼，一脸的不可置信。

"绝无虚言。"

"那在下还真的开始有兴趣了。"史无名看着陶文，满是希冀，"说实话，陶兄，对我来说钱不是问题。事实上，除了明年的春闱和得到云塔小姐，其余都不是大问题——前者寄托了我家爹娘太多的期望，而后者是在下心中的山中岚天边月。这云烟廛中的女郎真的能比得过她吗？"

"春兰秋菊各有其美，若是心爱，眼前花便是心中花。我不知那里的女郎能否与云塔小姐相比，但绝对都是多才多艺，温柔可人，非常适合柳贤弟这种风雅的惜花人。"

"陶兄这么说，我可真是越来越感兴趣了。"史无名喃喃地说。

"若是贤弟有兴趣，愚兄可以为贤弟引路。"陶文意味深长地说。

"真的？"

陶文笃定地点了点头。

史无名瞥了一眼不远处的李忠卿,大声支使他去藏书楼给自己取一本书。等到李忠卿离开后他才舒了一口气。

"陶兄,实不相瞒,在下身边有这个眼线跟着,想去哪里都束手束脚。小弟在这里这几日,真是度日如年!"

"这容易解决。"陶文瞥了一眼李忠卿的背影,"主子想做什么,不需要下人来指手画脚!"

"陶兄这是何意?你可不能伤他,他是我伯父的人!"史无名吓了一跳。

"贤弟放心,我可没打算得罪柳侍郎,到时候你自然会明白。"陶文离开的时候,还留下了一个神秘的微笑。

史无名顿时觉得心里毛毛的。

陶文刚刚的话是什么意思,还是说他们有办法避开李忠卿带自己走?

思来想去,史无名心中除了忐忑竟然还有点儿兴奋。在这样一个都快被世人遗忘的地方,却充满了各种秘密,实在让人兴奋。

可李忠卿却不这么想,对于这件事,他焦躁得就像热锅上的蚂蚁。

"到目前为止都没有任何关于这里有什么云烟麈的信息,他也许只是想骗你!"

"那么我有什么可骗的呢?忠卿,既来之则安之,别慌。"

"自然是图你钱财!"李忠卿一点也没被安慰到,暴躁地回答。

"就算为财,也还不至于要命,而且我背后还有柳家,所以你放宽心。"

"无论如何我不能让你一个人涉险！"李忠卿依然倔强地不松口。

"我们来就是为了查这件事的，你扮演监管者的角色，当然不能和我一起去。"史无名苦口婆心地劝道。

李忠卿心中大恨，因为他无法反驳，但依旧不肯松口答应。而且到了晚上，他暗自把戒备提高了几个等级。

可惜，他不知道这并没有什么用。

十三

"柳贤弟醒醒。"

史无名猛然惊醒，他坐起身，发现正处在一个陌生的房间。史无名只记得自己躺在床上看书，不知什么时候就失去了意识，而醒来就在这个陌生的房间里。

他眼前的人正是陶文，此时陶文正笑嘻嘻地看向他。在一个不知名的空间里，和一个不算熟悉的人，这不由得让史无名心生戒备。

"陶兄，这是在哪里？你为何会在这里？"

"贤弟莫怕，此处正是去云烟廛的中转站。"

莫说史无名完全看不出这里是哪儿，即使他熟悉，黑夜也能将白日里熟悉的景物变得陌生，更不要提这还是一个没有星光的晚上，在一个完全陌生的屋子里。

"这、这里就能去云烟廛了？"

"对，贤弟只要跟着我走即可。现在唯一要和贤弟确认的是，你是否真的想去，如果贤弟不愿，现在还可以回去。"

"都到了这里，哪里有回去的道理？我去过风雨集，自然要去这云烟廛。"史无名抬眼一笑,"相信陶兄不会害我,我跟陶兄走。"

"好。"陶文显然很满意史无名的回答,"那贤弟就跟我来。"

他推开房门,史无名这才发现门口有两个拿着气死风灯的蒙面人正等着他们,四周的景物都是雾蒙蒙的一片,根本无法分辨清楚自己在哪里。

"说它是鬼市也好,神仙集也罢。它就是一场过眼云烟,里面所有的一切都不必记住。宛如梦过无痕,人人都是一张假面,彼此不相识,所以也不会有负累。"陶文递给史无名一张面具,然后自己也戴上了面具。

史无名刚刚将面具戴上,那两个蒙面人便上前把史无名的眼睛蒙上了。

"喂,你们干什么!"

史无名顿时有些慌乱,一时间不知道该如何动作。

"不必害怕,凡人不应该知道如何入鬼市,所以要有人带领。"他身边的人说,"一会儿就好。"

那两个人一左一右挟住了他,带他往未知的方向走去,史无名从他们身上隐隐闻到一股香气——有点熟悉的香气,他却一时间想不起来。

随后对方带他走了一段漫长的路,就在史无名觉得有些累想要反悔的时候,他听见推门的声音,然后那两人带他跨过了门槛。又走了一小会儿,桎梏他的手突然就松开了,然后一阵香风扑来,耳边传来一声娇笑。

"这是从哪里来的贵人啊?"

随后一只纤纤素手就将史无名眼前的蒙布扯了下去。

史无名顿觉愕然,一下子怔住了。

不知道什么时候，陶文和那两个蒙面人都不见了。眼前是一个妙龄女子，发如乌云，步摇摇摆，纵然戴着面具，也能看出她眼眸含星，俏皮非常，整个人水灵灵的十分标致，说艳如桃李也不过如此。

再看看四周，史无名恍如进了另一个世界，亭台楼阁中处处悬挂着彩灯和幔帐，让人觉得朦胧缥缈，而那些灯都不怎么明亮，在雾气的遮掩下幽幽暗暗，光影深处有人影熙攘走动。再走几步，又能听到丝竹贯耳，笑语阵阵，仿佛是一个绮丽的梦境。

"郎君随阿梦来。"那女子笑眯眯地上前挽住了史无名的胳膊。

"这位小姐……"

史无名身上一僵，而这种僵硬感一下子被阿梦发现了，于是她"扑哧"一声笑了。

"郎君莫怕，这云烟麈里，来的都是公子王孙，大家不过都是千金买笑，雾中看花，贪的是一时之醉，图的半晌之欢，绝对不会有害人的……"

"害人的什么？"史无名忍不住问了下去。

"妖怪！"女孩做出吓人的姿态，随后嫣然一笑，拉着史无名继续往前走。

"郎君，我们这里啊，酒色财气，各有所专。要喝酒，自有爱酒之人的去处，里面美味佳肴无所不有，在东；要求色，郎君去了肯定会受欢迎，琴棋书画，歌舞声色，无一不全，在西；至于财，郎君想要赌钱大杀四方，便往南走；而气……郎君觉得是什么？"

"在下觉得气应该指的是气质，习气。"史无名愣愣地说，"求阿梦姑娘解答。"

"是仙气，郎君若是想要修仙，可以去那边。"阿梦指了指北方。

"修仙？"

"能问前程，知未来。有仙丹，有五十散，有仙水，还有修炼的方术。当然，郎君若是想找人双修，也不是不可。"说到最后一项，阿梦朝史无名眨眨眼睛。

闻言史无名敬谢不敏，连连摆手，把阿梦逗得又笑起来。

不过听到这里他倒是明白了，这个销金窟里想要吃喝玩乐都能找到去处。

"不过我们这位仙师最拿手的还是招魂。"

"招魂？"闻言史无名一愣。

"郎君心中若是有挂念却不能相见的人，可以去求仙师，仙师定然能够让你们相见。郎君幸运，今日的子时三刻，仙师他老人家要招贵妃的魂魄，很多人都会慕名前去。"

这一连串的信息把史无名弄懵了。

"真的？"

"如此稀奇之事，郎君也要去看吗？"阿梦笑嘻嘻地问。

"如此奇异之事，自然要去看！"史无名急忙道。

"那小郎君不先去阿梦那里坐坐吗？"阿梦又朝史无名笑了笑，表达邀请之意。

"烦劳小姐这么久，自然是应该去做客，但是在下初到此地，想先四处看看。这里有点小礼物，给小姐权当缠头。"

史无名递过去一颗珍珠。

阿梦觉得史无名不像风流郎君，但却十分知情识趣，也符合第一次到这云烟廛里的人的好奇状态，便掩唇笑了笑。

"多谢郎君，是否要阿梦陪郎君逛逛？"

"多谢阿梦小姐,在下想先自己走走,然后再去看仙师招魂。"史无名想自己调查,自然不想让她跟着。

"那郎君请自便,只是丑时三刻若是到了,郎君记得不要留恋,顺着指引离开,否则便会永远留在这里了。"

她特意加重了"永远"两个字,听上去更像是一种警告。

"知道了。"史无名慎重地点了点头。

随后阿梦就飞快地消失在这一片灯红酒绿当中了。史无名四处走了走,他发现这里亭台楼阁,无一不缺,虽然来这里的人都戴着面具,但是从服饰上能看出来他们非富即贵。他们或左拥右抱,风流快活;或大醉酩酊,不知今夕何夕;或一掷千金,洒金无数;又或痴迷颠倒,云山雾里。

是的,是真正意义的云山雾里——那位仙师所在之地四周都是雾气,把整个地界都搞得云遮雾绕。而其中有戴着面纱的侍者来来回回为这些人服务,其中不乏身形曼妙的女子,和那些人调笑取乐。

史无名本能地对这种景象感到厌恶,他知道这仙师就是个骗子,却还是想知道他要如何招魂。即使知道不是真的,潜意识里也特别想要看——人好像都有这种好奇心,史无名也不例外。

"色"那边的负责人是个大腹便便的胖子,整个人穿得鲜艳华丽,他戴着一张笑脸面具,招呼着来来往往的人。在史无名经过的时候,他甚至拉住了史无名,殷勤地邀请他进来逛逛。

史无名笑着拒绝了,但他与胖子纠缠的时候发现陶文被一群女子环绕着,而陶文身边的那几个戴着面具的男子也很眼熟。

史无名几乎可以确定,那几个人是学院里的学子,陶文既然能带着自己来到这里,自然也能带其他人来。而陶文和王无咎形影不离,王无咎是不是也在这里,而这个地方和王无咎之间有没有什么必然的关系呢?

就在此时,史无名感觉似乎有人在暗中窥探自己,那窥探的目光简直让他如芒在背,他不由得皱起眉头,难道他这种只是闲逛却不进行任何消费的行为让人起了疑?在他想着是不是该去酒肆喝上两杯的时候,人群骚动起来。

"仙师要开始招魂了!"

似乎所有人都在期待这一场神秘的仪式,人流都朝一个方向涌去,史无名便随着人流到了招魂的所在之处。

那仙师所在之地是一个宽阔的高台,高台背靠着一座楼阁,所有的人都只能站在台下观赏台上的一切。他穿着宽大的道服,道冠高耸,面上扣着一张可怕的傩面具,身边还跟着两个服侍他的小道童。微风吹来,仙师衣袂翩翩,飘然若仙。而他所在的高台上,悬挂着多面洁白的帷幕,在风和雾气的加持下,整个高台充满神秘的圣洁感。

台下所有的人似乎都对这位仙师又敬又怕,即使隔着面具,史无名都能感受到他们的崇拜之情。

"贫道今日要请一位贵人。"

"所有人噤声,切勿冲撞贵人!"他身边的童子大声喝道。

瞬时,所有的声音都消失了,大家都屏息敛声。

只见仙师在高台上舞起了他的桃木剑,两边的童子唱起了一首古朴的歌谣。

魂兮归来!

去君之恒干,

何为四方些?

舍君之乐处,

而离彼不祥些!

……

"《楚辞》中的《招魂》。"史无名低声说。

此时台上的道人抽出了他的桃木宝剑舞动起来，他身形飘逸，动作潇洒，让人觉得仿佛看到了一场曼妙的舞蹈。

在歌唱到达高潮的时候，道人突然伸出了手，手上赫然是三张符纸，他将符纸往天上一抛，随后符纸骤然自行燃爆，发出噼里啪啦的响声和白色的刺眼光芒。

只听得他高喝一声。

"魂归来兮，急急如律令！"

史无名本在揉自己的眼睛，刚刚那白光太过刺眼，让人觉得泪花都要涌出来了。可就在这时，他怔住了，所有的人都怔住了，因为他看到有一个身影出现在帷幕之后。

即使站在台下，也能听到她环佩的叮咚声，也能看到她高耸的云鬟，也能欣赏到她姿态万千的身姿。看到那人影的一瞬间，台下的人甚至都不敢呼吸了。

那道士恭恭敬敬地朝帷幕上的身影施了一礼。

"恭迎娘子。"

里面的人微微点了点头，随后出声询问：

"仙师所为何事？一晃数十载，这人间还在，却物是人非，已是伤心燕，何必再归来？"

那语调似怨还悲，如出谷之莺，勾人心魄。

"昔年惊闻娘子薨殁，举世皆哀，至今亦然，想问娘子可有什么未了的心愿？"

所有的人都望向帷幔，想要知道会得到怎样的回答。

"仙师这问题不对啊，现在娘子和明皇肯定是在天上重逢，比翼双飞，她还能有什么心愿？"人群中有人嚷道。

却是这一声让帷幔后的人影动了一下，随即便是一声长叹。

"无人知我是爱是恨，无人知我是悲是喜。说什么比翼双飞，只知道凡尘似梦，情怠爱断，一切不过大梦一场罢了。而我所牵挂的，我所热爱的，都已经不在了。"

"娘子，你还牵挂什么？"下面有人大声问。

"骊宫高处入青云，仙乐风飘处处闻。缓歌慢舞凝丝竹……此恨绵绵无绝期。"

帷幔后的人念了几句诗，然后凄楚地笑了。

"还能有什么牵挂的，我唯一牵挂的大概便是那曲霓裳羽衣吧。"

"什么？霓裳羽衣？"很多人都是一愣。

人都说《霓裳羽衣曲》是玄宗梦游月宫时所看到的仙女所奏之曲，在他清醒后急忙把梦中的旋律记下，再和贵妃还有乐工把曲子完善，最后才呈现在世人面前。据说，当贵妃跳起霓裳羽衣舞的时候，宛如仙女下凡，让人目不转睛。可惜这珍贵的曲谱却在多年前的那场变乱中遗失了。

此时不知从哪里传来如仙乐一般的曲调，帷幔后面的人影随着乐曲翩然起舞，一瞬间吸引了所有人的注意力。

那是如此惊艳的舞蹈。

乐声绕梁，雾气氤氲，帷幔后的人翩若惊鸿，婉若游龙。一时间四下俱静，所有人连大气都不敢出，只是静静看着眼前的一切，生怕惊醒这梦境一般的景象。

史无名怔怔地站在原地，他也被这场舞蹈震撼了。他身在官场，参与过各种宴饮，也看过许多舞姬的舞蹈，但没有任何一支能比眼前的舞蹈更触动他。也许是这如梦似幻的氛围，也许是舞者神秘莫测的身份，也许是精彩绝伦的舞蹈本身，都让人沉浸其中。

"尘缘已去，诸君勿念。"

最后只留下一句宛如叹息般的声音，那身影便如轻雾一般消失了，只留下一地怅然若失的人，而此时，他们身边的雾气也更浓了。

随后那仙师朝天上扔了一根绳子，绳子的另一端消失在迷蒙的云雾里，他竟然顺着绳子直接攀缘而上，最后消失在云雾中，而他消失后，那绳子便从雾气中掉了下来。

过了好一会儿，才有人缓过神来。

"我还没向仙师求个签！"有人捶胸顿足。

"我还没向仙师再求些丹药！"

"我还没问这附近游荡的鬼嫁娘是不是她本人！"

"我……"

"我……"

史无名能听出最后问题的主人是谁，是梁磐，看来他确实很想知道事情的真相。

伴随着人们的议论声，史无名耳边突然响起了钟声。

"哎呀，丑时三刻要到了。"众人哗然，"要离开了啊。"

此时身边的雾气厚重极了，隔上几步便很难看清人的身影，史无名分辨不出哪里是自己来时的入口，也没听到有人指引，只能茫然站在原处。随后浓雾将他包裹其中，在某一个瞬间，他就什么都不知道了。

十四

当史无名睁开眼睛的时候，榻边站着心急如焚的李忠卿。

此时的李忠卿看起来就像是一只焦躁的猫，看谁都想挠两把，当他看到史无名醒来时，神情才稍稍放松下来。

"你昨晚……"李忠卿急匆匆地询问，又想到应该给史无名一点缓冲的时间，便先说了自己的遭遇，"昨晚我不知怎的被迷倒了，醒来后你已经回来了，我不知道你发生了什么，反正一直叫你也叫不醒。"

说到最后，李忠卿这个七尺的汉子都有些委屈的意味了。

"我被陶文带去了'云烟廛'，只不过来去都是在失去意识的情况下。"史无名示意李忠卿不必激动，毕竟他已经回来，而且身上并没有什么不妥。他一边慢慢起身，一边给李忠卿讲述昨天自己的遭遇。

"昨天晚上陶文作为引荐人带我去云烟廛，看来无论是从家财还是家世的角度，他们都觉得我可以成为那里的主顾。忠卿，很遗憾你没能去，那里真的很不错。"

"我并不遗憾没去那里，我只觉得未知意味着危险。"李忠卿十分严肃地盯着他说，"你说，我们是如何中了招的？"

史无名走到了外屋的桌子前，看着上面供奉的文昌帝君像，此时神像前的香已经燃尽了。

"能把我们两个人同时迷倒，必然是用了迷药，而这种迷药总要有一种途径进入体内，要么是吃的，要么是喝的，要么是闻到的。"

"我们吃的和大家一样，喝的是我给你泡的茶，应该都没问题。"

"是啊，但是书院的规矩是每天早晚给文昌帝君上香。"史无名喃喃说了一句，用手拨了拨香灰，他觉得某些香灰的颜色和其他的不同。

"你觉得香有问题？对了，那香是昨天晚上小六子来给加的。"看他的举动，李忠卿皱了皱眉头。

"如果昨晚那几根香上面的三分之一是正常的，而剩下的三分之二便是有问题的，能够保证人一觉到大天亮。"史无名看着那香灰也觉得有一点后怕，"这件事也告诉我们，在我们身边做手脚其实很容易。如果放松警惕，结局大概就会像床头上的那句话——愚妄者不知死之将至。"

"日后确实要多加小心，不能被有心人钻了空子。"李忠卿低声说，不仅仅是告诫史无名，也是警示自己。

"忠卿，你知道为什么我第一个想到了香的问题吗？"

"为什么？"

"因为在引领我走的那两个人身上，我闻到了一种香气，我昨晚觉得熟悉却一时间没想起来，但是我现在想到了——是香的味道！"

"香？"

"说白了，就是这里的香的味道——不管是在我们的屋子里，还是在文昌帝君殿里燃着的香的味道。骊山书院里的香很独特，是他们特意定制的。"

"书院和云烟廛有关？"李忠卿闻言也没太吃惊，能顺利地给屋里添上有问题的香，如入无人之境般把史无名从屋子里带走再送回来，如果和书院无关才是见了鬼。

"铁打的营盘流水的兵，书院一直在这里，只有学子们来来往往，所以书院的人参与云烟廛的经营，更有可能吧？书院里的那些五大三粗的杂役，白天困倦，而他们的住所和我们之间的门是锁上的，也就是说我们不知道他们晚上去做了什么。"

"你觉得他们晚上是去经营云烟廛？"

"对。"

"也许云烟廛的经营者里还有学子中的'钉子户'。"李忠卿意有所指地说,"有些人一直待在这里,甚至能让手下亲自来拉皮条,绝不可能毫无关系。"

李忠卿对王无咎和陶文的意见大到说话都要冒火星了。

史无名笑了笑,他也同意李忠卿的话,王无咎肯定和云烟廛有关,否则他终年身处这骊山山顶,怎么能知道那么多信息?除了王家提供给他的,他应该也有自己的信息网,云烟廛这种销金窟可不就是信息集中之处?

"既然你去了云烟廛,那么能判断出它的方位吗?"李忠卿接着问出了他最关心的问题。

其实这也是史无名一直在思索的问题。

"四周过于黑暗,我走了很长的路,无法判断自己在哪里,但应该还在山上。"

"山上有许多庙宇和道观,你觉得更像是在哪一处?"

史无名思索了片刻,和李忠卿说了一个去处。

"实话说,我觉得是在华清宫内。那里有宽阔的表演舞台,亭台楼阁,温泉……"史无名眯起眼睛说,"像是按歌台……"

"你疯了,那是皇家……"话说一半,李忠卿却止住了,下面的宫殿虽然属于皇家,但却并不是进不得的地方。只不过他们这些做官的人困于平常的思维,觉得寻常人进不得皇家园囿,忽视了那里。

"陆青岚死在那里,是第一个指向;而那天的那出鬼戏,又是第二个指向。这山上又有什么地方要比华清宫的按歌台更合适做成表演场所呢?"史无名望着李忠卿说,"如果云烟廛就藏在华清宫,那么一定会留下蛛丝马迹。比如饮食,那么多的人一定要吃很多食物，让苏兄盯一下华清宫的食物采购，或者书院的食物采购。"

"我明白。"李忠卿点头答应，"一会儿我让阿雪把消息带下去，顺便看看苏雪楼有没有回信。"

史无名的心思又回到了昨晚看到的那场精彩绝伦的舞蹈上。他当然不相信那仙师真的请来了贵妃的幽魂，隐藏在层层帷幕后的应该是一个技艺绝顶高超的舞者，她绝对不输教坊中水平最高的舞姬。而且还有一点让史无名在意——云烟麈里无论是乐师，还是歌姬、舞姬的水平，都在市井间难得一见，怪不得陶文会说，就算皇帝也未必有如此享受。

如果那个舞台是按歌台，作为昔年给帝王表演的舞台，有为表演而修建的机关，这应该就是那仙师和舞者消失不见的原因。

那么其余的客人又是怎么来到这里的呢？

云烟麈不像是务本坊的风雨集，只要胆子大，人人都可以去。能去云烟麈的人显然非富则贵，是能够花出大把银子的人。也许和当年鬼门寮一样，要被人用棺材抬着出入？迷茫的山雾中，每个人都辨不清何去何从，而云烟麈里的人却能用不为人知的手法将客人们带进带入，确实非常神秘。大概只有自己这种初入云烟麈，还不太被信任的客人，才会被迷倒了再带进来、送出去吧。

十五

今日书院日常轮值的人应是青云，但是他却不见踪影，静修室不知道什么时候才能修好，众人变得更是懒散。经过了昨晚，陶文他们对史无名又亲近了几分，但是他们都有些精力不济，显然是度过了一个不眠之夜。

经过一段时间的相处，史无名觉得王无咎和陶文那些人的关系很奇怪。虽然陶文整日跟着他，但王无咎却对他爱答不理，甚至态度冷漠，有时候还会呵斥他。可陶文并不在意，日复一日，依然每天跟着王无咎，有时候甚至还会无视他的命令，看起来还有点扬扬自得的意思。

这是一种什么奇怪的主从关系？

此时，史无名看到王无咎坐在藏书楼的一角，没有看书，正在把玩他身上佩戴的一块玉佩，还时不时地盯着那玉佩发呆。

史无名从小便很喜欢玉——谦谦君子，温润如玉，君子要有玉一样的品德，这是刚上学堂时夫子说的。长大后，史无名对于玉也有收藏研究。王无咎那块玉佩的质地不错——羊脂白玉，上面还有特殊的花纹，正是那花纹让史无名很在意。

有点像龙，但他不敢确定。

他注意到那玉佩是在和王无咎手谈了几局后——王无咎的棋艺还算不错，两个人各有输赢，但史无名觉得王无咎下棋的缺点就是有些瞻前顾后，犹豫不决。

"王兄的心似乎乱了。"当时史无名把最后一枚黑子放到棋盘上说。

"日日如坐愁城，如何不乱，这一局又是我输了。"王无咎将棋盘微微一推，站起身来，那块玉佩便在史无名眼前晃了一下。他回头朝史无名笑了一下，"不过我很开心，因为在柳贤弟来之前，从来都没有人赢过我。"

随后王无咎就走了，那块玉佩便又藏入了衣袂当中。

史无名十分中肯地和李忠卿评价了一下王无咎的棋艺。

"其实以他的棋艺，不太可能没有人赢过他。"

"那为什么他会在此无遇敌手？"李忠卿嗤笑一声，显然明白其中的猫腻，但是却顺着史无名的意思问了一句。

"因为大家都哄着他，不敢赢他，就像如果你和上司下棋，你敢赢他吗？"

李忠卿看了史无名一眼，点点头说："敢。"

"好好好，大少爷你是特例。"史无名无奈地笑着推了推李忠卿，"但是寻常人是不敢的——就像这书院里的人，他们都不敢赢王无咎，或者根本不想和他玩，因为在他们看来，王无咎是掌握了他们命运的人。换句话说，在这个书院里，虽然他高高在上，但本质是个孤独的人。"

"谁管他是不是孤独的人，幕后黑手也会觉得高处不胜寒吗？惺惺作态！"李忠卿冷哼了一声，"先别管他，山下有消息来了。"

史无名立刻瞪起了眼睛。

"快说说！"

"刑部有曲江祭祀新娘一案的卷宗，而掌管案件卷宗的人就是陆青岚的父亲，他说陆青岚也翻看过这案子的卷宗，当时还被他呵斥了，认为自己的儿子不做正事。"

"陆青岚也看过？"史无名一愣。

"是的。当时没有查出那新娘的身份，自然也没有找到她的亲人，遇害原因上写的是疑似祭祀，因为当时有人在魁星庙附近见到了魁星显灵。"

"什么？魁星显灵？"史无名闻言又是一愣。

传说魁星生前虽然满腹才华，却因为相貌丑陋导致科举无名，愤然投水自尽，却被水中的金鳌所救，后来便变成了主管科考的神。

"是，只是这传言做不得准，因为传出这话的是个喝多了的举子，觉得自己在曲水畔看到了魁星夜游，肯定登科有望，所以便吹嘘了一阵。你也知道传话这种事，一传十、十传百，最后变得面目全非，最终这传言就变成了魁星在曲水显灵。本来邻近科举，魁星庙香火就盛，有了这个传言后，当时群情激昂，去魁星庙的人快把门槛踏破了，后来便出了这新娘的案子。"

"谢不离他们几个是当年的考生，被京师的繁华迷了眼睛，整日流连花街柳巷，纵然有才华也被这种不思进取的生活渐渐磨没了，可能就生了歪心思。而且苏雪楼找到了那个舞姬，她也证实了梁磐的话。"

"那舞姬知道新娘的身份吗？"

"只知道是和谢不离一起从南方过来的，好像姓梅，其余的她就不知道了。还有件事蛮奇怪，谢不离说自己是富家子弟，但他却常常需要女人去贴补他。要钱的理由各种各样，但是要了都不还，而且他非常花心，会招惹不同的女人。而那舞姬自从听了谢不离醉后之语就很怕他，觉得他是貌若潘安，但心如蛇蝎，是专门骗女人钱财的那种小白脸，因此被他抛弃后反而松了口气。"

"这舞姬也算是及时抽身，没有和他有过多牵扯。"史无名点点头，"按歌台那边苏兄查得如何？"

"这件事才是最有趣的，苏雪楼吃了闭门羹！"李忠卿说这件事颇有点幸灾乐祸的意味。

"什么？"史无名一愣。

"没想到吧，普通人只要使点小钱便可以偷着进去逛上一圈的华清宫，苏雪楼想进却被老太监拦住了。说这是帝王行宫，如果想要进去，须有上方手谕才能放行。你别说，苏雪楼还真的退缩了，因为无令私闯行宫的罪名他担不起。"

"他之前查陆青岚的案子时不是去过吗？"

"是去过，那时候他们有手令，被大开方便之门。而这次去，苏雪楼以为会和上次一样,就没拿手谕,结果被人堵住了。这一来一回花费了不少时间,等他们最后终于进去后,一无所获,苏雪楼怀疑那老太监是在拖延时间。"

"就是拖延时间。"史无名思忖了一下说,"把苏兄拦住后,让里面的人收拾好赶紧跑。"

"那么华清宫里的那些太监宫女也算是同谋?"

"如果云烟麈开在华清宫里,他们怎么可能不知道?他们算是被遗忘在那里等待着死亡的一群人,与其等着帝王重新想起他们,眼前的利益恐怕更重要。"

李忠卿觉得这个分析非常有道理。

"苏兄那边有谢不离的消息吗?"

"没有,山太大了,他鞭长莫及,不过他已经让周遭的关卡注意了,好在谢不离还有两个同伙在这里。"

"只有于文墨和马连良显然不够,如果要告慰冤死者,自然需要所有的元凶首恶在场才行。"史无名看着窗外沉沉的暮色说,"无辜者不能枉死!"

十六

"你刚刚说王无咎的玉佩,他的玉佩怎么了?"李忠卿想起史无名说起与王无咎的棋局与玉佩,便又问了一句。

"我觉得上面的花纹不太寻常,想仔细看看,可是突兀地去要人家的随身之物看,就显得太刻意了。"

"你想如何?"李忠卿问。

"每晚王无咎都要去泡温泉,他总不可能带着玉佩下水。泡温泉的时候,我去吸引他的注意力,你借机去瞧一下。"史无名眼睛亮晶晶的。

"你去吸引他的注意力？算了吧，你不添乱就行了。"李忠卿无奈地叹口气，叮嘱道，"你可以去找他，但别刻意和他谈话，转移他的注意力就行，我找办法接近他的衣物。"

"我可以制造点麻烦，比如说溺水……"

"在温泉里泡澡的时候溺水吗？可真有你的！"李忠卿有点无语地望着史无名，他觉得还不如去直接找王无咎要来看看，等着史无名去吸引对方的注意力，他总觉得会出问题。

"可我想试试。"史无名看起来跃跃欲试，"也许还能借此拉近距离。"

看他如此痴迷，李忠卿更不放心了。

晚饭过后，有的人去读书，有的人去了温泉。史无名看到有人去约于文墨和马连良泡温泉，而那两个人一脸抗拒地回绝了。

"他们怎么了，这一阵子别说不愿意泡澡，现在连洗澡都不愿意，不觉得身上有味道吗？"那人撇了撇嘴，和别人吐槽道。

"又不只是他们两个，兰若虚不也从来不和我们一起洗澡？"

"你敢和他一起洗澡？保不齐他全身上下都是虫子，然后虫子就爬到你的衣服上了……"

"你可别说了，说得我身上都发毛了！"

"话说回来，我觉得谢不离他们这段时间真的挺奇怪，不洗澡，也不怎么去饭堂吃东西，不知道是不是真的想修仙！"

"也许人家是偷偷在山下洗澡吃好的呢？我们也可以去啊！"几个人互相挤眉弄眼，随后心照不宣地笑了。

看来偷偷下山也不算什么稀罕事了。

史无名心中暗暗同情了一下被堵在华清宫门外的苏雪楼。

书院的温泉在住所的后面，可以从后进院子的后门直接到达,也可以从住所外面绕过去。

当初修建温泉的人心中颇有丘壑,依山体修建了一个平台,站在平台上远可看山随平野尽,近可看清泉石上流。因为山顶气温较冷,温泉的热气更加明显,水面上氤氲出薄纱似的雾气,笼在山林的四周,宛如仙境。

温泉水由人工的引导,弯弯绕绕流淌形成了几个温泉池,可以让很多人同时沐浴。据说这里的泉水和山下华清池里的泉水同根同源,晚上大家都喜欢去泡一下,体会一下如帝王般的享受。

等王无咎进了池子,史无名也急急忙忙进了同一个池子,还兴致勃勃地说要和王无咎再讨论一下围棋之道。

随后李忠卿一直担心的事情果然发生了,本来想假装摔倒的史无名竟然真的脚下一滑,直接摔进了温泉池里,只见他瞬间就扑腾起来,溅起了好大的水花,最后脑袋还磕上了岸边的石头。

"救命!"

他吸引了所有人的注意力,温泉池边顿时掀起了一阵小小的混乱。

等到李忠卿把他从水里救出来的时候,史无名已经晕过去了。而等到他完全清醒过来的时候,已经是在房间的榻上,身边是一脸无语的李忠卿和满是担心的兰若虚——据说之前还有别人来看热闹,但是在院门上锁之前回去了。

"柳兄,真有你的,小弟还第一次看到泡个温泉能把自己摔晕的呢!你看这脚也受伤了,啧啧……"

你可快别说了!

史无名默默地把被子拉过了自己的头顶。

太丢人,真的太丢人了!

"兰贤弟还有什么事吗?没事愚兄就先休息了。"

"有事。"

"什么事？"史无名从被子里露出了眼睛。

"青云居士一直都没出现，虽然以前他也常回家，但很快就会回来，这一次时间好像有点长。"

史无名思索了一下，确实好久没看到青云了，不过他看书院里其他人似乎对此没有什么反应，就没太把兰若虚的话放在心上，因为兰若虚明显是找个理由继续留在这里看自己的热闹。

让李忠卿送走了兰若虚后，史无名一把抓住李忠卿。

"你见到玉佩了吗？"

"嗯，也用模泥印下了。"

"太好了，真不枉费我摔了一跤差点儿淹死。"史无名心有余悸地摸了摸自己的头，那一块儿已经肿了，现在还头晕。他刚想下地，发现脚也痛得很，随即自暴自弃地又躺回了床上。

看着他的样子，李忠卿叹了口气，从自己怀里掏出一块陶泥，上面端端正正地印着一个图案，那是一条俯身飞翔的龙。

"你的担心是对的，这图案有些问题，是龙纹。"

"本朝的龙纹承袭的是北周造型，皇室爱用走龙和俯身飞翔的龙。"史无名看了李忠卿一眼，神色凝重，"这玉佩不该是他这个身份能用得上的东西。"

"是不是皇室所赐？毕竟王阁老也是举足轻重的人物，王家有皇家赐的玉佩也不算奇怪，也许是王阁老把这东西送给他的呢？"

"可是你想想王无咎的身份。一个孩子能有皇家御赐之物，说明定然是在王阁老面前得了眼缘。但王无咎若是得宠，就不会被送到这里，几年都不能回家。可既然他不得宠，身上又为什么会有这个？"

"你说得对。"李忠卿也觉得事情不对,"左右和皇家扯上关系的事都不会是好事,莫非皇帝要我们来查这里还有别的意思?"

"可是苏兄从来都没和我提及啊!这么大的事情,他不可能不提。"

两个人都觉得事情有点儿麻烦。

然而此刻的他们还不知道,事情将会在第二天变得更麻烦。

十七

当惨叫声传来的时候,史无名被吓得一下子从床榻上坐了起来。他有些惊慌地看向窗外,外面只有天光一线,周遭还是昏暗的。而已经起身的李忠卿叮嘱他不必慌张,小心一点受伤的头和脚,接着便出了门。

不久之后,他回来了,还带回来一个不好的消息。

"有人死在温泉里了!"

史无名也愣了,自己是装溺水,没想到真有人会死在温泉里,昨天离开的时候还没有什么异状呢!

"谁死了?"

"不知道,人在水里,看不出来。"

当史无名被李忠卿搀扶着一瘸一拐赶到温泉的时候,那里已经围了一群人。大家皆是战战兢兢之状。史无名由李忠卿搀着凑到跟前细看,有一人面朝下趴在最里面的温泉池里。这个池子在最靠里的隐蔽位置,它是泉眼,也是水温最炽热的池子,平日里除了书院后厨想用热水或者要煮什么食物的时候,没有人会来这里泡澡。

发现尸体的是书院后厨的杂役，和往常一样，他想用这里的热水煮些鸡蛋，结果却在这里发现了尸体。

史无名轻声问身边的兰若虚："兰贤弟，是谁出了如此祸事？"

"不知道，掉到'狱池'里，人保不齐都熟了。"兰若虚低声回了一句，脸色也是煞白，看起来吓得不轻。

"浴池？"史无名愣愣地问了一句，"这里本就是泡温泉的地方啊。"

"不是，不是那个浴池。"兰若虚低声说，"是通向地狱的池子。"

"这么不吉利？"史无名吐槽了一句，"这么靠近天的地方，怎么就通了地狱？"

"因为就算是接近天的地方，也有地狱存在吧。"兰若虚颇为感慨地说，"这里的水最热，宛如地狱中的烈焰。"

死者面朝下，穿着书院统一配发的道士服，衣物已经在水中四散漂浮，让人无法辨别胖瘦，更无法判断身份。

这么多人挤在池子边，但是没人敢下水救人。

"还不快把他拉出来？最开始发现的人怎么不先救人？"史无名听见身边有人嘀咕。

"谁敢？这个池子里的温度，只怕都……煮熟了！"

"哎呀，出了这种事情，我们还怎么到这里煮东西？上游煮过死人，这下游的池子还怎么泡澡？"还有人嘀咕。

史无名顿时觉得有些无语，这些郎君少爷们，已经死了人，他们关心的却只是能不能继续偷着煮食物和洗澡。

此时赶来了几个精壮的杂役，他们拿着工具好不容易把人捞了上来，这时候人们才看清死者的面目。

"天啊,这好像是……谢不离!"有人惊呼,"于文墨,马连良,你们和他熟,快来看看是不是他?"

于文墨和马连良被人推着上前去看了两眼。

"脖子上有个铜钱大的胎记,应该是他。"

两人认完尸体便立刻掩面退到人群的后面,再也不肯向前。

谢不离的身上看不到明显的外伤,而拿着钩子的杂役此时又在水底勾出了一条羊腿。

"这谢不离该不会是在这里偷着煮东西吃,才失足滑下去的吧?"有人悄悄嘀咕。

"可谢不离不是早就走了吗?怎么会还在这里?"有人高声问了一声。

众人又把视线投向于文墨和马连良两个人,这两个人面无人色,连话也说不清楚了。

"我们也不知道他还在山上,更不知道他为什么会死在这里!"

"那这羊腿又是怎么来的?"史无名问道,"肯定是有人给他提供食物。"

众人一时沉默,心中都暗暗责怪这柳飞絮怎么哪壶不开提哪壶。

山上日子苦闷,因为清修,所以几乎都是粗茶淡饭,吃素不动荤。因此有许多人都会让自己的仆人偷偷带上一些吃食,或是贿赂书院下山采购的人采买一些,这已经是不成文的秘密,谁知道被这柳飞絮直接问了出来。

"应该是他偷偷弄的食物吧,或许是从厨房偷的。"陶文打哈哈说。

"咱厨房还能有羊腿?"又有人在小声嘀咕。

"居士，厨房最近没丢食物吧？"史无名又问赶来的凌云居士。

"厨房那边都是青云居士在管，我不知道。"凌云摇了摇头，面上的神情更加烦躁，"而他一直没回书院。"

对了，兰若虚昨天还和他说，青云不见了，今日出了这么大的事情，他竟然还没出现！

这时梁磐不知道发现了什么，一屁股坐在了地上，指着尸体颤声说："你们看他的脚踝，那里有一个乌黑的手印！"

顺着梁磐指的方向，史无名也看到尸体的右脚踝上有个黑色的印痕，但很快被凌云挡住了视线。

"这么热的池子，总不会有人藏在下面用手拉他下去吧！"有人小声嘀咕了一声，"难道是水鬼？"

人群又骚动起来，凌云的神色也变得十分不善。

"这骊山有神佛庇佑，怎么会有水鬼？是梁兄看错了，看错了！"兰若虚急忙打了个哈哈，把梁磐拉到了一边，让他先别说话。

"我没看错！兰贤弟，你也看到了吧？"梁磐很固执地挣开了兰若虚的手，有些不甘心地争辩道，"那真的是个手掌印！"

"你闭嘴！"兰若虚是真急了，狠狠拉了他一把，低声在梁磐耳边训斥，"你会不会看人的脸色啊！"

梁磐终于闭嘴了。

这时候不语居士被陶文扶着来到了这里，这还是史无名第一次看到这位书院的院长。他年过花甲，似乎身体不太好，走得很慢。史无名知道这个人历经几朝，昔年颇有文名，十分受皇帝的欣赏，却不知他为什么突然急流勇退，辞官来到这里隐居清修，这在当时也算是一个谜了。

看到不语居士的到来，凌云有些吃惊，但是还是行了礼，向不语简单说了一下情况——只说是失足。只见不语居士面露不忍之色，看了一眼谢不离的尸体，连连说了好几声"可怜"。

"我要去为他抄几遍《太上救苦妙经》！"不语喃喃地说。

"先生仔细身体。所谓'死去何所道，托体同山阿'，逝者已逝，生者且珍惜，剩下的事还是交给我吧。"凌云说。

"你劳心了。"不语喃喃地说。

随后凌云赶紧让人把不语送走，其间还瞪了陶文一眼，似乎在责怪陶文惊动了不语，但是陶文对此视而不见。

随后凌云迅速将围观的人群驱散，让人收殓了谢不离的尸体，并明令要求大家不要胡乱猜测。但他现在这么做已经晚了，所有人都看到了，恐惧的情绪已经笼罩在每个人心头。尤其是马连良和于文墨，只见他们噤若寒蝉，面色苍白，旁边有个风吹草动似乎都能把他们吓死。

随后的一整天，所有人都在惶惶不安中度过，书院的看管尤其严格，让所有人都老老实实地待在各自的寓所，连吃饭都是让人把饭食送到住处的。

可惜今天没几个人想吃饭。

到了晚上，凌云派人和他们说谢不离是失足落入温泉的，择日找人将尸体送回家乡，其余就没了。

"他们不报官？"史无名抬了抬眉毛，颇为意外。

"谢不离只是来寄读的学子，出事前已经留书离开，对于他的死，书院显然不想过多追究，因此惹上麻烦。"

"若是不想惹麻烦上身，难道不应该查出谢不离死亡的真相吗？然而他们却根本不想追究，只想早点儿把这件事掩盖过去。"史无名嗤笑一声，"就怕想掩盖的不仅仅是污点，还有别的东西!"

两人商议入夜后去仔细看看谢不离的尸体,不过谢不离的房间不能走,书院在谢不离跑后就锁上了他房间的门,还把那扇窗子钉上了——不知道是真是假,反正谁都没在意。而兰若虚和史无名嚼舌头说,谢不离房间的钥匙被马连良和于文墨偷着配了,而且窗子钉死也能启开,都不是什么大事。但是昨天受到惊吓后,马连良和于文墨一直紧闭房门,如惊弓之鸟。所以李忠卿也不打算和他们打交道,准备直接带史无名翻屋顶出去。

不过史无名有一点点担忧。"你自己出去没什么问题,可加一个腿受伤的我……"

"从小到大,我带你翻墙越脊什么时候出过问题?"李忠卿轻笑一声,"身无二两肉,想得倒多。"

"也是。"史无名微微一笑,不再纠结这个问题,"对了,忠卿,你看到谢不离脚踝上的那个手印了吗?"

"看到了。"李忠卿点头,"所以我们最好尽快检查尸体,因为我听说谢不离的尸身会被火葬。"

"火葬?"史无名一愣,"难道不停灵?"

"尸体损坏太严重,恐怕无法坚持到他的家乡,而且听说他们也怕有女鬼作祟,毕竟这在学子中间都传开了。"

"这传言怕是和梁磐有关吧?"

"对,传言的发端就是他。"

"呵。"史无名眯起眼睛笑了起来,"这位梁兄啊,读书不怎么样,传八卦的本事倒是很高。"

入夜之后,李忠卿身手利落地带史无名越过了墙,去了谢不离停尸之地。

谢不离的尸体被停放在静修室和树林之间的空旷地带,只搭了一个简易灵棚。尸体周围满是咒符和法器，看来期间还做过一场小法事，可连个守夜的人都没有。

"杂役们不愿守灵就罢了。"看了此情此景，史无名忍不住了，"谢不离好歹在这里待过一段时间，也有两个狐朋狗友，怎么连他们也不愿意给他守一守呢？"

"你也说了他们是狐朋狗友，这种人无非见利聚，无利分，何况那两个人自己也怕得要死。"

"不做亏心事，怕什么鬼敲门？"史无名冷笑了一声。

而就在这时，李忠卿一把将史无名拽到身后，望向后面。

"谁？出来！"他朝树林里喝道。

"别害怕，柳兄，是我。"兰若虚走了出来。

"贤弟怎么会在这里？"史无名有些意外地问，同时心中也提起了警惕。

"柳兄为什么在这里，我就为什么在这里。"兰若虚笑眯眯地回答，"柳兄应该也是想调查那掌痕吧？"

史无名一愣。

"你也看到了？"

"对，我也看到了。柳兄可知凌云私下找了梁磐，威逼利诱让他不要再提这件事吗？"

"凌云私下找了梁磐？"

"对，他让梁磐对大家说是他看错了，叫他不要声张，否则就要赶他出去，如果梁磐乖乖听话，将来必然会对他有所照应。"兰若虚说，"虽然梁磐那个人有些轴，但也不算太傻，知道'人在屋檐下不得不低头'的道理，便答应了。但是他回来便来找我抱怨。试想，若真没有问题，何必威胁他呢？"

"听你这么一说，这件事怕还真是有什么猫腻。"

"所以我便来了。"兰若虚眨巴眨巴眼睛说道。

既然都想看尸体,那么就一起去看,李忠卿便去掀开了蒙在尸体上的白布。史无名和兰若虚掩着鼻子仔细看过去,这是一具几乎快要被煮熟的尸体,白惨惨的皮肤,无论是样子还是气味都十分可怖,也不怪凌云急着将人火化,要不然放在这里能吓死个人,而在尸体的右脚踝上果然有一个黑色的掌印。

"无论生前是多么美的皮囊,死后都不过如此。"兰若虚垂下眼皮,神情看起来有些冷漠,"但是柳兄,你不觉得这掌印有些问题吗?"

史无名虽也看出了问题,但是他扮演的是一个有些浪荡的世家子,不应该知道太多,面对这种情形更应该表现出无知和害怕。

"兰贤弟发现了什么问题?"史无名故作"单蠢","我刚刚还想,在那么热的温泉里,怎么会有人抓他的脚?莫非真的是鬼怪?"

"若是鬼怪,我倒是真想见见,可惜……"兰若虚闻言苦笑一声,眼神看起来非常悲伤,似乎触及了某件不可触摸的往事。

"那兰贤弟可否为愚兄解释一下,这掌印为何不对?"史无名小心翼翼地问。

好在兰若虚的失态只是一瞬,他很快就恢复了正常。"如果是在正常情况下,被暴力抓扯过的地方,皮肤会肿胀,皮肤表面会变得粗糙,皮下会有出血的现象,与正常的皮肤不同。"

"对。"史无名点头,他也有丰富的验尸经验,自然知道兰若虚说的是对的,"但是眼前的这个情形还真不好判断,因为人已经被煮熟了,身上皮肤的状态都不对劲儿,就算表皮曾经有什么红肿抓扯也已经很难判断了。"

"就是因为人都熟了，这手的印记却还那么明显地留在皮肤上，这才可疑。而且这抓痕与皮肤之间界限分明，就像印上去的一般。"

史无名自然明白兰若虚话中的意思。

"兰贤弟认为抓痕是使用某种手段弄上的，目的是让人觉得他是被水鬼拖入水的。"

"对，不知道柳兄知不知道榉树，榉树汁涂在皮肤上就会变成黛黑色，看起来就像人为造成的伤痕。如果不是有经验的医者或者仵作，很难分辨出来，但它毕竟是染料，和真正的伤痕肯定是不一样的。"

"也就是说，凶手故意想让大家认为谢不离是在煮羊肉的时候被水鬼拖下水的。但实际上，谢不离进狱池的时候应该已经是一具尸体了，如今尸体表面看不出外伤，这个状态下，我们也不敢翻动他，无法搞清他是怎么死的。"

尸体处于这种状态，就算刘仵作来了也很难查验。

"至少在昨天院门上锁前，尸体不在温泉里。从皮肉的情况看，他被扔进去的时间不短，如果能核实书院内每个人昨晚的行踪，也许能得到线索。"兰若虚说。

"这书院看着密不透风，其实跟个筛子似的，谁都能跑出来，这行踪可是不好查。"史无名忍不住吐槽了一句，"而且别说学生能随便出寓所，还有书院里的那些先生和杂役呢！"

"柳兄怀疑书院里的人，包括居士们和杂役？"兰若虚有些意外地看向史无名。

"是的，大家的可疑度是均等的。"史无名一点头，神色凝重，"包括你我。"

而李忠卿将视线转向兰若虚。"请问你是怎么出来的？"

"从谢不离房间的窗子翻出来的,你们不是吗?"

李忠卿没有回答他这个问题,而是继续盯着他问道:"谢不离走后,他的房间被锁上了,钥匙在于文墨那两个人手里,你怎么能打开谢不离房间的门?"

"其实我本来想去前院找梁磐行方便的,但是看到谢不离房间的门和窗都开着,就出来了。"

"他的房门开了?"李忠卿追问,他带着史无名出来的时候可没看到谢不离的房门开着,"里面有人吗?"

"没有。"兰若虚摇摇头,"但是我进去后把房门关上了——怕被别人看到。"

"马连良和于文墨!"史无名和李忠卿对视一眼,异口同声地说,随后转身往回赶去,而兰若虚不明所以地跟在他们身后。

果然,马连良和于文墨所住的厢房里一个人都没有。

马连良和于文墨也带着仆役一起离开了,他们在房间里留下了字条,说是自行离开,大家勿念云云。

"又跑了,难道这书院外面就安全了?如果安全,谢不离为什么会死?"李忠卿冷笑一声。

如今偌大的中院只剩下他们三个了,看起来有点凄凉。

"这中院的风水果然有问题!"兰若虚苦笑一声,"死的死,跑的跑,也太邪门了点儿!"

"应该马上报官,谢不离的死有问题,而这于文墨和马连良也有问题!"史无名说,"要么是他们杀了谢不离畏罪而逃,要么他们也可能成为被谋杀的对象。"

"确实应该报官。"兰若虚喃喃地说,"那两个人身上可能还背着命案呢!"

这话正中史无名和李忠卿下怀。"那我们需要保存证据,首先便是谢不离的尸体,因为书院明天大概率就会把尸体火化,只怕来查案子的官员还没来,尸体就没了。"

"是的,柳兄你说得对。"兰若虚点头。

"兰贤弟,你在这里住得久一些,这附近可有什么地方适合隐藏尸体?"

"据我所知,这山上是有几个隐蔽的山洞,山洞里寒冷,甚至有经年不化的冰,能够保存尸体。"

"行,我们就先把尸体藏起来!"

只是他们这个时候不知道,一会儿还有一个更大的意外在等待他们。

十八

"那、那是什么?"

兰若虚停下了脚步,仿佛脚下生了根,他呆在了原地,手哆哆嗦嗦地指向了前方。

不用他再说什么,史无名和李忠卿也看到了——在谢不离的尸体旁边,站着一位身穿嫁衣的女子,她正俯下身子,用手将白布掀了起来,好似要细细观察那具尸体。

"鬼、鬼……"兰若虚的呼喊被生生憋在了嗓子里,就像被掐住脖子的鸡。

仿佛听到了他们的声音,那女子把头转了过来,月光恰巧照在她的身上,只见她穿着青色的嫁衣,头上戴着遮住了一半面部的白色面纱,让人只能看到她的嘴唇。看到他们几人,她勾起嘴角微微一笑,做出了一个嘘声的动作,此时她站立的地方恰巧缓缓飘过一团雾气,待雾气散去后,她便杳无踪迹了。而在她消失后,停放谢不离尸体的案子上也只剩下一块白布!

尸体呢?李忠卿上前几步冲到附近的树林里,四处搜查,但是并没有找到任何人影。

"是、是鬼嫁娘吧!"兰若虚吓得都开始结巴了,抓住史无名不敢离开原地,"这回我们也见到了。"

"没、没事,子不语怪力乱神,一切事情都有合理的解释!"史无名喃喃自语,"一定都有合理的解释!"

看他手足无措,兰若虚也结结巴巴和他互相安慰:"柳、柳兄莫慌,这种怪异之事,本就玄妙,一时间想不通也是正常,但是小弟相信以柳兄的才智,终究会灵机一现的。"

"兰贤弟!"史无名有些感动地望向兰若虚。

"柳兄!"

"二位郎君,还是先离开吧,小人怕这里不安全。"李忠卿冷漠地横插进来,打断了这两个人的互相安慰。

"啊,柳忠你说得对。"

于是三人以最快的速度回到了院子,此时院落无声,悄然寂寞,一时间,三人不约而同地叹了口气。

"她、她刚刚是不是想吃了谢不离?如果我们晚一点去,他是不是就已经变成骨头了?"兰若虚站在院中,结结巴巴地问。

"不知道。"史无名摇摇头。

"柳兄,这个鬼嫁娘会不会真的是那个梅姑娘?"

"谁?"史无名一愣,什么梅姑娘?

"梅姑娘,就是那个被谢不离害了的姑娘,她好像叫梅若雪。谢不离很无耻,他不仅欺骗女人而且抛弃她们,还留着那些女人给他的贵重东西。我曾经在一幅挺名贵的画上见过这个名字的小印,而谢不离把这画拿出来向人炫耀过。梁磐不是查过他吗?他查到陪谢不离来长安的便是一位姓梅的女子,他们曾经同居过,后来这女子就不见了。谢不离对外说她已经回了家乡,但我们都怀疑梅姓女子就是这个梅若雪。"

兰若虚说的情况和苏雪楼查到的基本一致,谢不离就是靠骗女人生活的花花公子,不但榨干女人的钱财就抛弃,还是害人性命的中山狼。

"若是曲江中死去的新娘真的是她,她倒真有可能做出拉他下地狱,食肉寝皮的事情。"兰若虚干笑一声,有些尴尬地说,"也不知道明天早上大家发现尸体不见了会乱成什么样子。二位,你们能不能陪我坐一会儿?那屋只有我一个人,实在是怕得心慌。"

"啊,可以。"史无名满口同意,因为这样一个夜晚,他回去也睡不着。

"好,我那里有从家乡带来的好茶,请二位尝尝看。"兰若虚很高兴,连忙往屋里让他们,"我懂一点医理,所以里面有很多装药的瓶瓶罐罐,味道不算太好,二位莫要嫌弃。"

果然他一开门,一股草药的气味就扑面而来,但史无名觉得比书院里的香火气好闻太多了,至少让人头脑清醒。

在他书桌的正中摆放着一个三彩瓶子,瓶子的造型明显是明器。

照理说,明器不会用在家居摆设之上,而是用在阴宅墓葬之中。而兰若虚竟然把这样一件明器摆在桌子上,实在太过于奇怪。

"这是招魂瓶。"兰若虚没有让他们疑惑太久,而是开门见山地给他们解释了一下,神情看起来有些忧伤,"我希望召回一个人的魂魄,只是可惜她都不肯入梦。"

史无名听到这句话觉得有些意外，这么年轻，甚至有点孩子气的兰若虚竟也有一段忧伤的过往。

"是你的爱人？"

闻言兰若虚有些沉默，但是最终点了点头。此时一阵窸窸窣窣的声响从兰若虚手里的白瓷罐里发出来，听起来像蚕在吞食树叶。

很多人都说兰若虚手里的瓷罐中养的是蛊。

"看来我的小宝贝醒了。"兰若虚笑了起来，看起来有一点高兴。

"这是……"

"蛊啊，别人不都这么说的吗？"兰若虚有些俏皮地一歪头，将白瓷罐放到了史无名的手上，然后还把瓷罐掀开了一个缝给他看。

史无名从缝隙看到了瓷罐里有几条很大的黑色虫子在蠕动，除此之外，里面似乎还有一块带血的肉。

"它们喜欢血液，可惜书院里不能让它们吃得太饱，只能尽量不让它们挨饿。"兰若虚有些慈爱地看着那虫说。

史无名拿着罐子，觉得背后汗毛直竖。

"开玩笑的，这是药虫，治病时会用到。"兰若虚拿茶壶给史无名和李忠卿倒了茶。在这个可怕的夜里，这碗热茶安抚了他们的心灵。

史无名松了口气，仔细端详着这个罐子。

"瓷白如雪，胎质细腻，是邢窑白瓷，你对它们还真上心啊。"

"柳兄识货。"兰若虚点点头，从史无名手中接过了瓷罐，把它放到了那三彩瓶子旁边。

"兰贤弟,我还想和你打听一件事。"

"柳兄请说。"

"来这里的第一天,书院里的人曾经和我暗示过,这里除了神灵还有人可以庇佑我,你也和我说过,是王无咎背后的王阁老。"

"是啊,这里大部分人都向王家表过诚意。实不相瞒,我也是。"

"花费不少吧?"史无名试探性地问,"我能想象登上他家那条船需要付出多少代价。"

"其实王家会根据对方的实际情况来收取费用,有的人是交钱,有的人没有钱,但是保证将来必要有所回报。我是后面这种,签订了契约。"

"契约?"

"对,还有一个名单,我在上面签了名。"

契约和名单——在无形之中把许多人都绑上了同一条船,听起来更可疑了。

"王无咎亲自和你谈的?"

"不,和我接触的一直是陶文。"兰若虚慢悠悠地说,"陶文是王无咎的手下,应该可以代表他吧。不过……"

"不过什么?"

"我觉得王无咎并不赞同此道。在我看来,他更像是被囚禁在这里了,纵然不快也无力抗争,就和这个书院的创办者不语居士一样。"

"为什么这么说?"

"不语居士是书院的院长,就算是写书清修,又不是真的出了家,为什么从来都不在人前露面?事实上,我在这里这么久,昨天才是见他的第三面——第一面是司天监来人做法事的时候，第二面是大理寺来人的时候，平日里书院的杂役只听青云和凌云的。二位，你们觉得那些杂役都像好人吗？"

"你的意思是他们挟持了不语居士，只有需要时才让他露面？"史无名低声问道。

"说不好。"兰若虚端着茶摇了摇头，"不管自愿还是被迫，他不应该不知道这里发生过什么。"

史无名觉得现在越发看不透兰若虚了，他好像什么都看在眼里，什么都知道，但在人前却完全不露端倪。

"柳兄的脚如何了？"

说实话，脚不太好。刚刚事出突然，史无名快走了几步，现在才反应过来，脚简直疼得要死。

他脱鞋一看，脚踝处瘀紫肿胀，像个馒头。

"你怎么搞的？"李忠卿皱着眉头蹲下身子，轻轻用手一碰，史无名便"嘶"了一口气。

"应该是昨天就没处理好，刚刚又加重了，淤血须放出来才好。"兰若虚看了史无名的伤，叹息一声，"刚刚还说孩子们呢，现在它们就可以帮你了。"

"孩子们？"

"它们啊！"兰若虚把白瓷罐拿在了手里，"可以帮你把淤血吸出来。"

"你想干什么？"李忠卿差点儿跳了起来，但是被史无名拦住了。

"它们是水蛭？"史无名问道，感觉有些害怕，"都说水蛭会钻到皮肉里。"

"是，但柳兄放心，我有把握让它只吸污血，否则你这脚到明天会更严重。"兰若虚看着史无名的眼睛说，"你信我吗？"

最终史无名点了点头。

虽然答应了兰若虚，但是史无名心里怕得要死，看都不敢看，倒是李忠卿盯完了全程。

实话说，史无名并没有什么感觉，但是水蛭吸完血后胖了一圈，他的脚也被兰若虚上了药，确实轻松了很多。

此时夜更深了，史无名和李忠卿打算告辞离开。可是就在这个时候，一声凄厉的叫喊把屋里的三个人都吓了一跳。

"怎么了？"兰若虚战战兢兢地问，"这一天天的，我现在一听有人喊就要吓死了！"

"声音是从后院传来的！"李忠卿第一个冲到门口，而且他听到后院已经闹起来了。

"怎么了？"史无名碍于脚伤只能由兰若虚扶着慢慢挪到门前，就在这个时候，他们看到陶文从他的房间冲了出来，看来他用了史无名房间的后窗。

"快快快，快来人！王兄出事了！"陶文惊慌失措地喊道。

"他怎么了？"史无名惊讶地问。

"他、他被鬼嫁娘吃了！"

三人一听，也吓了一大跳。李忠卿和兰若虚也没管陶文，留下腿脚不利索的史无名跳过窗往后院去了。

史无名不能跳窗，只有等到陶文喊来书院的人打开了院子之间的门。等他来到王无咎门前的时候，房门外只有李忠卿和兰若虚两个人，其余的人都挤在院子里离这间房最远的角落，念佛的念佛，打哆嗦的打哆嗦，抱团抵挡恐惧。

"到底怎么回事？"赶来的凌云居士问陶文。

"刚刚我听见王兄屋子里有奇怪的声音，便去敲门，可是里面没有人应答。我推了推门，门没开，里面奇怪的声音还在，怎么听都不对劲儿，像是有人在嘎巴嘎巴嚼东西，于是我决定撞门。可就在这个时候，门一下子开了，里面冲出了一个穿着嫁衣、用面纱蒙面的女子！"陶文提起刚刚的一幕，依然怕得瑟瑟发抖，"她跑掉后，我进屋一看，王兄、王兄只剩下一堆骨头了！"

李忠卿已经进屋看完了，他神情严肃地对史无名点点头，随后搀扶着他进了房间。

原来应该是人躺的床榻上，如今只有一堆骨头，除此之外是满被褥的鲜血和一些肉块。枕头上有着一团凌乱的头发，没有头颅，王无咎的内外衣物和一些配饰杂物也散落在这堆物事里。

看起来，他真的是被鬼嫁娘吃掉了。

十九

王无咎的遇害让整个书院陷入了巨大的混乱，不语居士来到现场后直接晕了过去，醒来后大哭苍天不公，最后凌云命人把他搀回了房间休息。

王无咎的死是不可能瞒住的，必须要通知王家，也必须要通知官府。在这个动荡的夜晚，青云依然不在书院内，凌云是唯一能主持大事的人。他似乎也被一桩桩事情闹得焦头烂额——得知谢不离尸体丢失的事情，甚至没有时间去找；得知于文墨和马连良跑掉了，他也没有时间去管。

"陶兄，几位，喝点儿茶压压惊？"史无名找到了失魂落魄的陶文，此时他正和后院的几个人躲在文昌帝君殿，仿佛在神灵的庇佑下才会得到一丝丝的安全感，史无名让李忠卿给他们送来了热茶。

"谢、谢谢。"陶文勉强地朝史无名道了声谢,接茶杯的手都在抖,"我要找人做法事,不行,我要找个庙去待两天!"陶文喃喃低语,刚刚的事情让他越想越害怕。对他来说,攀附权贵为自己谋得好处很重要,但是命更重要。

"刚刚还有别人看到那鬼嫁娘吗?"史无名低声问与王无咎同院的人。

"我们是听陶兄喊才起来的,昨天不是出了谢不离那件事嘛,哥儿几个心里也害怕,睡觉前便喝了点儿酒,结果就睡得有点沉。"答话的人露出了一丝侥幸的神情,大概是觉得多亏自己没有看到。

"王兄和你们一起喝的酒?"

"是,他喝得不多,看起来有点郁郁寡欢,很早就回去睡了,那时候院门还没落锁呢!要是早知道他会有此一劫,我们还不如拉他一起通宵喝酒。"

"这王郎君的遭遇不就和山下方家那儿子一样吗?"一直没出声的梁磐在旁边嘀咕了一声。

他这一声引起了很多人的附和。

"是啊,的确是一样的!"

"陆青岚不也一样?他生前也见过鬼嫁娘,你们忘了?"

"对对对!"

"所有见过鬼嫁娘的人都死了,这也太邪门了!"

说到这里大家都偷眼看看陶文,陶文更加慌乱起来,因为他也看到了。

"这、这真的是太可怕了!"有人结结巴巴地说,谁知道自己会不会是下一个遇到鬼嫁娘的人?

"我要走,待在这个鬼地方谁知道什么时候就会遇到她!"

一个人大声喊道。

"我也走！"另外一个人马上响应，"我们早点儿走就好了，就像马连良和于文墨！"

"走什么？"兰若虚把他们都拦住了，"我们刚刚在谢不离尸体旁就见到那鬼了，你们现在往外面走，不怕遇上吗？"

"什么？你们也碰上了？"众人狐疑地看向他。

"对，本来想着给谢兄上炷香，毕竟同窗一场。结果就在他尸体旁看到了那鬼嫁娘，又不是我一个人看到，柳兄和他的仆人也看到了。柳兄，对不对？"

"啊，对。"史无名连连点头，这一晚上的纷乱他还没理出头绪，若是人都跑了可要怎么查？兰若虚拦住这些人也算帮了他大忙。

"她、她在谢不离的尸体旁边干什么？"陶文颤声问道。

"她把谢不离的尸体带走了。"兰若虚低声回答。

这个回答简直是爆炸性的，把所有人都炸起来了。

"什么？！"

"你说什么？！"

"不信你们去看，谢不离的尸体不见了！我们见到她的时候，她就在谢不离尸体旁边，那么一瞬间，她就消失了，尸体也消失了！"

听了兰若虚的描述，所有人都噤若寒蝉，哪儿敢去看。

"冤有头，债有主。鬼嫁娘若真是那个梅姑娘，就去找和她有仇的人，切莫伤及无辜！"梁磐在一旁神经质地嘀咕祈祷，随后他猛地一转头，望向兰若虚，"兰贤弟，如果是她，那么是不是马连良和于文墨也难逃……"

马连良、于文墨跑了，跑了就真的安全了吗？众人望着外面沉沉的夜色，都打了个哆嗦。

刚刚说想要离开的人也不敢再说了。

"目前看来，大家还是先待在这里吧。明天天亮，书院肯定要派人报官，诸位总要见了上官，把今晚的事情说清楚了再走，否则岂不是不清不楚？"

史无名的这些话显然说动了大家，众人也不打算回去收拾东西了，此时只有这文昌帝君殿里还能让他们感到安全，他们决定就在这里等到官府的人来。于是整个书院里，只剩下书院的杂役们还在活动，只不过这些杂役也是人心惶惶。

"这事情你怎么看？"以回房拿东西的名义溜出来的史无名问李忠卿，"你比我先进王无咎的屋子，发现了什么异常吗？"

"没有，你看到的就是我看到的。"

两个人回到房间，史无名检查了一下自己的后窗，窗子完好，他又看了看窗台上的脚印。

可惜如今这个窗台上的脚印不少，可能有李忠卿的、陶文的、兰若虚的，还有一些之前他自己跳窗留下的脚印，脚印叠加在一起，错乱不堪，又无明显区别，看不出什么端倪。

"有什么不对的吗？"

"忠卿，窗子是完好的！"史无名点了点窗框。

李忠卿一下子就明白了，因为窗子已经被史无名从里面别住了。如果陶文想要进屋只能强行破窗，但现在看来他并没有经过这一步骤，那么就是有人在他之前开过屋子的后窗。

"忠卿，我们外出去检查谢不离尸体的时候，并没有锁门，我们的房间就成了这个人的通道，而他进出这个院子应该也是利用谢不离的房间。"

"在王无咎房间里出现的鬼嫁娘，和我们在谢不离尸体旁见的是同一个吗？难道这个'鬼'吓了我们后，在我们寻找谢不离尸体的时候，通过我们的房间到达后院，杀死了王无咎吗？"

"应该是这样，既然还要翻窗，那么说明她只能是人。"史无名揉了揉太阳穴，这一晚上的事情让他头疼欲裂，"我现在怀疑那具骸骨是不是王无咎的，因为只是一堆骨头，没有办法确定身份！"

"那赶紧让苏雪楼带人马上山，我让阿青和阿雪把消息带下去。"

史无名点了点头，李忠卿打开小轩窗朝外面打了个口哨，而史无名在床榻上坐了下来，他思考着每一个人的举动，首先便是兰若虚。

太巧合了，他这个人、他出现的时机、他身上的一切都太巧合了！

"他和我们讲陆青岚的事情，告诉我们谢不离的秘密，和我们一起去看谢不离的尸体，所有事里他都插了一脚。而且，他住在中院也很奇怪，谢不离那几个人排挤他、害怕他，而他和外院的梁磐几人关系更好一些，外院不是没有空房间，但是他却一定要住在这里。"

"难道他是在刻意接近谢不离他们？"

"不好说，只能存疑。"史无名喃喃地说，"还有那个陶文，他一直跟在王无咎身边，看似陪伴倒更像是监视，今天晚上的事情，也只有他声称看到了那个鬼嫁娘，如果他撒谎呢？"

"不，他没有撒谎的必要。"李忠卿显然习惯了史无名这样自问自答梳理案情，"就算王无咎是他的监视对象，但同时更是摇钱树和靠山。因为王无咎象征着王家，他如果想继续过得好，王无咎就算是个傀儡，那也必须照顾得好好的。"

"可是，如果王家想除掉王无咎呢？如果他们发现皇帝对他们起了疑心，想要断尾求生，那么除掉这个不受喜爱的庶子便是必然之举！"

"皇帝起了疑心？这倒是有可能。"李忠卿闻言点头，"还有那块龙纹玉佩，也许还涉及一个秘密，而这个秘密也导致王无咎必须死。"

李忠卿的话提醒了史无名。"忠卿，那堆遗物里有那块玉佩吗？"

"好像……还真的没看到。"李忠卿一愣，仔细回想了一下后摇头，"他遗留的东西里，没有玉佩。"

"难道收在了别处？"史无名眯起了眼睛。

"有机会我去找一下。"

"刚刚还有一个人的反应让我很意外。"

"你是说不语居士？他刚刚的表现和发现谢不离死的时候完全不一样，这一次他太痛苦了。"

"王无咎被送来，王家肯定要通过不语居士，而且王无咎在这里待了那么久，和他肯定交集颇多，也许私下关系很好，所以他伤心也不奇怪。倒是青云还没出现这件事让我很在意，我记得谢不离和青云是前后脚不见的。"李忠卿说，"青云和谢不离的死会不会有关？"

"可青云为什么要杀死谢不离？"史无名迷茫地问，"难道他们之间还有什么龃龉？"

此时雪衣娘在窗外轻轻哼叫了一声，李忠卿把侧面的小轩窗推开——这里已经被他弄开了，阿雪和阿青迫不及待地从小窗子里探进了它们的大脑袋，全身都洋溢着看到主人的快乐，然后体形较小的阿雪跳了进来，阿青则在外面急得哼唧起来，好在如今三个院子里都没什么人，不会惊动他人。

史无名一把把雪衣娘抱在了怀里,而李忠卿则拿起它脖子上的竹筒,把里面的纸条取了出来,然后把准备好的字条放到竹筒里又系到了阿青脖子上。

"阿青,辛苦你下山报信,你娘就先留在这里帮我们忙吧。"史无名又摸了摸阿青的大头,"一会儿给你好吃的。"

二十

阿青去送信,史无名和李忠卿决定先研究一下阿雪带来的信息。

"首先,是有关于云烟廛,它出现的最早时间可以追溯到多年前。接待过的客人多了,自然就会流出不少信息。去云烟廛必须是通过熟客介绍或者有人引荐,进入前的过程都很神秘,有如你一般失去意识和被蒙面的,也有被棺材或者马车运入的,这一点和我们当年进入的鬼门寨差不多。而且云烟廛出现的时间非常不确定,它可能出现在长安的某个坊间,也可能出现在城外的某个庄园,但骊山附近只在每个月的三十或者初一出现。"

"三十和初一没有月亮,夜色晦暗不明,黑夜就是最好的掩护。"史无名闻言颇为感叹,"又是鬼戏台,又是云烟廛,有鬼娘子还有鬼嫁娘,这骊山还真挺热闹!"

"还有云烟廛中的人员来源问题,你说其中的乐工、舞姬和歌女都非常专业,甚至不亚于教坊中人。苏雪楼虽然没查出什么具体信息,但是却在信中提到了从前一桩无头公案。"

"什么无头案?"

"变乱之后,梨园衰落。德宗在大历十四年五月将梨园并入太常寺,其中的一部分梨园子弟被归入太常寺法部,还有约三百人便被遣散回民间。不过,大概在半年后,有人去京兆府报案,说自己的友人失踪了,而失踪者便是梨园中被遣散者。无独有偶,京兆府在查这案子的时候发现,被遣散的人里有很多人都失踪了。有人猜测她们身入风尘——一直在宫苑中生活的人也没有什么别的谋生之道。可是就算进了秦楼楚馆,也应该留下痕迹,但事实却恰恰相反;也有人猜测他们像游侠一样,行走在全国各地,所以无影无踪,但我觉得这是不可能的。"

"所以苏兄怀疑他们成了云烟廛的初始成员,因为被人控制所以无法查到踪迹,而从大历年间到现在也有很多年了,如果云烟廛一直在暗中发展,不断改头换面,吸纳新的人员,大概就能发展到如今这个规模了。"

"是的,他就是这个意思。"李忠卿看着纸条点点头。

"我说过,这书院和云烟廛有关,我现在怀疑青云很可能还拥有另外一重身份——就是云烟廛的'色'的主事人,他还曾经特意来招呼过我。"

"哦,原来你还去过'色'啊。"李忠卿眯起了眼睛,意味深长地说。

"别阴阳怪气的。"史无名白了他一眼,"当时我觉得那人的发音有些奇怪,身形却有些熟悉。现在想来,应该是他,可能是怕被人认出所以才特意改变了嗓音。只不过他对于风月之所的迎来送往也太熟练了,我怀疑他从前的身份!"

"可惜他和凌云一切有记录的经历都是从骊山书院开始的,唯一知情的大概只有不语居士,我现在怀疑这大概也是他被软禁的原因之一。"

"青云和凌云一个扮演红脸、一个扮演白脸,牢牢操控着整个书院,依靠王阁老的势力笼络人脉,为他们带来名声和权势。

而在山下则依靠云烟廛给他们带来财富和各种情报——那些来寻欢作乐的达官贵人嘴里能吐露出什么样的情报秘密，谁都不好说。然而这样的两个人却查无来历，是不是有点可怕？"史无名敲了敲书案，"所以我们必须知道他们的身份，然后敲定证据！"

"我们可以去找不语居士，至于敲定证据，我们应该去找书院的账本。"李忠卿说，"不管是云烟廛的生活采购，还是盈利所得；又或者是书院的人情往来，还是另外有什么非法所得，账本都能有所体现。前一阵子我想去找，但是书院风平浪静，青云、凌云那里都戒备森严，因此不好得手。但是今天不一样，书院都乱套了，所有人都在忙乱……"

"你想趁机下手？"史无名瞪大了眼睛，有点跃跃欲试。

"是的，正是千载难逢的好机会！"

二十一

书院老师和杂役们的住所只分为两进，不语不在这里居住，青云和凌云还有几个心腹弟子都住在里面的那一进，外面都是普通的杂役居住。

外面院子里没有什么人，因为仆役们要么被凌云派去处理王无咎的后事，要么被派去寻找谢不离的尸体，所以整个院落里空空荡荡。

"如果遇到人，我们就说来找凌云说一下明日下山事宜。"

"嗯。"李忠卿敷衍地点头，心里却在想着表明身份或采取武力其实都可以，都到了这一步，瞒着也没什么意义了。

两个人先到了凌云那里——房门上锁，院子里没人。

锁困不住李忠卿，他掏出了一枚铁钩，在锁眼处钩挠几下，锁就打开了。

凌云的屋子乏善可陈，一如他给人的感觉，古板保守又克制。而唯一能看出他情感倾向的便是卧室内供奉的那尊半人高的白瓷文昌帝君像，神像前的供奉无一不精，香炉里的香灰都要满溢出来，还有那用来跪拜打坐的蒲团已经变得扁平而陈旧，这说明有人曾经在上面度过了许多时间。

蒲团上的很多细苇条都被人折断了，但是看断面是新的，下面也有很多碎屑，就像是坐在上面的人无意识地将这蒲团上的苇条一根根折断了。

"都是新折断的，甚至没打扫。看来最近的事情对他触动很大，导致他心绪不宁。"

"你来看看这些东西。"

李忠卿站在凌云的书桌前，上面有很多应试类书籍，他在其中找到了两本账册，上面写了些书院里日常的开销往来。

"开销采买正常——这和我在后厨得到的消息一致。"李忠卿说。

史无名仔细观察了一下那些字迹，随后有些失望地摇摇头。

"也不是我想要找的字体。"

"字体？你还在找床板上刻字的主人？"

"凌云并非左撇子，但是左眼失明，我以为这样会造成刻字上的失误……但现在看来没什么关系，不过他不是不管日常庶务吗？"

"青云很久没回来了，日常的这些小开销由他暂时管着？这是明账，而灰色的金钱往来会不会还有一个账本，也就是暗账——也许就在青云那里。"李忠卿朝隔壁努了努嘴。

两个人便又去了青云的屋子。

青云的房间里供奉了一尊有半人高的财神像，他同样把自己的欲望表现得十分直白。而他的屋子看起来非常凌乱，好像是被人翻了一遍。青云没回来，有人在他的屋子里毫无顾忌地翻找，这显然不正常。

"会不会是青云急着收拾行李走，所以变成这样的？毕竟云烟廛不是一直都在骊山，而是四处出没，他从家里待了两天便直接带着云烟廛出门了。"

"不对，因为那些杂役还在。那些杂役白天在书院，晚上应该就是云烟廛里看场子的打手，如果是出远门，这里的杂役至少要少一半才对。"史无名摇摇头，否定了这个想法，在他看来，青云的消失恐怕也不简单。

随后，他把柜子和抽屉里检查了一遍，发现了一样东西，那是一张身份文牒。他翻看了一下，顿时怔住了，然后把文牒递给了李忠卿。

"忠卿，你看上面的名字——那是青云本来的名字。"

"方申？"李忠卿也是一愣，"这不是和山下那个鬼嫁娘食人案受害者的父亲同名吗？"

"这是目前最令人震惊的地方。"史无名眨了眨眼睛，"山下那个被鬼嫁娘害得家破人亡的方家男主人，竟然到这里当了先生！而他竟然愿意留在这个出现鬼嫁娘的书院里，所图为何？"

"财富。"李忠卿一指那尊财神像，"无论是书院还是云烟廛，都能给他带来大量的钱财和人脉，一个商人所追求的不就是这些吗？而且我怀疑青云是出事了，如果他只是回家或者带着云烟廛到别的地方营业，那么翻他屋子的人应该不敢这么堂而皇之地动手，既然敢动手，就说明他能确定青云不会回来了。"

史无名点头赞同。

他们最后在青云的屋子里找出了一点金银、一些女子的贴身衣物和首饰，竟然还有几幅避火图。

"这可不像是在清修，这图还是春梦了无痕最新出的呢！"史无名看着那避火图撇了撇嘴。春梦了无痕是如今市面上非常有名的画师，特别擅长画避火图。

"你怎么知道这是春梦了无痕新出的图？"李忠卿挑了挑眉，慢悠悠地问。

然而史无名就像河蚌一样闭上了嘴，什么也不肯说了。

李忠卿知道史无名身上有些猫腻，比如说他一直还算宽裕的腰包。无论是在平安县还是在大理寺，做官的俸禄其实并不多。都说长安居不易，但是史无名却能拿出钱来买房——纵然自己也出了一半，但是据他所知，史无名并没有向家里要求资助。若不是知道史无名绝对不会做什么违法乱纪的事情，李忠卿还真想好好查查他。

但在青云的房间里也没有发现账本。

"一个院子里就他们两个人，敢在凌云眼皮底下翻青云的屋子，凌云不可能没发现，只怕就是他干的！"

于是两个人又回到了凌云的屋子再次勘察，最后史无名的目光又回到了那蒲团上。

"你怀疑账本在这蒲团里？这些苇条被折断是因为他把账册取进取出？"李忠卿立刻明白了史无名的意思，他伸手拿过蒲团捏了捏，但是里面没有任何东西。

"别急，我来找，你帮我盯着外面。"史无名将蒲团放回原处，然后自己坐了上去，蒲团正对的方向正是那尊文昌帝君的神像。看着那神像，史无名的嘴边不由得带上了一丝嘲讽的笑意。

选择成为居士，为的就是摆脱前尘，在俗世清修。可是凌云为什么还执着于文昌帝君呢？难道是希望自己依然得到文昌帝君的保佑，再次科举？

"人啊，总是有无法舍弃的东西，最后就成为一生的执念，却也正是最暴露弱点的地方。"

史无名低声叹息了一声。

就在这时，李忠卿低声催促了他一下。

"快点儿，我好像听到有人回来的声音！"

史无名随即从屋子里出来，快速锁上了凌云的房门。李忠卿搀着他走到院子中间的时候，和凌云还有几个杂役撞了个正着。

"你们在这里做什么？"凌云疑惑地开口问道。

"想拜会居士您一下，只是院内无人，又不好进屋，只有在院中等待。"史无名十分坦然地回答。

"你们想见我有什么事？"凌云狐疑地看着他们。

"观里出了这么大的事，学生实在心中惴惴，不知道长明日可否通知柳家，然后放我归家？"史无名战战兢兢地说，好像下一刻就恨不得肋生双翅从这里飞出去。

凌云厌烦地瞥了他一眼，看来和他提这种要求的不仅仅是一个人。

"观里没出什么事，柳郎君想要离开从何谈起？"

"谢不离死了，王无咎也死了，大家都看见鬼了，这还叫没出什么事？！"

"什么叫有鬼？"凌云变了脸色，"'子不语怪力乱神'，柳郎君是读书人，读的是圣贤书，不要胡乱相信这些！"

这话不仅有几分正气凛然，还带有一种长辈式的训诫。

"明明是陶兄亲眼所见……"史无名轻声嘀咕。

"所见未必真实，也许只是陶文在说假话呢？也许凶手就是他呢?"

史无名闻言一愣,凌云这是怀疑陶文,并且想要将陶文送出去做替罪羊的意思吗?——无论是官府还是王家来追究,只说是陶文说谎?

"怎么会是陶兄做的?"史无名表示不相信。

"你才刚来,不知道他们之间的龃龉。"凌云将声音放得更柔和些,"不做亏心事,不怕鬼叫门。你如果问心无愧,怕些什么?有这时间还不如回去挑灯夜读,为明年春闱做好打算,也不辜负柳侍郎对你的一番苦心。"

"您说得对,不过居士,我和王兄相识一场,一会儿能否为他上炷香?"史无名做出被凌云说动了的神情。

"你也算有心,去吧,上过香就赶紧离开。"凌云神色和缓了许多,打发史无名离开。

"是,多谢您。"史无名道谢后带着李忠卿告辞了。

"这个时候了,他还想着留住学生,倒也很敬业。"出了门,李忠卿说。

"不是敬业,他发现王家这棵大树要倒,现在盯上我了。"史无名轻笑一声,"他不想书院这些摇钱树离开,对于他来说,来这里寄读的人带来的是财富和名声。而且青云的失踪,也确实和他脱不开关系。"

"什么意思?"

"我刚刚在他的房间里发现了账本,而且是两本。"

"在哪儿找到的?"李忠卿一愣,"这么快就找到了?"

"忠卿,给你一个提示,那就是人性。人性可以告诉我们许多秘密。凌云和青云,这两个人都忠于自己的内心——一个希望高中,一个好钱财,他们完全没想过掩盖这一点,而且不约而同地把账册放在同样的地方。"

"你是指屋子里的那两尊神像？"

"对，两个屋子里的神像都有经常被挪动的痕迹，神像也是他们在蒲团上跪拜和打坐的时候长久祈望的地方——有神灵庇佑，那是让他们心理上觉得安全的地方。"

"账册你看了？"

"大致扫了几眼。"史无名微微一点头，"里面有很多有趣的内容，一本是学子及其家族给骊山书院捐钱的数目，还有打通关系让人举荐需要的金额，从开始到现在，书院大概赚了这个数。"

他用手指在空中写了个数字。

李忠卿看后挑了挑眉，觉得有点吃惊。

"另一本是云烟尘的账目，钱财入账，人口买卖，都在上面，是青云的笔迹。既然凌云已经拿走了属于青云的账本，我合理怀疑青云凶多吉少。"

"你把账册拿出来了吗？"

"没有。放在原处，苏雪楼来之前我不想打草惊蛇。"

"接下来我们做什么？"李忠卿问，"和阿雪一起去找谢不离的尸体？"

"先不急，因为死去的人哪里都不会去。我想先去看看不语居士，这老先生刚刚不是晕过去了吗？于情于理，我们都应该去探望一下。趁着他情绪波动，也许能出其不意地从他那里打探到点儿什么。"

二十二

不语居士住在书院最隐蔽的角落，因为凌云和青云说他在著书立说，不允许大家去随便打扰，平日里院落外都有杂役看守。但是今天，外面看守的杂役都不见了，史无名很容易就见到了他。

不语正坐在屋里发呆，神情有些恍惚，眼泪还没有擦干，看起来还没从打击中回过神来。

史无名看到这种情形，心中又有一番计量。

"居士身体无恙？"

"无事，只是突逢巨变，一时间接受不得。因为无咎他……老朽一直看好他，他也说要好好和老朽学做学问的。谁知道如今白发人送黑发人，让我有负他高堂所托，唉……"说着说着，不语的眼泪又要掉下来了。

"居士。"这要再哭起来就没头了，史无名一看急忙引开话题，"来此之前，伯父就叮嘱在下一定要来拜会您，说您当年是一等一的才子。您写过的文章，文采斐然，先帝对您都颇为嘉许。只是来到书院许久，却一直无缘见到先生，一直是心中之憾。"

好话人人爱听，经过这几句的吹捧，连一直悲切的不语也微微露出了点儿笑模样。

"都是许久之前的事情了，宛如明日黄花，不值得提起。"

"先生，您是做过大官见过大世面的人，如今遇到此等祸事，您应该出来主持大局，好给我们这些小辈一些主心骨！"

这话有试探的成分，就看不语要怎么接。

"唉，老朽只是想静心著书立说，不想管这些凡尘俗事。"不语推辞了两句。

"但是如今的情况需要先生，这书院里里外外乱成一团。"史无名装出一副忧心模样，"学子接二连三地死去，青云居士不知所踪，凌云居士独木难支……"

"唉。"不语闻言叹息了一声，"谁会想到这些学子会一而再、再而三地遭遇横祸……而青云在这种时候消失不见，只怕有些事说不清楚了。"

"咦，您认为他们的死和青云居士有关？"

"出了事后，我坐在这里细细想了这半天，更多的都是后悔。"不语露出有些郁闷的神色，"我后悔当年收留了他，让他把鬼嫁娘引上了山，才有今日之祸！"

"先生为何这么说？"史无名闻言立刻竖起耳朵，从这句话就能知道，不语居士清楚青云的来历。

"他便是山下那鬼嫁娘一案的苦主，名叫方申。"

史无名立刻装作惊讶的样子。

"他自幼便长在烟花之地，母亲曾经是长安城里依翠楼的舞姬，父不详，他在青楼长大。生长在那种鱼龙混杂之处，自然就沾满了市侩之气，他也一直引以为耻。后来他母亲从良嫁了个富商，又用手里积攒的钱让他做生意。他倒也善于经营，渐渐富有，然后就在这山下安了家。他为了给自己博个好名声，便开始做善事，我从前偶尔下山的时候，还在他那里歇过脚。"

"我听说他有贤惠的妻子，还有个儿子，这个儿子就是被杀掉的人。"

"对，那是个很不错的孩子。"不语有些惋惜地点头，"我见到过他几次，虽然在外人看起来他们父子关系还不错，但是我能看出他不太喜欢这个孩子。"

"为什么？"

"可能是因为没有什么感情。从孩子出生到成长，方申几乎都是在外面经商，回家的时间不多。后来，他终于打算歇歇了，孩子都大了。不是我说，结亲是结两姓之好，万万不可草率，你看他如此草率地给儿子结亲，最后却搞得家破人亡！"

"您说得是，如此草率成亲，他的夫人就没阻止吗？"

"唉，她夫人即使不愿，也劝不动他啊，他在家中说一不二。我见过她夫人，是个挺本分贤淑的女人，完全不像是出身青楼。"

"他夫人也出身青楼？"史无名一愣。

"是的。"不语叹息一声，"他曾经对我抱怨过，说他努力赚钱，就是为了摆脱过去。可不幸的是，过去总是无法摆脱，他这个妻子是他母亲给他娶的，说是卖艺不卖身的清倌人。娶亲的时候方申的身家不多，所以无法过多选择——他只是富商家的继子，又出身不好，谁家的好姑娘愿意嫁给他呢？他儿子死后，不久后他妻子也死了。他很害怕，也很自责，所以离开了家，为了求神灵庇佑来到这里。后来他又偷偷成了家，新家就在这山下的某个地方。"

"为什么偷偷成家，难道这次婚姻也有什么见不得人的地方？"

"不知道，不过我觉得他是怕那个女鬼再找上他，伤害他的新家人。谁想到，他却把灾祸带到了书院！"

"但出了这么大的事，无论出于哪种考虑，都应该让人把他找回来。"

"是啊，应该把他找回来。"不语点头道，"我怀疑他不仅仅是因为自己家的祸事，还因为那位死去的谢郎君和他有些龃龉，底下人也看见过几次他们争吵。"

"他二人有矛盾？"史无名有些意外，"具体因为什么？"

"不清楚，听人说他们在那位陆郎君死后便时常争吵。一会儿我让人去他家找他，无论如何在官府上山后也要给出一个解释。"

"居士做得对。"史无名点头赞许,"青云居士不在,也难为凌云居士一个人尽心尽力支撑这么久。他和青云居士性格不一样,但关系看来倒是不错。"

"是啊,他们两个关系还可以。"不语点点头,神情有些微妙,"当初我也没想过出身如此不同的两人会如此投缘。"

"白头如新,倾盖如故。人和人之间的缘分本就妙不可言。学生好奇,凌云居士原来是做什么的,为什么会跑到这里清修?难道和他面上的伤有关?"

"是的,凌云也是个可怜人。"不语叹息一声道,"他原来是个读书人,只不过时运不济,一直未能登科。大概是在十年前的一个凌晨,早起的仆役发现他躺在山门外。当时他身受重伤,奄奄一息。人命关天,在下把他救了进来,给他治伤,后来他就留在了书院。"

"身受重伤?难道是遇到了劫道的匪徒?"

"那倒不是。他在清醒后说自己是举子,姓刘,但是不肯说出全名。他说自己受人嫉妒,对方设计陷害他,把他反锁在船上,然后放了火。他侥幸跳江逃命,怕被对方找到,便逃到了这里。他不敢回到京师——怕被对方继续追杀,好在他已经毁了容貌,很难让人认出,在下便收留了他。后来书院的情况越来越好,在下也越来越无心掌事,于是他和青云便把担子接了过去。"

十年前被陷害的举子,如果是真的,这件事并非无迹可查。史无名心中盘算着。

"他有提过是谁害了他吗?"

"他说对方位高权重,怕给书院惹祸上身,所以不肯说。不过对于他的这点遭遇,在下倒是有一点想法。"不语看了看他们,欲言又止,"不知道你们这些年轻人愿不愿意听。"

"居士但说无妨。"

"你们知道玄宗皇帝时三十八进士沉江之事吗?"不语问。

史无名一愣,他不明白不语为何突然问了这样一个问题,这件事他只在史书看过寥寥几笔,是一件相当奇怪的事。

"开元五年,有三十八位新科进士在曲江宴饮的时候不幸沉船覆没,三十八人无一生还。"

"还有这样的事情?"李忠卿闻言惊愕不已。

"说是在江中突遇狂风,所以船翻了。"史无名轻声给他解释了一下。

闻言不语笑了。

"据说当时司天监夜观星象,见到群星异常,当即算到有名士三十八人同日冤死。算来算去,正好和当年的新科进士对应上了数目。"

"既然皇帝知道进士们有此一劫,为何不提前提醒!"李忠卿不解地问,"就这么眼睁睁地看他们去死,让国家损失这么多人才?"

"也不能说没有提醒。"不语轻笑一声,"玄宗皇帝觉得天命难违,不该泄露天机。但新科进士中有一位是皇亲国戚,皇帝想要回护,却又不能把事情过于直白地说出来,所以便提醒了一下,可惜……"

"您指的可是李蒙——公主家的女婿?"史无名思索了一下后问。

"对,就是他。"不语居士点点头。

"既然皇帝向他家透了口风,怎么也没拦住?"李忠卿好奇地问。

"所谓好言难劝该死的鬼，公主把他关在家里，他自己翻了墙也要去与人游江，结果便死在江里了。"史无名答道。

"唉，这就是所谓天命难违啊！"不语叹息着说。

"司天监的推演本就是玄之又玄的事情，根本就不必理会。"李忠卿十分不以为然，"我觉得天命并不可怕，可怕的是人祸。什么叫天命难违，难道这样就让三十多个人白白去死？"

随后史无名便捅了一下李忠卿，示意他别说了，好在不语也没在意这件事，依然沉浸在自己的世界里。

"其实曲江上几年前也发生了类似的事。"

"居士莫非指的是七进士沉船一事？"史无名问道，这事他从前翻卷宗的时候看过。

不语居士很意外地看了史无名一眼。"想不到这件事你也知道。"

"那又是怎么回事？"李忠卿问。

"大概在十年前，有一船刚登科的进士在魁星观附近游曲江宴饮，结果船只突然起火倾覆，上面在庆祝的七位进士全部身亡。"史无名简单地和李忠卿说了一下这件事。

"应该不仅仅是这几个人吧。"李忠卿低声说，情绪有些低落，"大家只注意那些身份显赫的人，可那些身份低微的人的性命呢？就像玄宗时期的沉船事件，同船而死的肯定还有歌姬、乐工、仆役和船夫，可是谁又关心过他们的性命呢？"

"对，我记得当时也死了花娘和乐工，除了船工会水，还有侥幸得救的几个人，一共是没了十三个人。"听李忠卿如此说，史无名觉得有些汗颜，生命无论在什么时候，都同样贵重。"至于船只为什么倾覆，好像是花船上的厨房突然起了火，火势一瞬间起得很猛，杂役们奔走救火，却施救不及。而进士们所在船舱的门不知道为什么打不开,他们无法逃生,后来船就沉了。这件事在当年很有名,因为死了不少人,还专门在江边举行了大法事。"

"对,从那个时候起,曲江之中就开始不太平。你们年轻,不知道当年曲水之上,真的出现了许多怪异之事。"不语居士唏嘘道,"如今想来,也让人胆寒。比如说突然出现旋涡倾覆船只,或者突然天降暴雨,江水暴涨淹死两岸的人。人都说那是死者的灵魂不得安息,因此才让江上异象不止。德宗皇帝还专门让人做了法事,每年科考前后也要祭祀,后来不知道从什么时候起演变为也要祭祀魁星,因为传说魁星就是投江而死的状元鬼,生前未曾娶妻,如果给他娶妻,就会……"

"就会什么?"史无名心中突然有种不祥的预感。

"就会保佑那个人高中。从前还真的有人因为这个祸害了姑娘家的性命,后来祭祀才被官方明令禁止。"

史无名和李忠卿对了下眼神,都知道对方有话要说,此时恰巧有个仆役找不语禀告事情,两人便顺势告辞。

"他提及当年玄宗皇帝时期的进士沉江案,是不是暗示在玄宗的所谓笃信天命的刻意忽视下,才放任那些进士死去?然后又提起十年前的七进士沉船,是不是也在暗示这里还有皇家的手笔?"

"应该不是。"史无名安慰地拍了拍李忠卿的手,"别想得太多,玄宗时期的事情真相如何我们不得而知,但十年前的那件事应该不会和皇家有关系,应该就是人祸。"

"难道和谢不离他们有关?毕竟他们几个人也涉及江中祭祀的案子。"

"也不是。"史无名皱了皱眉头,"时间和谢不离他们赶考对不上,谢不离他们还是太年轻了,那案子发生的时候他们还没来京师呢！从时间上看，与之有关的只有凌云，而且船上起火——凌云的脸上都是火烧的痕迹，而且他是受伤后逃命到书院的。"

"难道凌云是当年船上的进士？如果他是受害的进士之一，为什么不回到朝廷呢？就算因为受伤仕途有碍，但是朝廷一定会给他个公道，他却跑到这里隐姓埋名当起了居士？"

"不，他应该不是进士。"史无名摇摇头说，"我看过他写的文章，实在普通。"

"那他会不会是当时船上的船工？"

"也对不上，这么大的事情，当时所有的人无论生死都有记录，但是没有他。"

说到这里，史无名压低了嗓音："我怀疑他是偷偷上船放火的人！"

李忠卿一怔。

"加害者把自己说成了受害者，所以他之后才不敢露面，而是隐姓埋名藏到了这里。如果我没猜错，凌云应该和那七个人里的某人有仇。"

"不过他不是和不语说他是举子吗？如果是真话，他真的是举子之一，那么就好查了。"李忠卿说。

"没错。"史无名点头，他没想到，去了不语屋中一趟，青云和凌云的身世之谜竟然都解开了。

"话说回来，折腾了这么久，你的脚还受不受得住？一会儿我去找谢不离的尸体，你在屋子里歇一会儿。"

"好，忠卿，如果我没想错的话，你和阿雪往这个地方找找……"史无名在李忠卿耳边轻声说了一句，李忠卿微微一愣。

"你肯定？"

"应该不会错。"

二十三

天亮后,苏雪楼风尘仆仆地赶到了书院。看到他,史无名才松了一口气。苏雪楼还带回来了一个人,一个让他们十分意外的人。

是于文墨。

"他在林子中被我们堵住了,人有点疯疯癫癫的,一会儿说青云死了,一会儿说马连良死了,意识时而清醒时而糊涂,我们的人正按照他说的地点去找尸体。"

听到大理寺少卿到了,书院里所有的人都过来了,不语和凌云上前见礼,那些学子们跟在后头,他们对于大理寺竟然能这么快上山感到震惊不已。而等他们知道史无名和李忠卿的真实身份后,也就明白了原因。

为了方便大理寺审案,不语把文昌帝君殿让给他们来用。

"诸位,举头三尺有神明,我希望你们在这里说话的时候不要撒谎。"苏雪楼环视众人,意味深长地说,"如今此地已经被大理寺的人团团围住,不管是人是鬼都不会要你性命,而我手下人的板子和刀子却能要你们的命,所以我问话的时候要老实回答!"

听到众人瑟瑟发抖的回应,苏雪楼表示满意。看他疲惫的神情和隐隐有汗湿透出的后背,想来也是一晚上都没好好休息。

于文墨被带到了他们面前,前一日还意气风发的他,如今看起来却狼狈不堪,衣衫不整,身上还有很多擦伤,神情恍恍惚惚的,被带上来后就直接瘫在了地上。

史无名走到于文墨面前,可是于文墨看到他便是一副见了鬼似的神情,呜呜乱叫,甚至还想攻击人。李忠卿一把将史无名拉到身后，钳住于文墨的下巴，将一瓢带冰的冷水泼了下去。

围观的学子们都吓得后退了半步。

"他是气迷心导致的失心疯，需用雷霆手段。"史无名干笑着给大家解释了一下，不过效果不大。

果然，李忠卿的雷霆手段过后，于文墨清醒了一些，虽然说话偶尔还有点儿颠三倒四，但是至少能让人听明白了。

"你、你们是官员，是来查陆青岚那案子的！"

"对，来查陆青岚案子的。"史无名一点头，"先说说你和马连良为什么要跑？"

"我们当然要跑，他们都死了，我们难道要坐以待毙吗！对了，我知道凶手是谁！"

"凶手是谁？"苏雪楼急忙喝问道。

"是他，是他！"于文墨指着人群中的兰若虚大叫，兰若虚附近的人一听，瞬间就把他周遭空出来了。

"陆青岚死了，谢不离死了，青云死了，马连良也死了，你就是凶手！你就是那个'鬼'！是你在追杀我们！"

闻言，兰若虚露出了一副受惊吓的表情，往史无名身后躲了躲，他小声向李忠卿提议："要么，您再给他一瓢凉水？这瞧着疯得可不轻啊！"但李忠卿没有理他，他只好自己去驳斥于文墨："于兄切莫胡说，在下一直待在书院，很多人都可以做证！"

"你当然不必亲自去，因为你会巫蛊！当时我看到马连良身上有黑虫子在爬！然后他就发了疯，甩开我就走了！"

"于兄，你们走在山间，身上落条虫子并不奇怪。"兰若虚面露不快，"在下是来自永州，但永州也隶属王土，受朝廷教化，我也是正经的读书人，不知为何你们空口无凭就说我会巫蛊？倒是你们，不做亏心事，不怕鬼叫门，你们为何会匆匆跑路，原因只有你们自己心中清楚。而且谁知道你二人在山中发生了什么，也许就是你杀了同伴，如今为了脱罪却想要栽赃给我！"

但于文墨依然用畏惧的眼神盯着兰若虚。

"你和梅若雪的名字很像，一个是梅，一个是兰，还都有个'若'字。你、你和梅若雪有什么关系？"

"于兄说话越来越没有边际，甚至都开始胡言乱语了！"兰若虚厌恶地白了他一眼。

"不是，我没胡言乱语。你屋子里那些瓶瓶罐罐，还有你一直拿在手上的罐子……"

"那都是草药，我手里罐子中养的是医治病人用的药虫。这一点，这位大理寺的官人能够证明。而且就算我养蛊，和你又有什么关系？我又没害过人！"

眼见两个人你一言我一语吵得挺热闹，史无名在一边听得津津有味，急着办正事的苏雪楼却有些不乐意了。

"行了，你们两个闭嘴。于文墨，你刚刚说青云死了，你又是怎么知道的？"

"他、他死在了舍身崖下，我亲眼看到的。"提到青云的死，于文墨又害怕起来，手哆哆嗦嗦地指向外面，"我们看见他的尸体面朝下趴在崖底，摔得七零八落的。"

舍身崖在骊山的东侧山谷中，那是一座孤立的山峰，顶部寸草不生。山峰四周峻峭，犹如刀削一般，有许多自寻短见或者愚妄地想要舍身求仙的人会从此跳下，就算想要收敛尸身都极为困难。谁都不知道青云为什么会跑到那里去，他可不像是会轻生的人。

"苏少卿，诸位官人，青云——就是方申，后来成家所在的方向便是由那条路下山。"不语低声补充了一句。

那青云是在回家的路上被杀的，然后尸体就近被推到了舍身崖下？

可是青云为什么会被杀呢？

苏雪楼本想和史无名私下通个气，但史无名正在沉思，没有注意到他，苏雪楼只好继续追问于文墨。

"那么马连良又是怎么死的？你们不是一起跑的吗？"

"他看见青云的尸体后，吓了个半死，抛下我就跑。慌乱之中，我根本追不上他。后来我继续赶路，他的下仆却跑来求救，说马兄慌乱中掉进山中的潭水里了，他不会水，不敢救。"

"你没去救他？"

"我怎么救？我也不会水。况且那仆人为了找我花费了不少时间，他要是活着早就自己爬上岸了。而且小人想，怎么就那么巧，他就能淹死？这事分明有鬼！"

"你觉得是鬼把他推到水里去的？"苏雪楼一挑眉问道。

"正是！就像谢兄一样，是鬼把他拉下去的！"于文墨嚷道。

"那你觉得是谁把他拉下去的？"苏雪楼追问了一句。

"当然是梅若雪那个鬼嫁娘！她把谢不离拖到了狱池里！把马连良拖进了潭水里！把青云推到了舍身崖下！她来复仇了，她来找我们复仇了！"于文墨坐在地上哭泣起来，看起来就像三岁的稚子，但是没人同情他，大家反而有些厌烦。

虽然很多人都不熟悉梅若雪这个名字，但是联系起梁磐传过的八卦，便能猜出这个名字和背后的案子——她是那个被谢不离等人做祭品沉江的女子。

史无名并不为谢不离他们的死而感到惋惜，天道轮回，因果不爽，有些人终归是自作自受，但他却必须找出凶手。

"下山的路那么多，你们为什么选了走东边那条？"史无名开口问道。

"陆青岚死后,我们就做了约定,如果有意外,就从那条路离开,因为那里偏僻,不容易被人发现。"

"你们为什么会觉得有意外?"史无名不想放过他,步步紧逼,"陆青岚的死和你们有关系?"

"没、没有关系。"于文墨偷看了一眼史无名,低下头说,"因、因为陆青岚死前有两次说自己见到了女鬼,还说女鬼在他的床头刻了字。"

史无名冷冷问道:"是'愚妄者不知死之将至'吗?他和你们说过?"

"是,他和我们偷着说过!但我们最开始没信。"此时于文墨身上抖得就像打摆子,"看到那行字后的第三天他就死在下面了。我们都住在同一个院子里,闹了鬼,都很害怕……"

"就算害怕,你们也没有逃走,而且也没有把这件事告诉来调查的官府人员。然后,前几天突然出现的那场鬼戏,让你们恐惧到了极点,谢不离当晚便逃走了,因为他觉得曲江之畔的报应来了。"史无名敲了敲桌子,"而你们发现谢不离死了后,最后的侥幸也破灭了,所以才决定逃走。"

于文墨的脸色更白了,身上瑟瑟发抖。

"天理循环,报应不爽,你觉得再隐瞒还有什么意义?既然你笃定是梅若雪的鬼魂来复仇,那你真的不明白她把你的性命留下的意思?她是希望让世人都知道你们犯下的罪过!"

"我、我知道了。"于文墨涕泪横流,"是我们对不起她,她心有不甘是对的。但是她要恨就恨谢不离去啊!她是被谢不离骗来的,又不是我……"

"别说废话,你还委屈上了!"苏雪楼讥讽地说,"快把事情仔仔细细地说出来！"

"梅若雪是谢不离走到巫州的时候骗来的。梅若雪是那里大家族的小姐，被他一番甜言蜜语哄骗，拿了家中的银钱细软和他私奔。可是、可是他也不想想，那个地方的女子，能是随便招惹的吗？凶蛮之地，巫蛊盛行，那梅若雪虽然是大家小姐，但也不是普通女子，她就是一个巫女！"

"等一等，你这么说有证据吗？"打断于文墨讲述的竟然是兰若虚，他看起来十分不满，"你们怎能空口无凭就又给人安上巫女的名头？你们看到她做了什么吗？"

"她、她会配药……"

"这世上的郎中都会配药，朝廷和民间也有医女，难道都是神汉巫女不成？"史无名也抢白了于文墨一句。

"谢不离还说她还会和花鸟说话……"

"诗人对残月吟诵，见落花而心伤，寻常人也会慨叹山水，为外物所触动。和花鸟说话又如何？因为她感到孤独无助，那个她以为一直会爱她的人却抛弃了她！"

"她还说要让谢不离一生只钟情于她，这是什么胡话，哪个达官贵人不是三妻四妾？"

"这个世道，什么时候痴情也成了一种罪过？难道如你们一样只想骗钱骗色、花心滥情才是正常的吗？！"说到最后，兰若虚的情绪完全崩溃，他扭过头去不再看于文墨。

"继续讲。"苏雪楼对于文墨喝道，他也很生气，但他必须忍住，因为他是审案的官员。

"梅若雪杀陆青岚的原因我们多少能猜得出。"于文墨眼珠转了几转，"因为陆青岚觊觎梅若雪很久，只不过原来碍着谢不离，而且梅若雪对他不假辞色。后来谢不离把梅若雪卖到了云烟壂，他便常常背着谢不离去找梅若雪,而他好像有些坏秉性,常把梅若雪折磨得遍体鳞伤……"

"你放……"兰若虚闻言差点儿骂人,但是忍住了。

史无名闻言冷笑道:"看来到了如今你还不老实,你当我们没有调查过梅若雪什么时候沉江的吗?那个时候陆青岚和你们相识吗?来人,先给他二十板子,让他醒醒脑子,想想怎么好好回答问题!"

史无名问案极少当堂用刑,除非实在是气不过,而于文墨触及了他的底线。

李忠卿直接向衙役要过了棍子。

"我来。"

李忠卿几棍子下去,于文墨就疼得龇牙咧嘴,连连求饶,表示自己一定会好好说。

然而史无名却不太想听他废话了,他直接说道:"谢不离让梅若雪葬身曲水,所以死在了狱池;而青云掌控'过眼云烟',曾逼迫梅若雪投入风尘,所以死在了舍身崖。而马连良和你同样参与了把梅若雪作为祭品到江边祭祀的事,所以也受到了女鬼的追杀,是也不是?"

"对、对。"于文墨点头如捣蒜,"这些坏事都是他们做的,我、我只是一直都跟着他们的……"

"你是杀人的帮凶,并不无辜,不必为自己的罪过辩解。"苏雪楼冷冷驳斥道,"马连良的仆人呢?"

"他看我没去救人,便自己跑了。"于文墨说。

"他不会也被你杀了吧?"兰若虚突然问了一句,"当年犯下罪案的是你们几个,其他人都死了,你们带的仆役也都没有了影踪,如今只有你在这里,事情怎么说还不是都靠你的一张嘴?"

"我没有，我可没有杀他们！"于文墨慌乱起来，"我们都是一条绳上的蚂蚱，怎么可能杀了自己的同伴？"

"一条绳上的蚂蚱，你这评价倒也挺准确。"史无名嘲讽地说，"既然不会杀自己的同伴，那你说说陆青岚死的那天晚上，你们干了什么？"

于文墨的眼神发虚，开口答道："我们什么也没干，是陆青岚自己要去云烟廛玩耍。那天是梅若雪的生辰，每年这天，谢不离都觉得心头惴惴，因此都不会出门。"

"是觉得自己做了亏心事不敢出门吧！"兰若虚在旁边嗤笑了一声。

于文墨没敢接话。

"而我们也觉得有点不安心，所以没去，最后只有陆青岚下山去了。结果那天他根本没去云烟廛，反而不知为什么丢了性命！现在想想，多亏我们没去，否则我们也会一起没命了！"

"既然你们都没去，又怎么知道他当天没有去云烟廛？"史无名冷声喝道。

"看来是刚刚的苦头给得还不够。"苏雪楼瞥了他一眼，面无表情，"拉出去上撩棍，然后看看他能不能好好说话，要是还不能，那就……"

"官人饶命，饶命！我说，我说！"于文墨吓得鬼哭狼嚎。

"好，那你就说说，你们是怎么杀死陆青岚的！"史无名伏下身子，死死地盯住于文墨的眼睛，问出了石破天惊的一句。

二十四

他的这句话把所有人都惊得目瞪口呆。

"别吃惊，因为他们发现了陆青岚是来查他们的。"史无名环视四周，冷冷地说。

"查他们？"众人惊讶地问道。

"苏兄，你不觉得陆青岚会和他们混在一起很奇怪吗？"史无名看向苏雪楼。

"从他父亲的描述看，陆青岚从日常的行为举止到性格爱好，和他们完全不是一路人，然而他却突然性情大变，去结交了他们并和他们厮混在一块。"

"我记得陆青岚的父亲说过，他从小就是个喜欢听断案故事的孩子，在别人为科举拼命读书的时候，他更喜欢去父亲那里看案件的卷宗。"苏雪楼点了点头，"所以你怀疑是陆青岚故意接近他们？"

"对，陆青岚在卷宗里看到了梅若雪的案子，生了兴趣，便开始在暗中调查，他发现了端倪，然后和谢不离他们接触，而这就是他被杀的原因。他凭着一腔热血来查案，结果却因为年纪轻没有城府被你们看穿，结果丢了性命。说吧，你们是怎么对他下的手？"

"不是我动的手，是谢不离在酒里下了毒，让云烟廛里的小娘子端过去的，然后……"不知于文墨想到了什么，哆嗦了起来。

"你们就把他的尸体扔到了狱池里——你们在狱池里看到谢不离的尸体那么害怕，不仅仅是因为他的死，还因为你们处理陆青岚的尸体时也是用的这个手法！"

就连见过无数凶案的苏雪楼也觉得胆寒，而旁听者中已经有人开始呕吐。

"能快速地把人变成白骨的方法只有狱池。"史无名闭上了眼睛，"你觉得在狱池当中把一个人煮成白骨需要多少时间？怪不得你们在陆青岚死后再也不愿意在温泉池里洗澡，也不愿意在书院里吃饭了。"

"陆青岚也太惨了。"苏雪楼唏嘘，他和陆父打交道最多，所以听到这个结果十分惋惜。

"陆青岚不应该遭遇这些！"史无名义愤填膺地说，"就像山下那个方家的少年，他们都不应该在最好的年纪丢掉性命。"

于文墨的脸色变得煞白，结结巴巴地辩解说："我们没动手，这么可怕的事情，我们怎么可能亲手去做？是青云在云烟鏖里找了几个下仆……然后又让人把骨头放在了按歌台上，我们根本没有动手。"

"云烟鏖？青云和云烟鏖有关系？"梁磐愣愣地问了一句。

"你去过，难道没发现他在其中主持'色'吗？"史无名挑了挑眉毛，"你看你的同窗，他们都不会问这个问题。你那么喜欢打听八卦，怎么连这点事都没弄明白？所以读书人还是好好读书吧！"

梁磐羞愧地低下了头。

"实际上陆青岚之死，青云和凌云都有参与，而鬼市云烟鏖也是由他们二人一起操控的！"史无名正色说。

"官人，这件事可是无稽之谈，什么云烟鏖，和在下没关系！"突然被点名的凌云一下子就跳了起来，大声为自己辩解。

李忠卿直接把两本账册递到了他面前。

"你房间神像里藏的东西——你的笔迹、青云的笔迹都在上面，不要跟我说你不知道、不是你写的！"李忠卿一下子把凌云想说的话全堵了回去，让他满是疤痕的脸更加扭曲了。

看到凌云也被揪了出来，于文墨露出一个幸灾乐祸的神情。

"是，青云、凌云两位先生都知道。凌云说必须一不做二不休，否则陆青岚迟早会用这件事来威胁我们，让我们无法科举，就算我们能科举，将来他也可能会妨碍我们的仕途！"

"你们果真是一丘之貉，以己度人，心思恶毒！"苏雪楼忍不住叱骂一声。

"当然歹毒，否则他们不会在大理寺第一次来查陆青岚之案的时候，给苏兄你们指错误的居所——因为他们想隐瞒陆青岚死亡的真相。但有些东西还是被留下了，比如说床头上那句诅咒，其实也算不上诅咒，陆青岚其实是在讽刺这些人吧。"

"你说那字是他自己刻的？"李忠卿皱了皱眉。

"是的，如果没有'鬼'这个前提，那么谁能跑到他的房间，在他床头上刻字，而且他还毫不忌惮地一直睡在这张床上呢？如果是别人刻的，在陆青岚死后，那人应该会毁灭证据才是。"

"所以是他自己塑造出了这个'鬼'吗？"

"对，窗外所见到的鬼，还有在学院里游荡的鬼，都是陆青岚和那个'鬼'合起来演的一场戏。"

"等一等，既然那个'鬼'是人假扮的，那么她是谁？"苏雪楼问道。

"她是谁……"史无名微微一叹道，"陆青岚的朋友吧，在帮他查梅若雪的案子。"

虽然史无名想为那个人开脱，但是苏雪楼却很坚持，因为此人也是杀死王无咎的嫌疑人。

"苏兄，你有没有想过另外一种可能性，假扮鬼嫁娘的也许就是陆青岚自己？"史无名看了所有学子一眼，"你们有谁和陆青岚一起看到过那鬼嫁娘吗？"

大家纷纷摇头，这个传闻确实始于陆青岚说看到了鬼嫁娘，之后再有人陆续目睹，最后才坐实的。

"如果从前是陆青岚自己假扮鬼嫁娘吓人，那么你们看到的鬼和王无咎房间里的鬼嫁娘又是谁？"

"苏兄别急。"史无名对苏雪楼微微一笑，"一切都有合理的解释，在我们找到这位鬼嫁娘之前，先把这山上发生的所有事情理清。"

二十五

"首先，诸位几乎都去过的云烟麈其实就在山下的华清宫内。"

有人露出了意外的神情，而有些人并不意外，显然早有猜测。

"华清宫的账目表面上没有问题，但是我们负责去调查的人回报说，确实发现有大量采买的迹象。负责采买的人十分谨慎小心，会绕很远的路，最后再返回。可惜我们进华清宫去查的时候，那里早已人去楼空。只能说这些人真是胆大包天，竟然敢在皇家行宫内胡作非为！"苏雪楼忿忿地说。

"这就是所谓的灯下黑，他们的费用支出也在这账本里。"李忠卿把那两本账递给苏雪楼，"你可以让人继续查。"

苏雪楼点点头，收下了账本。

此时不语居士一头雾水地发问。

"这是怎么回事？我这书院起初只是为了收留想要读书的学子，怎么如今书院的先生还开了什么云烟麈，然后还牵扯了这些死亡案件？"

"居士少安毋躁，案子马上要水落石出了。"史无名看了他一眼，不知为何，眼神有些冷漠，"其实，从谢不离决定逃离书院的那一刻，他的生命就已经不由他控制了，他可能没离开书院就被杀了。也有可能谢不离出于某种目的躲在了书院的某个地方，直到被杀。所以到目前为止，一系列死亡发生的顺序看起来应该是陆青岚先死，然后谢不离死在温泉，随后王无咎被鬼嫁娘杀死，青云死在舍身崖下，马连良在山中水潭里溺死。但是，这里可能有个问题。"

"什么问题？"苏雪楼问道，他听史无名用了"看起来"这个词，便知道其中必有说法。

"凶手要杀谢不离，为什么把他的尸体扔在温泉里？要杀死谢不离，方法可以有一百种，不被人发现的方法也有无数种，为什么要选择与处理陆青岚尸体一样的方法？"

"也许想给陆青岚报仇，所以用同样的方法杀死他，并且借此恐吓于文墨和马连良，或者还有青云和凌云。"苏雪楼说。

史无名对于苏雪楼的这个推测不置可否，继续说道："其实对于谢不离之死，我曾怀疑过青云是凶手，因为书童听到谢不离在离开前和一个人进行关于钱的争执，我原来怀疑是王无咎，但是陶文那些人把他看得很严，不会放他去跟谢不离交涉。我又怀疑那个人是青云——谢不离是个从女人身上骗钱的混蛋，在书院学习花费不少，所以想在走之前讨要一些钱财傍身。青云爱财如命，大概不想给他——既然他要离开学院，就意味着没有油水可捞，还纠缠自己要钱，岂不是太过烦人，所以动了杀心。"

"也挺合理，你为什么说曾怀疑？"

"因为我觉得谢不离死去的时间可能更早，甚至连青云也可能死得很早。"

"为什么你会有这样的想法？"

"凶手为了嫁祸，也为了混淆死亡的时间。一个人的尸体几天后被扔进狱池，另外一个人的尸体被扔到了舍身崖下。一具差不多被煮熟了，另一具四分五裂很难收尸，因此想要判断确切的死亡时间非常困难。凶手想借此确立自己的不在场证明，让我们认为青云是在杀死谢不离后逃亡，然后死在了舍身崖，但实际上这两个人很早就死了。"

"如果你说的这种可能性存在，那么这段时间他们的尸体被藏在哪里？"苏雪楼问道。

"山上的山洞，里面的冰长年不化。"李忠卿说，"藏尸体可并不难。"

史无名看了李忠卿一眼，李忠卿朝他微微颔首。

"思过居便是一个山洞，里面还有个废弃的大丹炉。忠卿，那个丹炉能不能藏下一个人？"

"塞两个人都够了。"李忠卿说，"谢不离的尸体现在就在那里。"

众人闻言皆惊，丢失的谢不离的尸体竟然还在书院内。

"其实他的尸体一直在书院内。"史无名说，"诸位，你们回想一下。从谢不离出走的那天起，我们就无法进静修室了，说是山体渗水要维修，而思过居就在静修室的里面。"

"难道从那个时候起，尸体就被藏进去了？"兰若虚震惊地问，他身边的学子们也面面相觑。

"对，然而阻止我们进静修室的正是凌云。"史无名把目光转向凌云，"也就是说，青云和凌云都知道谢不离死了！随后，在上次云烟塵开市后，青云就再也没有回来，因为他在那之后也死了。然而在大家还不知道青云已死的时候，凌云就去他的房间把账本搜走了，因为他确定了青云不会回来！"

"你的意思是说青云之死是凌云下的手？可凌云为什么要这样做？"不语居士有些不解地问，"他二人之间关系尚可，也没什么深仇大恨……"

"居士,从古至今,如果有什么想不明白的事情,就从两个方向去想,一是钱,二是权力。我想,凌云和青云之间的关系也不会免俗。"

"那无咎的死和他有关吗?"不语居士继续问道,看向凌云的目光带上了探究。

此时,阿雪和阿青呼哧呼哧地奔上殿来,它们两个从昨晚到现在基本没有休息,在骊山、长安跑了个来回,为的就是给史无名带消息。

把信筒交给史无名后,两只毛茸茸狼吞虎咽地吃了点儿东西,倒头就睡。

看了里面的内容后,史无名将视线投向凌云。

"凌云,不,刘文举,你不打算说些什么吗?"

听了这个名字,凌云下意识地一愣,而这一愣彻底暴露了他。

二十六

"你本名刘文举。二十年前你还是个举子,二十岁从家乡远赴长安。本来志得意满,觉得自己必然能够高中。但是到了京师才发现人才浩如烟海,你并不能在其中拔得头筹,甚至一而再、再而三地落第。原来和你同榜的考生有的已经在朝堂上做官,有的已经外放,只有你和一批又一批新的赶考举子奔赴一场又一场的考试,但最后还是只有你被留下了。

"感谢不语居士提供的线索,让大理寺在这么短的时间内就找到了几个和你曾有过交集的人——有和你几期同榜考试的人,也有你住过的店的掌柜和小二,还有和你有一面之缘的倚翠楼的歌女和杂役。就算你毁了容，但还有半边脸在，他们应该还能认出你。

"总而言之，是你因为自己落第心有不甘，这种不甘心后来渐渐变成了心理扭曲。所以在十年前那个放榜后的日子，你登上了倚翠楼的花船，然后在那里犯下了滔天血案。你偷偷放了火并反锁舱门，不仅仅烧死了曾经嘲笑过你的人，还导致当天花船上许多无辜的人殒命。而你的脸也被烧伤，在水中你侥幸逃得一条性命，却也不敢再回到长安。

"你觉得你做的事情无人知道，但是青云知道。因为青云的母亲当年就是倚翠楼的花娘，妻子也曾经是倚翠楼的清倌，他从小在倚翠楼长大，和那里的人很熟。而当年在曲江之上，上花船服侍的杂役并没有全部死亡，有人看到过你的所作所为。而这件事终究被青云知道了，于是成了他要挟你的把柄。因此即使你看不起他，也必须在表面上和他保持友好，和他称兄道弟。"

"他算什么东西，一个妓女的儿子，也配和我平起平坐，和我称兄道弟？"说这话的时候，凌云咬牙切齿，多年来的不满一时间倾泻而出，他是个眼高于顶的人，他可以不屑于一切指责，但是却不能容忍别人把他和一个他认为身份低微的人相提并论。

史无名也不想和他过多啰嗦，又指了指那两本账册。

"账册是从你房间的文昌帝君像里找出来的，你们不仅仅经营书院，还想与朝中权贵们一起建立自己的人脉网络。与此同时，你们还控制着云烟廛里的那些可怜人，妄想把她们当成敛财的工具。对于这些事情，你这样一个自命清高的人不仅仅没有抵触，反而乐在其中。你们手下有这么多人，平时是书院的杂役，其余的时候便是看管云烟廛的打手，而这些人应该不会太嘴硬，审一审就会知道。"

"他杀青云是为了争权夺利外加灭口,那他有没有参与杀陆青岚的事,还是仅仅知情却放任了这一切?"兰若虚迷惑地问。

"他应该是参与了。想想那出鬼戏,有四个人把新娘作为祭品送进了江中。如果新娘是梅若雪,而那四个人中有谢不离,马连良,于文墨……那么另外一个人是谁?肯定不是陆青岚,因为他们那个时候还不认识。是青云吗?不,在曲江祭祀是为了科举,然而青云没有对于科举的渴求,他只想求财。所以那个人是凌云,凌云伙同他们三个一起害死了梅若雪,而当年因为他在曲江之畔露面,还被谣传过一阵魁星显灵。"

"别拿他侮辱魁星好不好?"苏雪楼并不满史无名的说法,"同样是容貌丑陋,但是魁星学富五车,从未害过人,他怎么配和魁星相比?"

"苏兄说得是,是小弟错了。"史无名笑眯眯朝他一拱手。

凌云虽然没有说话,但额头上的汗已经冒了出来。

"你房间里供奉着文昌帝君,即使到现在还在看应试的书籍,写应试的文章——书籍上有你做的批注,你野心勃勃却又不满于自身的境遇。哀怨、愤懑、执拗、怀才不遇,是我在你的诗文中所看到的东西!但你这张脸还能科举吗?"史无名故意有些鄙夷地瞥了凌云一眼,"你难道不知道本朝取士,择人之法第一条便是需要体貌丰伟[①],你如今还有机会吗?"

"你懂什么!你们这些官宦子弟又懂什么?你们做官太容易了,哪里懂得我们这些寒门学子想要做官有多么难!"凌云被这句话刺激到了,大声喊起来。

"我自出生起,没有一天过的不是克己自律的日子,因为我

---

①摘自《新唐书》。

的兄弟姐妹都在嘲笑我是庶子。读书后,我没有一天不是在苦学论道,只为了让我爹多看我一眼,只为让我娘亲能在后宅的妻妾中挺直腰杆,只为日后能够在金榜上有我的一席名号!我为此努力了许多年,去结交各种人,可还是无人愿意举荐我,家中人也不愿意找关系为我铺路,所以我一直榜上无名……"

"就算无人举荐,若是学问好,也能榜上有名。就算一任考官偏心,不可能任任考官都偏心,不肯录取你。"苏雪楼漠然地打断了对方的慷慨陈词,"你自己学问不精,却在此怨天尤人?"

这句话显然又捅到了对方的痛处,凌云立刻跳起脚来。

"若不是那些主考官徇私舞弊,只顾着自己的门生,我又如何会多年榜上无名?!我只有当上官,才能让我的母亲不受欺辱,才能让那些狗眼看人低的东西高看我一眼!"

"你这话说得不对,就算考生中有那么几个主考的关系户,但是那张皇榜上有多少人,怎么能个个和主考有关系?分明是你自己学业不精!"苏雪楼可不爱听这样的话,即使作为官宦子弟,他也是一点点考上去的,他那一届的考官十分严格,大家也都是靠着真才实学考上的,"而且你做下这些伤天害理的事情,过着隐姓埋名的生活,可曾想过你的母亲,可有尽孝侍奉于她的膝下?实际上是你把你的母亲推到了更为悲惨的境地!"

"她、她应该早就认为我死了吧……"想起母亲,凌云的面上浮出来一丝愧疚和苦涩。当时自己一意孤行,把书童卖给人牙子换了钱,之后离开客栈就再也没有回去,不知道家人有没有来京师寻找过自己。没人知道自己做了什么,也没人知道自己去了哪里,大概就是当自己已经死了吧。不知道母亲在家乡听到这个消息会怎么样,她的身子一直不好……但是她怎么都会比自己过得好吧,即使受了白眼,听几句刺耳的话,终究不会挨饿受冻,而自己这些年过的又是什么日子!

想到此处,凌云心中的戾气又冒了出来,全是这世道的错,没有得到一切,所以才这么渴求!

"你在七进士的船上做了手脚?他们之中不可能每个人都对不起你,还有那些歌姬乐工,他们都是活生生的人命啊!"

"他们都在背后嘲笑我、议论我——因为我落了榜,那些狗眼看人低的妓子佞人,他们有什么资格看不起我,他们也都该死!"

史无名摇摇头,觉得他无可救药。

"他们踩低捧高,自然是人性劣处,但就算如此,也绝不至于要以命相赔。其实你只是憎恨自己,却把怨气投射到他们身上罢了。他们不应该成为你愤怒的牺牲品,而梅若雪和陆青岚更是无辜,也不应该是你们谋杀的对象!"

凌云只是恨恨地扭过了头。

史无名看他毫无悔意,心中也不免恼然。

"当年你锁住舱门,放了一把火,烧死了上面的人,也让那艘船沉到了江底。然而你也没有全身而退,你被烧毁了容貌,逃来这里隐姓埋名,并且将扭曲了的事情真相告诉不语居士。不语庇佑了你和青云,随着书院的规模越来越大,你和青云两个人的野心也越来越大,最后都视对方为眼中钉。

"只不过你们两人中,你的不安感会更重一些,因为青云手握你的把柄,但你却没有青云的。而你也更想把云烟廛弄到手,丰满自己的势力。陆青岚为了梅若雪的案子上山,其实没有瞒过你们,一是因为他没有经验,二是因为你们的情报系统确实很灵通——大多是来自云烟廛里的客人,否则王无咎不会身在山上,却能把柳家上下打听得一清二楚。你们杀死了陆青岚,瞒过了官府，但是事情并没有因为陆青岚的死而停止。鬼戏台上突然出现了鬼戏，这出鬼戏导致谢不离他们惶惶不可终日，你虽然也害怕，却觉得是机会来了，思考要怎样悄无声息地除掉他们。

"谢不离走的那天晚上，和他争吵的人就是你，谢不离要走，但是却想弄些钱财再走。他这人得不义之财习惯了，觉得你们毕竟一起杀过人，是一根绳上的蚂蚱，他有你的把柄，你不可能不给钱，所以你起了杀心并且付之于行动。你觉得事已至此，倒不如一不做二不休，把麻烦一起解决了最好，如果出现差错便让青云做替罪羊。因此在本月的云烟廛开完市后，你便杀死了青云，想要让他来承担一切的罪名。"

此时凌云面如死灰，形容枯槁，甚至给人一种将行就木的感觉，他并未反驳史无名的话，显然是默认了。

"凌云，在朝中是谁给你们提供帮助？"苏雪楼问。

凌云看了苏雪楼一眼，觉得他明知故问。不过到了这个时候，他恨不得拉更多的人下水。

"是王阁老，王无咎是他的孙子，我们走的都是他的门路！"

"既然是王阁老，那么你怎么和他接触，你见过他吗？"

"见过。学生拿了钱，我们收了钱，便拿着钱和这个学生的信息交给王阁老，他就会让人关照那些考生。"

苏雪楼觉得不对，这种事情怎么在凌云口中讲得如同买个胡饼一样容易？

"说谎，以你的身份恐怕连王府的管家都见不到！"苏雪楼嗤笑一声，在座位上俯视他，"快说实话！否则就让你见识一下本官的雷霆手段！"

凌云瞥了一眼陶文，露出一丝怨毒的笑容。

"收到了钱和投名状，就交给陶文，然后他会去办。我也派人跟过他，但是他很警觉，很快就甩了跟踪的人，所以我不知道他是怎么和京师那边联系的。但想来是王无咎让他去办这些事的，肯定有独特的门路。"

这些话听起来还有几分真，苏雪楼往人群里看了一眼，手下的人早就把陶文等几人都控制了起来。

"可惜王无咎死了，否则我们会知道更多信息。"苏雪楼有些惋惜，只控制住了陶文和他的手下这几条小鱼，其实并不能把王阁老怎么样。

"苏少卿，我只想知道杀死无咎的人是不是他。"不语打断了苏雪楼的话，指着凌云厉声叫道，但凌云只是怔怔地看着他。

"你知道吗？先生，王无咎死了，我们的书院也要倒了，一切全完了！官府查出了我是谁，他们一定会把我的消息带回家乡，这不行，这不行……我怎么能让人耻笑我母亲呢？我本就应该是死了的人啊！"凌云往后退了几步，状若疯狂，"对，我本来就是死了的人，你们不能抓住我！"

李忠卿觉得他的情绪有些不对，便想上前拿住他，可是却被史无名无意中拦了一下，慢了半步。

可就是这半步的时间里，凌云撞向了大殿中文昌帝君像的底座，一下子血流了一地，人眼见得就不行了。

"下辈子，下辈子，帝君一定要保佑小人高中、一定要……"奄奄一息时，凌云依然望向文昌帝君像。

凌云咽气的那一刻，李忠卿看史无名的眼神很复杂，而史无名悄悄对他做了一个"嘘"的手势。

二十七

"王无咎在这里更像是一个傀儡，一个负责顶包的可怜人罢了，我看过他写的诗和文章，全部都带着归隐之意。"

"几首诗可说服不了皇帝。"苏雪楼摇摇头，心头忧虑甚多——凌云死了，王无咎也死了，王阁老自然可以全盘否认，皇帝自然不会满意。

"一个身在旋涡中的人，也许死亡才是最好的归宿。"史无名说，"带给他压力的，除了王家，还有我们眼前的这个人。"

史无名指了指不语居士。

"我视他如子侄，自然对他格外关心。"不语居士沙哑着嗓子说。

但是史无名摇了摇头。

"出了这么多事情，居士，你觉得自己能摆脱干系吗？"

"老朽不明白官人的意思。老朽一直被青云和凌云两人囚禁，外面发生什么并不知道。"

史无名对苏雪楼打了个眼色，苏雪楼会意，把无关人士都清了出去。

"不，你什么都知道，陶文那些人不仅仅是王无咎的随从，也是你的。在发现谢不离尸体的时候，我就发现了这一点。书院依然在你的掌控之中，你手下还有一批愿意为你办事的人。"

"老朽是书院的主人，掌握书院的动向有什么不对？"不语可不是凌云，凌云虽然有心机、行为偏执，但是在某些事情上，却又很愚笨，与在朝堂浸淫数十载的不语根本没有可比性。

老奸巨猾，这才是眼前这个老人的代名词。

"此处再无他人，我想知道居士为什么这么看重王无咎？"

史无名问道。

"王阁老所托，我自然将他视作子侄。"

"居士，王无咎真的是王阁老的孙子吗？"史无名凑近不语居士的耳边问道。

"老朽不明白官人的意思，无咎自然是王阁老的孙子，老朽和他是故交，如何会弄错？"不语面露不豫之色，回答道。

"实话实说，王无咎的身世有什么问题？"苏雪楼不愿意再打哑谜，直接问史无名。

史无名将李忠卿拓下的玉佩样式递给了苏雪楼，和他耳语几句，苏雪楼果然变了脸色。

"昔年有人争夺太子之位失败，而在那一年，我们眼前的不语从朝廷中急流勇退。与此同时，有一个婴儿被送到了节度使郭子仪的府上。而这一切，其实是那个人为将来的某一时刻埋下的一条线罢了。"

"你是说舒王？"苏雪楼立刻明白史无名说的是谁，"那个婴儿就是王无咎，他是舒王的幼子？"

"对。"史无名点头说道。

"他不是舒王的孩子！你们在胡说什么？"不语此时真的有点急了，"你们不能胡乱给他扣身世，你们这是要害死他！"

"王无咎、不，李无咎已经死了！"史无名冷冷地回答。

不语瞬间变得颓然。

"舒王李谊是昭靖太子的儿子，而昭靖太子的同胞妹妹就是嫁给郭暧[①]的升平公主。升平公主是李谊的姑姑，也就是李无咎的姑奶奶，而王阁老的小儿子又娶了郭子仪的小女儿。所以你明

[①]醉打金枝的主人公，郭子仪的儿子。

白王无咎挂着私生子的名头,却能够在郭家被抚养长大的原因了吧。在多年前,郭家、王家,还有不语,都拿这个孩子做了一个投资。

"然而多年后舒王暴毙,郭家立刻把他送回了王家,显然是不想和他扯上关系。而王家又把他送到了这里,甚至几年都不曾让他回家。到底是想利用他来发展王家的势力,还是要甩开一个烂摊子,都不好说。"史无名叹息一声,这也是对王无咎的惋惜,"而王无咎也不是蠢人,其中的利害干系他自然能想得明白。可是他身在泥沼之中,脱身不易。这个骊山书院对于他来说,就是一个牢笼。不语答应帮助王阁老在这个书院搞手脚,是因为他觉得网罗这些人,有一天也会成为王无咎的助力。不语觉得青云和凌云赚来的钱财终有一天会成为王无咎起事的资产,所以容忍这两个人在自己的眼皮底下搞事情,还为他们提供保护伞,只不过没想到这两条走狗野心越来越大,甚至想要反噬主人,他这才坐不住了。"

"在下从未做过这些事情。"不语辩解道,"你刚刚所说之事,我都闻所未闻,休要将这些未知之事扣在我的头上!"

"如果你真的不知道青云、凌云所为,为何给我讲青云的出身?为何还要讲七进士沉江这件事,难道不是向我暗示凶手就是他们吗?"

史无名凑近不语居士的耳朵。

"还是你想借我们的手除掉他们?其实这么多年里,就算你真的被他们控制住了,如果有心,你也有无数次将这里的情况传达出去的机会——无论是来这里的香客,还是来书院里寄读的学子,更不用说最近还有大理寺的官员来此探查。可是你没有任何行动。就像你为自己选择的号,你选择了缄默不语,放任罪恶横行,这又是为什么?"

不语一阵沉默。

"因为你本来就有不臣之心,只是为了日后的从龙之功,一切不过是你顺水推舟!"

"你胡说什么!"不语大怒。

"看来这件事才真的戳到了你的痛处。"史无名冷笑一声,"你在德宗朝官至礼部侍郎,却突然解官归隐,当时还有很多人为你惋惜。因为他们不知道你有一个痴梦——那就是让舒王能登上大宝。是的,你是舒王的隐形幕僚,当年你急流勇退,正是舒王争位失败的时候。那时候舒王为自己铺了一条后路,他送走了自己的幼子,又让自己的亲信择地潜伏,目的是有朝一日能东山再起。但你难道看不出,事到如今,你们的图谋只是妄想吗?"

"什么妄想,这世上所有的事情都是事在人为,事在人为,懂不懂!"不语大声喊道。

"什么事在人为,只不过是为了满足你自己的野心罢了!鬼市云烟廛,最开始里面的人多是被放出的梨园子弟吧?能控制那么多的梨园子弟,绝对不是寻常之人能做到的。青云和凌云都是布衣百姓,他们怎么可能接触到这么多梨园中人?能够准确找出他们,只能是掌管籍档的人,而你辞官之前正是礼部高官,当年管理籍档的人正是你从前提拔的亲信。你不要嘴硬,其实你们的联盟并不稳固,你不能保证所有人和你是一条心。你不妨猜猜,当朝廷去找他们,他们真的会守口如瓶,而不对你落井下石吗?"

闻言不语眼神中露出一丝绝望,他也知道如今自己的一切谋划和希望都成了泡影。

"我只是想让主公的孩子能继承他的遗志,恢复他往日的荣光,而不是浑浑噩噩地活着,如同龙游浅滩,凤凰落地一般!"

"天子已在,皇位已稳,百姓刚刚得到安定,你却要暗中搅乱风云,把这天下重新卷入纷争之中。再看看你做的这些事情——操纵科场舞弊,结党营私,控制那些伶人,都是为了一己私欲,你的所作所为和青云和凌云有什么不同?"史无名眼望苍穹,"你应该明白,建立在虚妄和他人痛苦之上的愿望都是不可能实现的!"

"一将功成万骨枯,牺牲是必然的,他们知道能为主子的大业而献身,定然会觉得自己死得其所……"

"闭嘴吧!别拿着别人的性命说那些自以为是的话!"苏雪楼白了他一眼,呵斥了一声,心中倒是有些安定了,这老头带回去也算能交差了,至于陛下想怎么做文章,那就是他的事情了。

"这么多年来,我韬光养晦,为的就是有朝一日能够辅佐幼主重回朝堂!如果不能做到这一点,这些年来我付出的种种又有什么意义呢?骊山书院的前身叫朝天观,前任观主曾经给舒王算过一卦,卦象是潜龙在渊。既然是潜龙在渊,那么必定有一天会飞龙在天!我只是潜伏在这里,替主公照顾少主,然后帮助少主得到他应该得的!"

史无名看着这个崩溃的老者,没再说什么。命运其实有无数种走向,结局是否为预定的那个,就是要看这个人的选择和天意了。

"你在说什么胡话,什么少主?你不要忘记,舒王府里现在还有郡王在当家做主!"苏雪楼抢白道。

"现在的郡王哪有半分血性?完全忘记了他父亲曾经拥有的荣光,只贪图眼前的安逸!如今朝廷奸宦当道,他们争权夺利,皇帝束手无策,这正是我们发展自己的好时机!"不语咆哮着说，似乎要将这么多年来的愤懑都在此刻爆发出来。

"他老老实实的，才能保证全王府的人能好好活下去。"苏雪楼语意深长地说，"而我觉得，什么都没有比活下去更重要，毕竟现在不是从前。连他的父亲都暴毙而亡，他又能做什么呢？"

"也许李无咎从来都不想恢复什么往日的荣光，只想平静地过下去，所以不要把你的痴念都寄托在别人身上！"史无名轻声说，"也许死亡，对他来说才是真正的解脱。也许他遇到要杀他的鬼嫁娘的那一刻，心中才是开心的。"

"鬼嫁娘是谁？她为什么要杀无咎？我要杀了她！"不语神经质地问道。

"你心中难道没有答案吗？陆青岚被害之前看到了鬼嫁娘，谢不离尸体旁边出现了鬼嫁娘。谁设计了他们的死亡，鬼嫁娘不就应该是谁吗？这个人有书院所有门的钥匙，能去所有的地方。你也有所怀疑吧？否则你为什么要鱼死网破，告诉我们凌云的身世？"

"我果然没想错，果然是凌云，果然是他！"不语尖叫起来，"我要杀了他！"

"他已经死了！"虽然还有些地方解释不通，史无名的举动也有些遮遮掩掩，但是苏雪楼却是一个难得糊涂的人，他只想早点儿了结这里的一切，给皇帝答案，便就此采用了史无名的说法。

"还有一件事要告诉你。不语，李无咎并不领你的情，他觉得自己是年复一年被你囚禁在这里的。他说过，他是你们的囚徒！"

"他竟然把这里看成牢笼？我如此为他谋划，他竟然觉得是囚禁！"不语说着说着老泪纵横，最后哀号起来，"苍天不公啊！苍天不公啊！"

"不要以为这里似乎离天很近,就是会让苍天为你的白日梦开眼的地方!"史无名冷漠地回答,"不语,骊山之巅的这场梦,也终究是该醒了。"

尾声

"案子解决,可以回去交差了。"苏雪楼伸了伸懒腰。在山上待了几天,验尸、录口供,总算把案情的每个方面都衔接通顺,这弄得苏雪楼疲惫不堪。目前,他对于案子办到这个地步算是满意,认为完全可以和皇帝交差了。"你们呢?"

"我们再去收拾一下,忙了这么久,又赶上了休沐日,总该让我们歇上两天,在山下泡一日温泉再走。"

"你们不会真的想在这里买个宅子吧?"苏雪楼打趣道。

"说到宅子,方家那个不知道行不行。"史无名笑眯眯地说。

"疯了吗,小无名,你竟然要买那种发生过人伦惨案的宅子!"

事实上,苏雪楼让人在方家老宅儿子婚房的床下,挖出了一具少年的尸骨——这个可怜的少年果然在婚礼之夜就被杀死了。而当他们找到方申后来成的新家,家里的女主人果然就是当年那个自称杨玉儿的女子。

事实的真相就是,常年在外经商的父亲一直怀疑这个儿子不是自己的,在他又有了新欢后,便想除掉这个儿子,不想让野种和自己的孩子争家产。

一个最俗套的故事,里面的主角有着最恶毒的心肠,给自己的罪行披上了鬼神的外套,并逍遥法外了这么多年。

"开玩笑罢了,就是想随便看看,哪里有钱买?"史无名笑嘻嘻地回答。

苏雪楼轻轻敲了一下史无名的头，离开了，他还有太多的事情要忙。此时恰巧兵丁带着陶文路过，史无名一把薅住了他。

"我只问你一个问题，王无咎出事后，你跳我房间的窗子出来报信，你是怎么打开窗子的？"

陶文有些困惑地看了看他。

"当时我直接就打开了窗，你也没把它锁上呀。"

"直接开的窗子……"史无名闻言点了点头，摆摆手让人把他带走。

"那时候你是故意挡我的。"李忠卿站在他身后说，"你不想让我救凌云。其实王无咎的死和凌云没有关系，但是你想让他背上这个罪名。"

史无名看了他一眼，略有些局促，似乎觉得有些抱歉。"我也没想瞒着你，只不过苏兄在，有些事情不能说得过多。"

"嗯，我知道。"李忠卿点点头，等着听他解释。

"我想放过王无咎，因为在他身上总能看到我们的影子。囿于命运，却无时无刻不想要逃离命运。而且我想让云烟塵那些人有更多的时间逃离，不被任何人找到。"

李忠卿闻言看了一眼史无名，有些释然地笑了。

"我知道的。"

史无名看着他，也笑了，仿佛一切尽在不言之中，随后他便搂住李忠卿的肩膀，往山下走去。

"陪我找一下兰若虚，我一直让人盯着他呢！"

"你怀疑他？"李忠卿并不意外。

"为什么不能怀疑他呢？他给我们讲述了谢不离将新娘当作祭品的往事，他给我们讲述了陆青岚和鬼戏台，还有山下方家的往事，他就像一根丝线，穿起了这个案子中的所有细节。"

"是，他在牵引着我们往前走。就像于文墨说的，梅兰竹菊——梅若雪、兰若虚，这两个名字听起来怎么都像有些关系。"对此李忠卿深以为然，"兰若虚不是说他想要和某人相见吗？如果这个人是梅若雪的话，他们之间也许有什么关系，所以他才会这么想为对方报仇。"

"我也觉得他们两个人关系匪浅。"史无名赞同李忠卿的看法，"我一直认为游荡在这书院中的所谓女鬼也许和他也不无干系。"

李忠卿和他一起办案多年，马上就明白了史无名的意思。

兰若虚个子不高，身形瘦削，扮成女子倒是合适。

"难道你怀疑兰若虚装鬼吓陆青岚？可是陆青岚和梅若雪之死没什么关系，而且在谢不离尸体旁的时候，和王无咎遇鬼的时候，他一直和我们在一起。"

"忠卿，你没明白我的意思，如果这案子是一场合谋的复仇呢，兰若虚、陆青岚和王无咎的合谋？"史无名微微摇摇头。

李忠卿有点吃惊，说："他们合谋？可是合谋到最后陆青岚和王无咎都死了啊！"

"是啊，他们都'死'了。"史无名望着远方自由自在的飞鸟意味深长地说，"忠卿，你要明白，只有他们合谋才能解释兰若虚坚持住在中院的原因，因为这样才能保证各种计划的成功。"

史无名看着李忠卿依然有些困惑的神情，拍了拍他的肩膀，示意一会儿就给他解惑。

"你要到哪里找兰若虚？"

"盯着的人说他背着包袱下山，去了按歌台。"

这是一条极为偏僻的小路，史无名一面往山下走一面看周围的景物,渐渐地,眼前的景物和记忆中的重合起来。

"这是我那天来过的地方,前面应该有一处耳房,然后有一道门,从那里便可以进入华清宫!"

此时夕阳西下,亭台楼阁又笼罩在这美丽而短暂的光芒当中,他们走进这悄无人声的宫苑,分花拂柳后走过已经垂满藤蔓的九曲回廊,那天晚上在云烟墨的记忆一点点便回来了。他们的前方便是按歌台,兰若虚正站在那台子的中间看着远方的景色,而不远处就是华清池温泉,朦胧的雾气飘荡在亭台轩榭和花木之间,让这里宛如仙境。

"两位官人来了。"兰若虚低头看向他们,似乎并不意外。

"贤弟,事情已经了结,你今后要打算如何?"史无名在台下望着他说。

"我?应该会离开吧。"兰若虚看了看山间,神色不变,"本是慕名而来,如今意尽而走,也没有什么遗憾。"

"不打算参加科举了吗?"

"从这个书院就能看到朝廷的缩影,科举又有什么让人期待的呢?"兰若虚轻笑一声。

"决心成为一个好官,不应该因为某个人或者某件事产生动摇。但是对未来的选择在于你,在下言尽于此。"史无名没有多说,而是看了看四周,"兰贤弟,如今这里只剩下我们三个人了。"

"官人这么说是什么意思?"兰若虚露出了些许戒备的神色。

"意思是以下是我们的私人谈话,我不是以大理寺官员的身份向你问话,只是想要解惑罢了。首先,我想知道,梅若雪到底经历了什么?"

兰若虚居高临下看着他,史无名本以为他会什么也不说,但是兰若虚却开了口。

"谢不离那个畜生把梅若雪的钱财榨干之后,她就变成了他的累赘,所以谢不离把她偷偷卖给了青云。青云在书院装成世外高人,其实本质上还是个龟公。他从不语手中接下了云烟麈后,就轻车熟路地控制起那些无处可去的可怜人,再加上陆陆续续被拐卖来的女子和孩子,他把云烟麈变成了销金窟。

"梅若雪刚到云烟麈时,并不认命。她本来就是极有个性的女子,否则不会因为爱上谢不离便和他私奔。她出逃过几次都被抓了回来,被打得遍体鳞伤还不死心,青云就不太想继续养着她了。恰巧谢不离他们因为屡试不第,动了歪心思,听了所谓祭祀魁星就会被保佑高中的传言,所以联合了依然不忘科举、希望书院永远昌盛的凌云,将梅若雪带走做祭品沉了江。"

"他们是人渣,这毫无疑问。"史无名低声说道。

"所以在我看来,他们得到什么样的惩罚都不为过。"兰若虚哑着声音说,"仅仅因为一己之私,便随意践踏他人的情感和性命,这样的人不配活在世间。有时我常常想,这骊山书院看似是离天最近的地方,却不是老天爷开眼之处,能让这样的一群人在这里活得逍遥自在!"

他看起来快哭了,话中有无尽的怅恨之意。

"但是我们却不能成为和他们一样随意践踏生命的人,他们不值得污了我们的手。"史无名轻声说,提了另外一个问题,"能进入书院的人全都有可供利用之处,只有你家世不明,你能进入这里的真实原因是什么?"

"可能觉得我会用蛊吧。"兰若虚很随意地回答,但是眼神却有些飘忽,"总之,这都不重要了。"

"不,这很重要。"史无名盯着他摇摇头,"你应该是他们放在学子中的线人,你是云烟廛里的人吧?"

听到这个问题,兰若虚有些意外地挑了挑眉头。

"官人如何知道?"

"因为你言谈之间对那里太熟悉了,而且我总有一种感觉……"史无名看着他欲言又止,"你不会认识我们吧?我们一来,山下就出现了鬼戏,这件事太过巧合,如果是有人知道我们的身份,所以特意上演这出好戏给我们看,那一切就都解释得通了。"

兰若虚微微一笑。

"在下曾经在龙首原的鬼市中见过二位,也算是故人。"

史无名和李忠卿对视一眼,有些意外。

"是的,我确实是眼线,因为青云和凌云怕书院里会出现不可控的因素。"

"比如陆青岚?"

"还有王无咎,他年纪越大越不好掌控。王无咎年少的时候没有人管他的想法——亲生父亲在他身上寄托了自己的野心,王家舍弃了他,却还希望通过书院压榨他的剩余价值,不语在他身上寄托了自己的妄想,而陶文那些人都是不语和王家的爪牙,负责监视他。王无咎想逃离这一切,他也曾经做过一些努力,可惜一次都没成功。"

"所以他想诈死来金蝉脱壳,离开这里?"

"官人就这么确定他没死?"兰若虚看了史无名一眼。

"确定。"史无名笃定地说,"而且你们两个肯定有联系——即使表面上你们毫无交流。你手上的这个瓷罐,是邢窑白瓷。瓷白如雪,品相极高,那天你放在我的手上的时候,竟然还有一种玉的感觉。瓷罐下面有字,是个'官'字,这说明你手中白瓷罐是出自官窑，而且还是上品，这种瓷器寻常人家难以见到，应该是有人送你的。还有那个三彩明器，也并非寻常品质，那应该不是招魂瓶，我大胆猜一下，里面放的是不是梅若雪的骨殖？"

"对。发现她失踪后，我们四处寻找她，最后才在乱坟岗找到她的尸体。我们把她的骨殖放到这里，让她亲眼看看我们如何给她报仇，然后再将它送回家乡。"兰若虚坦然地承认了。

"这些人里能有这种顶级官窑瓷器的，应该只有王无咎。"

"有共同的敌人那自然就是朋友，他也很同情梅若雪。"兰若虚点了点头。

史无名笑了笑。

"其实我一直不明白一定要我们一起看到鬼嫁娘的用意，但后来开始怀疑你之后便明白了——先是在王无咎的案子发生后，借我们的嘴说出当晚看见了鬼嫁娘，让大家深信当夜闹鬼；其次是在我们看到了鬼嫁娘后，借害怕之名让我们去你的屋子长谈，其实你是要保证我们的房间没有人，方便让人从我的房间进出。在我们和你谈话的时候，王无咎的房间里发生了'案子'，陶文看到鬼嫁娘夺门而出，他不敢跟随鬼嫁娘，而是先冲进房间去看王无咎的安危，那鬼嫁娘去了哪里呢？他通过我的房间、再走谢不离的房间，趁机溜出了书院。

"那么那一夜我们看到的鬼嫁娘是谁呢？应该就是王无咎本人。证据是陶文通过我的窗子外出求救的时候根本没有遇到阻挡——我房间的窗子之前从里面别住了，很难从外面打开，这说明在那之前就有人走过这个窗。那么在陶文之前用这个窗的是谁？便是扮成鬼嫁娘吓过我们的王无咎！当时谢不离的尸体早就被运走了，只剩下了白布，那时他只是故意提起白布向下探头，而这种姿势其实只是为了支起白布，掩盖那里没有尸体的事实。

"王无咎的床榻上只有骨头、鲜血和他的随身衣物,我们不能确定骨头和血就是王无咎的。而我们也一直没有发现他的随身玉佩,如果是鬼魂,何必在意这些身外之物?因为留下这玉佩容易暴露他的身世,也可能那是他父亲唯一留给他的东西,所以这样东西定然是被他带走了。"

"这么说来,他走了也不错。"李忠卿说,"这个书院对他来说是牢笼,现在他终于自由了。"

"我现在唯一怀疑的就是马连良之死是不是凌云下的手。"史无名正色说,"我能确定凌云杀死了谢不离和青云,但是马连良和于文墨被追杀一事却不太确定,毕竟这两个人出走没通知任何人。"

"凌云还有那么多手下,如果想完全灭口,自然不会放过马连良和于文墨,我既然是他的线人,马连良和于文墨有异动,我自然报告给了他。他让手下先去扔了青云的尸体,然后埋伏在山林里动手,可惜于文墨逃跑了,然后这些手下就负罪而逃没再回来。"兰若虚漫不经心地说,"官人明察秋毫心细如尘,但是究竟还是年轻了些,不知道这些老家伙鬼着呢。"

史无名看他说得如此笃定,忍不住哑然失笑。

"也许恰恰相反,你通知的也许不是凌云,而是你的同伴!你的同伴偷偷跟上他们,伺机下手,留了于文墨的性命也只是为借他的嘴说出当年的一切。要知道,惩罚一个人最好的方式不是让他默默死去,而是将他的罪恶公之于众!"

闻言兰若虚哑然失笑,既没有承认也没有否认,他的神情隐藏在越来越暗的天色之中,有些看不分明。"反正凌云已经死了,真相已经消失了。"

李忠卿有些意味深长地看了一眼史无名,当时史无名阻挡他的那半步,是否也因为这件事呢?"

史无名却笑着摇了摇头。

"那我也再说一个真相吧。为什么你不带仆人,为什么宁可让书院的人认为你养蛊,为什么让所有人都怕你,不敢接触你,不去你的房间。因为你要保护自己的秘密,可是你有什么秘密呢?真相便是——你是个女子吧?"

史无名这句话一说出来,现场便陷入了奇妙的寂静,李忠卿虽然面不改色,但眼睛也微微瞪大了,他也在吃惊。

兰若虚那一瞬间的眼神十分耐人寻味,似乎有些意外,又有些欣喜,他(她)摸了摸自己的脸,说:"你竟然看出来了,他们都说我多变,让人认不出来,久而久之,我都忘记自己原来的脸了。"

"你承认了?"史无名有些意外地看向兰若虚。

"事已至此,又有什么不能说的呢?"兰若虚笑了笑,看起来毫不在乎。

"梅若雪刚刚到云烟廛的时候了无生志,当时我被爹娘卖进云烟廛,年纪还小,便叫她姐姐,一直缠着她,她也待我很好。里面的姐姐们好不容易把她劝得有些活气儿,她决定为自己打算的时候,却被那帮畜生骗出去溺死在了曲江里。你们能想象吗?她花了多大的勇气离开自己的家庭和爱人私奔,又是怀着多么绝望的心情被自己的爱人抛弃并卖到了云烟廛,不仅要应付各种恩客,还被他的那几个朋友糟蹋,最后被骗死在了冰冷的江水里,谢不离那几个人死不足惜!云烟廛里的人大多数都和她一样有着悲惨命运,大家都是可怜人,被控制,被折磨,每个人都是满腔的恨意!"

"所以你们想脱离他们的控制。"史无名了然。

"如果有选择，我们恨不得把他们都杀掉——这些控制了我们人生，摧毁了我们人生的人。每当夜深人静，总是意难平。我们布置了许久，早些时候偷偷逃跑也不是不能，但是我们还想要复仇，而陆青岚给我们带来了这个契机。"

"说到这个，我还有一个问题，陆青岚真的死了吗？还是他现在和你们在一起？"史无名若有所思地问了一句。

听到这个问题，李忠卿和兰若虚都愣了一下。

"官人为何会有此一问？"

"于文墨他们并没有亲自去处理陆青岚，而是让云烟廛的人将陆青岚扔到了狱池中，然后拿回了白骨布置现场。但你们究竟有没有扔尸体，白骨是不是陆青岚的，其实没有人知道。狱池虽然炽热，但把一个人煮到骨肉分离也需要极长的时间，无论怎么计算，那天的时间都不够。就如同山下方家那场惨案一样，儿子被杀死埋在了床下，而床上扔了一堆白骨，但是那白骨并不是那孩子的。"

"是的，陆青岚没有死。"兰若虚终于点点头，"只是他不能再忍受家里给他安排好的生活。他想入大理寺做一个能够断案的小吏，而他的父亲却日日耳提面命，要他尽力往上爬，将来好帮衬家族、提携兄弟。他知道自己的离开会让父母伤心，也觉得自己不负责任，但他还是忍不住逃离，去读万卷书行万里路，也许将来他的想法会改变，但是至少目前他没有后悔。虽然他没有出现，但一直都在关注着这个案子的进展。"

"原来他也是为了逃离，每个人都有自己的牢笼，王无咎有，陆青岚有，不语有，青云和凌云也有。"史无名叹息了一声，看向兰若虚，"那么你的牢笼是什么？"

"事已至此，我的牢笼已经没了。"兰若虚微微一笑。

"那兰若虚是你真名吗,还是……"

闻言兰若虚粲然一笑,宛如春花初绽。她突然在高台上上前一步,把史无名吓了一跳,不由得向后退了一步。

然而兰若虚却俯下身子将嘴凑到了他的耳边。

"有句话要悄悄告诉郎君,阿梦很喜欢官人送的珍珠。"

史无名不由得瞪大了眼睛,就在一愣间,兰若虚向后退了两步。这时候浓厚的雾霭慢慢地飘过来,她从袖口拿出了一根绳子,往天上一抛,绳子的另一端就消失在她头顶的雾气里。

这一幕对于史无名来说实在太熟悉了。

"官人,后会无期。"她最后朝史无名微微一笑,攀上绳索,宛如云烟一般消失在了雾霭之中。

下部　雨落马嵬

一

　　天上没有星和月，它们早被乌云遮住了，一阵冷风吹来，空气中夹杂着浓厚的湿气，天又要下雨了。听人说，这里已经连绵不断地下了半个月的雨了。陈亮望着长安城方向，归心似箭。

　　但这里是离长安城还有一百多里的马嵬驿，除非他能够插上翅膀，否则是进不了长安城的。

　　说心里话，陈亮不喜欢这个地方，他宁可快马加鞭连夜赶路，早早在长安的城门外等待，也不愿意在这里的驿站居住。在他看来，马嵬是一个被诅咒的地方。几十年前，这个王朝最有权势的一家人在这里几乎被屠了满门。即使到了现在，如果时值雨夜，在附近还能听到鬼哭声。而且听周遭的百姓说，这里常常会不明不白地死人或者有人失踪，实在是一个不祥之地。

　　风雨飘摇，离人魂断。

　　这"嵬"字拆开看不就是山下有鬼吗？

　　从前带商队路过这里，陈亮都是直接赶路进长安。但是今天他不得不让商队宿在这里，不仅仅是因为天气不好，还因为他有另外一件事要去办。

　　而这件事便是在半夜去一座坟墓，在墓前与人交易一样东西，最后还要在这座坟墓上取两把土。

　　是的，墓前换物，坟上取土。

　　听起来很不可思议，但是他确实要去这么做，而且返程一路紧赶慢赶就是为了能在今天完成这件事。

如果能够成功换到这样东西，便能带来极大的利益。商人嘛，本就是无利不起早。在陈亮看来，这东西显然奇货可居，就算交接的地点诡异了一些，也无伤大雅。

窈娘把这么要紧的秘密告诉了自己，莫说是坟上取一把土，就算是要一棵树也给她挖回去呀！可话说回来，若要棵树反而简单，随便在哪里挖一棵便可糊弄过去，可是这座坟墓上的土却无法作假。

几十年前的今天，天下最美丽最高贵的女人被缢死在这里。她生前宛如盛世的牡丹，国色天香，仪态万方，让万人仰慕，但是死后却如浮萍转蓬一般被草草埋葬，和成千上万死在战乱中的普通人没有什么区别。

很多人都说贵妃是月宫中的仙子下凡，这也让埋葬她的一方土地沾染了灵气——贵妃墓上的土不知为何能散发出微微的香气，因此便有人说这土能让女子变得更美，还能让人青春永驻。于是就有许多人去偷贵妃坟墓上的土敷脸，坟墓上的土因此被称为"贵妃粉"。

最开始听说这传闻的时候，陈亮心中还腹诽，偷坟头土，就不怕遭报应？然而这一次他也应了窈娘的要求。

若问窈娘是谁，窈娘只是他的妻子之一。

窈娘被他养在长安城里，和其他女人一样，以自己为天。即使当年得到她的方法有些不光彩，她哭过闹过，但经过这么多年的调教，她现在不也是把自己视为唯一能托付终身的人？陈亮又想了想在成都养着的那个女子，虽然年轻娇蛮，但是比起温柔小意的窈娘还是差了很多。

窈娘性格温婉，但最绝的是她那不盈一握的腰肢，跳起舞来有如柔柳回风，让人心神荡漾，不愧曾是教坊中的顶级舞者。而窈娘的外祖母当年也是梨园舞姬中的佼佼者，是在玄宗皇帝和贵妃面前颇为得意的人。只不过多年前的那场变乱，使梨园中人多数离散——有的趁着战乱逃走隐于民间，有的被安禄山掳走不知所踪，有的和天子出逃但最后也不得善终，最终留下的只是一小部分。窈娘的外祖母便是这一小部分人之一，她曾经跟随玄宗皇帝一起出逃，知道许多当年的秘密。而这一次窈娘要陈亮去交易之物，正是和老太太生前讲过的前尘往事有关。

此时天上落下了零星的雨点。一阵冷风吹过来，陈亮不由得打了个冷战。放眼望去，只能看到四周黑黢黢的树林和比人还高的野草，没有光线，四野更是静得怕人，让人辨不清方向。为了抄近路，陈亮在白日里估算了一下方向，晚上便没有走正常的大道，而是骑着驴子从野地直接穿过来，如今有些迷路，这让他颇为后悔。

就在此时，几声清脆的铃声从他前方传来，那是飞檐上悬挂的铜铃的声音。

马嵬坡前雨霖铃。

雨霖铃，雨霖铃，

声声凄切魂欲碎。

玉人香殒魂断处，

君王掩面无相救。

……

不知为何，陈亮想起了这几句在当地儿童口中传唱的儿歌。

据说玄宗皇帝在战乱时避地蜀中时，于栈道的雨中突闻铃音，随即想起被赐死的贵妃，想起与她生前的种种恩爱，心中大恸，忍不住痛哭失声，便写下了《雨霖铃》这首曲子来寄托自己的思念。

可是再思念和遗憾又有什么用呢？皇位和美人之间，他还是选择了保全皇位。如果是自己，也会这么选择——毕竟美丽的女人还可以再拥有，命没了可就什么都没了。这么看来，天子和自己也没什么不同——陈亮有些阴暗地想。

此时雨越下越大，风也更大了，而那恼人的铃声便更紧了些。陈亮透过荒草丛隐约看到有两座建筑物屹立在远处，那应该是贵妃墓前的阙楼。阙楼的四角飞檐上一般都会悬挂风铃，铃声应该就是从那里传来的。

总算是要到了！

陈亮有点兴奋，随即催促驴子加快脚步。可他刚走了几步，一只野狗突然从草丛里扑出来，嗷嗷狂吠，让驴受到了惊吓，直接把他从背上掀了下去。然后驴子自己扬长而去，野狗也被尥蹶子的驴吓跑，只留下被扔在泥沟里的陈亮。

"真他娘的晦气！"陈亮忍不住咒骂一声，满腹的怒气无处发泄。

他倒是没有受太重的伤，只是半边身子跌得全是泥污，而且左腿隐隐作痛，怕是扭到了。好在贵重东西都没丢，可以先去交易，再想办法慢慢走回来。

陈亮又走了几步，却发现眼前的路分了岔。每条都是小小的一条，方向也都差不多，而且每条路都是荒草丛生，哪一条是通向阙楼的呢？若是白日里还好，他可以多看看周遭情况，分辨方向。可是如今他从野地里直接过来，天黑地不熟，完全失去了方向感，无法分辨该走哪一条路。

最后陈亮还是选了其中的一条，觉得走错了大不了折回去，总有一条路是对的。

一面往前走，陈亮一面想起当日分别时窈娘对自己的叮嘱。

"郎君，祭日那天，那人会在子时三刻到墓前祭拜。你将此物交给他，告诉他一句话：'罗袖动香，红蕖秋烟。故人之后来求娘子①之物。'他应该就会将东西给你。"

"这人若是要祭拜娘子，为何不在白日，非要在夜半？"

"因为世人都怕鬼，这位却是极想见娘子的魂魄，子时三刻正是能通鬼神之时。听外祖母说，那人的祭拜从当年到如今从未间断，就算不能亲自前往，也会让后人代他前去。"

"那你怎么能肯定他一定会把东西给我，这东西不会带来什么祸事吧？"

"郎君，虽说富贵险中求，但若是郎君不放心，那就不要去了，左右只是一件传说之物，哪里比得上郎君你的安危！"窈娘温柔地给他理了理衣领，"否则，妾身也心内难安。"

但那的确是值得冒险的好东西，陈亮知道有人重金求购，否则他不会深夜独自一人来此，而没有让人代替自己前来。

在这条小路上走了一段，陈亮正在茫茫然之间，突然觉得有什么东西在拉扯他的衣角，把他吓得差点儿跳了起来，他慢慢地回头一看，原来是一根树枝勾住了他的衣服。

"吓死我了！"

陈亮擦了擦头上的冷汗和雨水，刚刚那一瞬间，冷汗都浸湿了他的背。因为他想起一个此地的传闻——有人在贵妃墓附近看到过游荡的鬼魂。而能遇到鬼魂的多是烟雨凄迷的日子，有人说那就是贵妃的鬼魂——因为悲惨死去心有不甘，所以满怀怨恨地寻找报复的对象。

陈亮想了想，心下悚然，急忙再往前走了几步，前面出现了

---

① 娘子是当时宫中对杨贵妃的称呼。

一个黑黢黢的大土堆，想来应该就是坟冢了。黑夜中看不清土的颜色，也没有传闻中的香气，反而有些难以忍受的腥臭之气。陈亮也没时间细想，双手合十拜了拜，喃喃地念了几遍佛后，从包袱里取出带来的香纸祭品摆了出来。可惜雨有些大，香烛没有点着，他试了两次不成便不再试，随手把祭品扔下，在坟墓上闭着眼抓了两把土。

出于雨水的缘故，土抓起来有点粘腻，陈亮也没多管，随手将土放到了准备好的口袋里，又拜了两拜，有些茫然地四处寻找那个要来接头的人。

"有人吗？罗袖动香，红藁秋烟。故人之后来求娘子之物！"

陈亮把这句话反反复复喊了几次，四下也没有人回答他，只有雨声、风声和铃声，心里的恐惧和烦躁都要把他逼疯了。

走吧，他心里想，无论是什么好玩意儿也不要了。这样的雨夜，那个人真的会来吗？窈娘这小贱人不是骗自己吧？！

此时他的脚越发疼痛，心里对于窈娘的怨气也越来越深，刚刚心中还荡漾的那一点点柔情被这个倒霉夜晚完全冲散了，他想着自己要赶快离开这里，赶紧回到驿站。

于是他一瘸一拐地往回走，一边咒骂那条可恶的狗和那头发疯的驴，一边咒骂着让自己来这里的窈娘，到后来他又觉得岁月不饶人——年轻的时候在上无片瓦的山沟草丛里也能过上一夜，如今人过中年，略微苦一点就熬不住了。

不过那时候自己的身家和日子与现在也不能比，那时候自己好不容易才娶到了扬州城里有名的大小姐慧娘。

那时的慧娘年轻美丽，性格虽然强势，女红也不怎么行，但是自己也能接受，毕竟岳家的财力摆在那里。如今自己羽翼已丰，自然不必再看岳家的脸色，而且她青春不再，那张脸皮哪里比得上青春正好的女子？自己一年难得回去两次，她却成天一张晚娘脸，不知道到底是摆给谁看。反正一定要早点儿摆脱她才好，不知道上一次自己回去布置的事情成功了没有……等等，那是什么声音？

暗夜的风雨声中又传来一阵呜呜咽咽的哭泣声，那哭声丝丝缕缕，连绵不绝，还夹杂着断断续续的歌声，哀愁婉转，惹人心碎。

"明眸皓齿今何在？血污游魂归不得……黄昏胡骑尘满城，欲往城南望城北。哎呀，欲往城南望城北。三郎，你好狠的心啊！"

那是杜工部的《哀江头》，其中的"游魂"就是指香消玉殒的贵妃。

而"三郎"，正是当年贵妃在宫中对于玄宗皇帝的称呼。

但陈亮听了却是别样的心惊。

陈亮在家中排行第三，因此"三郎"也是慧娘和窈娘对他的称呼。上次回扬州是三个月之前，如果计划成功的话，那么那个女人应该……

该不会是慧娘的鬼魂吧！

此念一起，陈亮差点儿坐到了地上。

不会，不会，她远在扬州，怎么会找到这里？

陈亮安慰自己，同时加快了脚步，跑了几步。

雨滴打在野草上，发出簌簌的声响，此时那铃声似乎又紧了些，似乎带着某种薄怒。

陈亮突然想起这里的传说——贵妃娘娘最恨负心人，而自己还到她的坟头上取了土，怕不是惊扰了她。

"娘娘，娘娘，您莫怪，小人不是故意的啊，都怪那贱人非要我在您坟上取土,您要找就去找她!"

陈亮低声念叨着。

而就在这时,他看到不远处那两座阙楼中突然有一座亮起了灯光。灯光幽幽暗暗,阙楼上有一个披头散发的女子正望向自己,身后的灯火只照出了她的身形,却照不清她的容颜。

陈亮瘫坐在地上,张大嘴巴看着眼前的一切,连气也喘不上来,而这时从他的身后传来了脚步声……

二

"尸体……"一个皂隶脸色苍白地从贵妃墓的方向小跑过来,和同伴嘀咕了一句后,就跑到一边吐了起来,看起来是初次见到凶案场面。

这是官道旁的一个小树林,路边有一座小亭子,白日里常有行旅在这里歇脚。如今被金吾卫团团围了起来,一支商队停留在亭子外面,每个人脸上神色惶惶,金吾卫的小队长正在亭子里对他们挨个儿进行盘问。

因为昨天夜里的大雨,亭子后方的小路变得十分泥泞——刚刚的皂隶就是从这条小道跑回来的。然而此时,天又开始暗了下来,乌黑的云团布满天际,又要下雨了。

刚刚赶来的宫南河没管亭子里正在盘问商队的金吾卫小队长,而是直接顺着小路走去。

几十年前,这个亭子、这条道路和它通向的地方,曾经发生过一件大事。

它导致了天子离索,贵妃玉殒。

"这林子据说是当年诛杀杨钊(杨国忠)之地。头儿,你有没有觉得阴风阵阵？"说话的是宫南河的副手，他身材高大，看起来有些愣头愣脑，但性子倒是挺活泼，名字叫张方。

"我记得是骑士张小敬在驿站西门当场将杨国忠射死，斩首分尸。"宫南河眼看四周皱了皱眉，此刻他们所在的地方只能看陵墓两边的阙楼飞檐，还有更远处一座庙宇的佛塔尖顶。

"对，我们现在站着的地方就是当年的马嵬驿旧址。"张方咧嘴干笑了一下，"据说当年此处都被杨家人和他们亲信的血浸透了。玄宗和肃宗在此分开后，旧驿站就起了一把火，有人说那火是肃宗放的，还有人说是玄宗放的——因为这里是他屈辱的见证。"

"不必和我说什么野史传说，说白了就是原驿站消弭于战火，新建起来的驿站迁到了新址，几十年过去，这里变成了树林。"

"对。"张方点了点头。

"但你为何能知道得这么清楚？"宫南河有些狐疑地问。

"我的祖父是当年肃宗麾下的斥候。"

宫南河有些意外地看了他一眼，认识张方这么久，这件事他并不知道。

"杨国忠被乱刀分尸，最后不知道被胡乱埋在哪里，而贵妃也被一抔黄土草草掩埋，那些被杀的杨家亲信甚至连黄土都没有，只能暴尸荒野。"

张方的祖父只要一喝酒就忍不住讲当年的事情，因此不管张方愿不愿意听，也被灌输了一脑袋。

"你今日如此多话，不是因为害怕吧？"宫南河略带审视地瞥了一眼张方。

"嗯……"张方眼神飘忽，最后低下头默认了。

宫南河看他这样，略感无语，七尺男儿，怕鬼！

"不过，听说这贵妃墓虽然修得不怎么样，但是里面都是好东西。说是当年玄宗皇帝非常愧疚，恨不得把所有的好东西都给贵妃随葬。"

"那又有什么用，人都死了，再多的好东西也抵不过人命！"宫南河摇了摇头。

穿过林子，他们分辨不出哪里是陵墓的神道，满眼都是荒草萋萋。只有一条小小的道路通向阙楼的方向。顺着这条路向前走，偶尔会发现两尊湮没在草丛里破损的小小石像生。再走不远就是阙楼，阙楼上的彩绘早已经被风雨剥蚀到几近看不出，但依然顽强地矗立在那里。

两座阙楼的中间用一段横梁连接，正中处悬挂着一只硕大的铜铃。阙楼两边都是围墙的断壁残垣，破损的墙体隐没在绵延的野草和树木中。除了他们脚下走的这条路，在阙楼附近的草莽中还能看到有一条岔路通向别处。

阙楼下有一个兴平县的衙役正在等候，看到他们赶忙迎上来，说死者就吊死在左面阙楼的飞檐下，因为先前下雨的缘故，尸体没有运回兴平县衙，暂时停放在左边阙楼的一层，仵作已经初步检查完尸体了。

宫南河闻言直接去了左阙楼，阙楼的一楼里半面都是堆积的柴草，尸体放在门口的位置，他对站在一旁的仵作说："让我看一眼尸体。"

仵作很年轻，名字叫王思远，见到上官，态度倒是难得的不卑不亢，听到宫南河吩咐，便掀开了蒙在尸体上的白布。

死者全身都已经湿透，半面身子还有大片的泥污，服饰凌乱，面上的神情十分惊恐，他双手如勾，全身的肌肉紧绷，看起来死前处于非常紧张的状态，脖子上有非常明显的勒痕。

"缢死？"

"是的。"王思远点头回答。

"死后被吊上去的？"宫南河看了看死者的两臂，"无论是自缢还是被人吊死，都应该有挣扎的痕迹，这种痕迹往往在脖子或者是手臂上出现，但这个人没有。"

"不，是活着的时候——在失去意识的情况下被人吊上去的，诈作自缢。"

"身上还有别的伤痕吗？"宫南河皱着眉头问。说实话，他不太相信这些小地方的仵作——靠谱的太少，而眼前这人也过于年轻。

"死者的脚踝处还有青肿，乃生前所致，不是致命伤。"

"缢死他的是什么？"

"白绫。"

王思远送上一条白绫，宫南河把那白绫拿在手上搓捻了几下——经纬分明，品质上等。

"张方，这白绫倒像是宫中之物。"

听闻此言，张方吓了一跳。

"头儿，这话怎么说？"

"宫里出来的东西有别于民间，而且多有标记。"

张方一愣，也拿起那条白绫查看，果然在白绫的一端找到了属于宫中的标记。他瞪大了眼睛，有些惊慌地看向宫南河。

"头儿，这……"

"别慌，宫中之物也不是流不出来，宫里人常常拿来和老百姓换东西，也算常见。"宫南河倒是很镇定。

"宫市！"

"对，就是那些太监们做的事情，别大惊小怪。"宫南河示意他不要说话,而是继续问仵作,"你说他是被人挂上去的,证据呢?"

"白绫挂在这阙楼外面廊檐的横梁上,但是死者脚下没有踏脚的东西。"

"对,他总不能是自己跳到白绫里的。"张方跟着愣愣地点头,随后就倒吸了一口冷气,看向宫南河,"当然也有另外一种可能,就是他遇到了鬼!"

"胡说八道什么?瞎联系!"宫南河有些不快地白了张方一眼,觉得他有些丢人。

而王思远继续说道:"小人还要检验他是否服了药物之类的东西,只不过需要运回县衙才行。刚刚大理寺的官人说,他们的仵作很快就会赶到,将军若想知道具体验尸结果,随后去县衙便是。"

"大理寺,他们怎么也来了?"宫南河一愣。

"因为这种案子并非一桩,太爷觉得无法解决,所以就上报了大理寺。"

"之前还死了人?"宫南河狐疑地问。

"是的,这一个月以来,加上这个人,已经陆陆续续死了四个了。只因在他身上发现了金吾卫的鱼符,所以才又紧急上报了金吾卫。"小仵作不紧不慢地回答。

死者陈亮身上有一块属于金吾卫郎将的鱼符,兴平县令不敢怠慢,立刻派人去金吾卫卫所报告了这件事情,因此宫南河和张方才匆匆带人赶来。

"他身上发现的鱼符呢?"

"在大理寺来的那位官人那里,他说要先看一眼,便拿去了。"

"大理寺来的是谁？"宫南河追问。

"一位姓史的寺丞。"

"啊，知道了，是史大哥。"宫南河便知道来的是史无名，他一直很喜欢这个温和却聪明的兄长，听到是他便非常高兴。但他又听说此地发生的案件并非一桩，便忍不住又多问了一句。

"这段时间出事的都是什么人，有什么共同点吗？"

"身份各不相同，除了都是男人，都有点儿男女方面的花边新闻，此外就没别的了。"小仵作非常精简地回答，"不过，对这些案子的传言倒是很多。"

"什么传言？"

"都在传他们都是负心薄幸的男人，所以被贵妃娘娘赐死了。"随后王思远又补充了一句，"还有，这些人身上都带了些贵妃墓上的墓土。"

"墓土？带墓土是怎么回事？"宫南河追问。

"我们这儿从前有个传说，说用贵妃墓的墓土搽脸，会变得更漂亮，青春永驻。许多女人为了一把墓土趋之若鹜，也导致这座坟经常被破坏，但是在这个案子里不清楚是不是为了这个。"

张方听完咋舌。

"这是作死啊！是个人都知道，动人家坟头土不仅仅是不吉利，还很缺德，相当于动人家阴宅的风水。若是在寻常人家，怕都是要被打个半死，何况还是贵妃墓上的？若我是贵妃，也要赐死他们！"

"在事情还没有定论前别胡说！"宫南河瞥了张方一眼，咽下了心中的种种疑问，向眼前的小仵作问道："那位大理寺的史寺丞去了哪里？"

"我家太爷刚刚陪他去了坟冢那边。"

宫南河略微一点头，便带着张方往贵妃坟冢的方向走去，而张方的嘴也没闲着。

"刚刚也不算我胡说。如果我是那位娘娘，定然也心有不甘。你看看这坟墓破败成了什么样子？都是姓杨，还是同宗，那元献皇后就可以和玄宗皇帝合葬，而这一位生前荣宠到何种地步，结果……"

"住嘴！私议皇家，不想要命了不是！"宫南河喝止了他，这来来回回都是人，就不怕被有心人听到？！

"是，头儿，我错了。"张方认错很快，但是一点也没走心。

"先弄清这陈亮为何会有我们金吾卫的鱼符，还有，管住你这张嘴，别胡说八道！"

"是是是。"张方连连答应。

"哎呀，见过小将军，见过小将军。"还没等他们走到坟冢前，一个胖乎乎、笑眯眯的老头就迎了上来。他年纪五十左右，看着像笑弥勒似的，正是兴平县县令刘东直。刘东直就是一个地方上最为普通的小官，不求有功但求无过、庸庸碌碌混日子，平日里就怕出事情，信奉得过且过。可惜天公不作美，这一个月以来，案子左一个右一个地出，让他想要瞒下去都不行。

看这胖老头上来就想扯些别的，宫南河急忙阻止了他，让他赶紧说案子。

"这个陈亮从成都府带着商队往长安赶，他的商队昨天晚上都歇在了马嵬驿，只有他自己单独行动，说是有点事想要先进长安城，结果凌晨的时候他骑的那头驴倒是自己跑了回来。"

"为什么急着进长安城？"宫南河狐疑地问道。

"听商队的人说，他在长安养了个外室。"刘东直干笑一声，"他在扬州有妻室，这边又养了一房，还在成都府那边有莺莺燕燕。他一年就在这三处来回跑，不过他好像很喜欢长安这边的那个小娘子，所以才想快马加鞭地提前进城。至于他为什么会跑到这里，下官斗胆一猜，可能是为了贵妃坟上的土。"

刘东直便把小仵作说过的话又说了一遍，只不过他说得更详细一些。

"大概在四十年前，这边有个传言，说是用这贵妃墓上的土敷脸，可以美容养颜且能青春永驻。所以当时有很多人都跑来偷土，导致坟冢经常被破坏，最严重的一次几乎缺了一多半的土。这里怎么说也是贵妃的坟墓，所以后来朝廷也派人来修整过，又添了别的土，封了些青砖，便是现在这个样子了。只不过那是四十多年前的事情了，也不知如今为什么又有人开始对这坟头土有兴趣了。"

"死了好几个人了，你就没查出点儿什么？"

这话一问，刘东直的眼圈就红了，呜咽着地哭了起来。

"下官无能，查不出案子，闹得人心惶惶……都是下官的罪过啊！"

看这个老胖墩哭了起来，宫南河把话咽了回去，陷入了深深的无奈当中。

三

贵妃墓大概两丈见方，四周用青砖围起，但这青砖垒得并不高，只到一个成年男子的胸部。上面便是封土，坟墓上没有一点杂草，显然是被人仔细地除过。那封土的颜色发白，其中隐隐掺杂着一点金色，仿佛加了金粉一般。坟墓前有些祭品残留，但已经被大雨冲得七零八落。想来是贵妃祭日有人来扫墓祭拜，但是因为大雨，如今只剩下这一地的残迹。

墓碑前站了一个人，他并未穿官服，从背影看就像寻常的书生，听到脚步声他转过身来。就算是见惯了京师里世家公子的宫南河，也觉得他生得气质极好，浑身上下都透露出江南烟雨那种温柔缱绻的味道。

"史寺丞，这是金吾卫来的宫校尉。"刘县令虽然政绩平平，但是人情练达，在宫南河面前哭出的泪痕未干，就露出了笑脸，还热情地为双方做介绍。

"哦，我们认得的。"史无名微笑着和宫南河见礼，和他寒暄了两句，便从袖子里取出一只鱼袋递给宫南河，"是你们金吾卫郎将的。"

宫南河接过那鱼袋，先打量了一下——鱼袋上饰以银，属于五品以上的官员。

打开鱼袋，里面是一枚银质鱼符，大约有一指长短，上面用楷书阴刻"左金吾卫左郎将〇〇〇"，名字已经被人为磨去了，其中"金吾卫"三字之间有一个"同"字，字体方大，线条较粗且深，有可与另外一枚鱼符相合的榫槽。

宫南河一看，便知道这是一枚真正的鱼符。

"左金吾卫左郎将，正五品上。"张方看了一眼，顿时觉得这事情糟了，不由得瞥了宫南河一眼。宫南河和他也隶属于左金吾卫，但是他们能肯定左翊府的左郎将肯定没有丢失鱼符，否则他如何出入皇城？

如今的左翊府有左右两位郎将，宫南河便隶属左郎将麾下。如今的左右两位郎将有些面和心不和，因为他们的顶头上司——左翊府的中郎将要告老还乡，两个人为了这个位置在暗地里较劲，但面子上还是过得去的。

如今这里突然出现了一个属于左郎将的鱼符，实在是让宫南河有些蒙，心中一时间想到了各种阴谋诡计。

倒是史无名很冷静。

"此物来源应该有三种解释——第一种，这鱼符是此人偷你们郎将的，因为某种不可告人的目的所以把名字磨去；第二种，这是从前一位郎将的鱼符，它的主人已经不在人世；第三种，此物是假的，是被人仿造出来的。但我观这鱼符的种种细节，觉得不像是假的，因此更倾向于第二种猜测。因为鱼符是官员的象征，活着的时候绝对不可能假手于人，如果卸任也需要缴回鱼符。不过从高宗皇帝起，如果五品以上的官员在任上不幸去世，以示抚慰，朝廷不会收回鱼符，允许将鱼符与之陪葬，所以我怀疑这可能是某位过世郎将的陪葬品。"

"啊，对！"宫南河恍然，"那这陈亮……盗了某位郎将的墓穴？"

"所以眼前你需要派人细查陈亮的往来——他是个商人，交往人员复杂，而且听商队的人说，他还私下买卖古董，因此确实可能和盗墓之人有所来往。"

宫南河闻言立刻老老实实地点了点头，随即就把张方打发了出去，然后询问起史无名目前发现了什么。

"前面发生的案子，除了工部员外郎张文远的案子还有些可调查的东西，其余的都很难了。"史无名有些无奈地叹了口气，虽然他们来得比金吾卫要早一点，但也仅仅是时间上早一点点，并无其他。"我们接到刘东直上报的时候还没有这陈亮的命案呢！"

宫南河想了一下张文远是什么人。"他可是当朝吏部侍郎张文景张家的那一支子弟？"

"对，他是张侍郎的堂弟，虽然在京师中算不得什么高官，但是背后的势力倒是十分庞大。他本是去蜀中公干，却在这马嵬驿待了好几天，有一天深夜背人外出，然后就不知道为什么死在了这里。"

这里离长安这么近，张文远却在这里住了好几天，还不着急去公干，这确实很奇怪。

"他是怎么死的？"

"和陈亮一样，吊死在阙楼上，而他们身上都有一个值得注意的点。"

"是墓土吗？"宫南河想到刚才小仵作王思远和刘东直跟自己说过的话。

"对。"史无名点点头，随后递过一个布袋子，宫南河接过后便皱了皱眉头。他看到袋子底部洇出了一片不祥的黑红色，打开袋子，里面是小半袋子沙土——和贵妃墓上一样的土质，也隐隐带着点点金色，而袋子底下的一部分土是黑红色的，还带着一股腥臭的味道，那颜色和味道宫南河都熟悉，是血。

"这是从陈亮身上发现的墓土，因为土上带血，而他身上无出血的伤口，所以我怀疑还有别的凶案现场，我已经让忠卿四处去找了，目前还没有结果。"

"张文远身上发现的墓土也是如此吗？"

"不，他那个没有血，但是更诡异，里面除了墓土之外，还有一个骷髅头。"

"骷髅头！"宫南河的眼睛瞬间瞪大。

"对。"史无名看了一眼在不远处徘徊的刘东直，低声说，"所以刘县令最开始上报的时候，还说怀疑张文远掘了贵妃的坟。"

"那老头可真敢说！"宫南河忍不住咂舌，"那个骷髅是怎么回事，现在在大理寺？"

"是，但刘仵作说那应该和贵妃的骨殖没什么关系，是个男人的头颅。而且那个骷髅头的形状非常奇怪，可以想象若是活人，肯定也长得非常奇怪。还有，他的死因是斩首。"

"这岂不是又一桩命案？"宫南河咂舌。

"是啊，不过那骷髅不是新骨，应该是多年前的枯骨，但这依然解释不通张文远为什么会随身携带它。"

"陈亮带的土里有血，张文远带的土里有骷髅。"宫南河忍不住咽了一下唾沫，"那其他死者带的墓土有异吗？"

"不知道，就连刘东直也说不清。"史无名有些遗憾地摇摇头，"那两个案子时间已久，而且当时是按照轻生来处理的，尸体早已送回家乡下葬，有用的遗物也还给了家人，而无用的东西早就扔了。"

"什么？！"宫南河听了差点儿跳起来，马上就想去晃晃那老头的脑袋，看看里面究竟进了多少水。后来他冷静下来想了想，这些小地方的官吏多是如此——人浮于事，总想着大事化小，小事化无。前两件案子案发的时候，那刘东直大概根本没有多想，后来直到死者张文远是朝廷命官，他觉得无法瞒下去才上报。

"那史大哥还有什么别的收获吗？"

"暂时没有。"史无名摇摇头，"不过陈亮来这里的情形大致可以推算出来。"

"哦，他是怎么回事？"宫南河十分虚心地问道。

史无名带着他走到了阙楼前不远处的一处荒草里的水沟旁。

"陈亮和他的驴在这片荒地上多少留下了一点足迹，他没有走正常的道路，而是横穿荒地而来。最明显的痕迹是在这个水沟附近,结合尸体本身的情况看,他从驴上堕下,滚入了这个水沟——这应该是一个意外,因为附近还有野狗的踪迹。当他爬出来,驴已经跑了,听说它自己跑回了驿站。而当时陈亮的脚踝已经受伤——这点在尸体上可以发现。显然这伤在当时并不算太严重,所以他选择自己走。

"附近的路上找不到他的任何脚印,除了雨水的缘故,路上还布满了发现者的脚印,看热闹的百姓的脚印,还有兴平县衙役的脚印……主事者完全不知道保护一下现场。"

说到这里,史无名的语气中带着浓浓的不满。

宫南河也觉得无语,刘东直这个老胖墩成事不足败事有余,怪不得这么大的年纪只能待在县令这个位置上。

"发现死者的人是谁?"

"是这里的陵户,名字叫杨义。他本来要去取土修缮坟墓——除草,然后在陵寝上填些土,这些活儿他每年都要在祭日那几天做,可最近一直在下大雨,所以他只是除了草,没有填土。今天早上好容易不再落雨,于是他便起了大早打算去取土,结果就发现了吊在那里的人。他年纪有点大,又接连受到了惊吓,到现在精神状态都不太好。"

"从发现案子到报官,再到兴平县快马到长安报信,最后我们赶来,来来回回都快一天了,还没恢复好?"宫南河有些不信。

"应该说,他本来在精神上就有些问题。咱们一会儿可以去看看,可以酌情问问他。"

"对对对,史寺丞带小将军去看看那杨义,这边的事情下官来负责就行。"凑过来的刘东直殷勤地说。

"我再等一下忠卿,他去附近探查,应该快要回来了。"

"没事,我回来了。"

四

宫南河回头一看,就看到李忠卿从坟冢后方绕了过来。

李忠卿沉稳老成,气质中隐约透出一种锋利迫人的气度,宛如一柄不曾出鞘的宝剑,看起来十分可靠。

"哦,你来了。"李忠卿朝宫南河点了点头,他们几个人私下常有聚会,因此彼此熟稔,不需要太多冗杂礼节。

"找到了什么吗?"史无名问道。

"没有。"李忠卿摇了摇头,"昨夜大雨,陈亮在这里人生地不熟,我不觉得他能走得太远。不过以防万一,我让人往更远的地方查去了。"

"好。"史无名点点头。

看对面两个人聊得都快插不进话,宫南河连连咳了几声。

"你着凉了?"李忠卿瞥了他一眼。

"没有,就是想赶紧继续查案。"宫南河小心强调一下,"刚刚我们正要去见报案人。"

"哦。"李忠卿点点头,回头看向史无名,"你和他说了帕子的事情吗?"

"什么帕子?"宫南河的注意力果然被吸引了。

"就是张文远和陈亮身上都有一方帕子。"史无名一边说一边让人把在陈亮身上发现的帕子递给了宫南河。

那是一方绢帕,上面绣着一首诗。

上邪,我欲与君相知,长命无绝衰。山无陵,江水为竭。冬雷震震,夏雨雪,天地合,乃敢与君绝。

如汗巾绢帕一类的私密东西,只有极为亲密的人才会互相赠与,而这帕子明显是女子的东西。

"这是描述一个女子对爱人痴情的诗,描绘了种种不可能出现的情况来表示她的爱坚不可摧。"这么有名的诗歌宫南河自然是知道的,"是他的妻妾还是情人给他的?"

"这个还不知道,但是张文远身上的那个却不是他妻妾送的。"史无名说。

"他的帕子上发现的是什么诗?"

"人去悠悠隔两天,未审迢迢度几年?纵使身游万里外,终归意在玉姑边。"

"这首诗没听过。"宫南河摇摇头。

"你没听过正常,因为这诗出自《游仙窟》。"史无名笑眯眯地回答。

说到《游仙窟》,宫南河倒是知道一点,那可是个风月艳情本子!在书肆里卖得极好的那种。

李忠卿在旁边干咳了一声,史无名立刻不再多说了。

"往前两个死者身上也有帕子。"刘县令终于插上了嘴,"就因为都有帕子,所以才开始疑心是不是连环案件。"

"那前两个死者身上的帕子上面是什么诗?"宫南河问道。

"这个……"刘东直头上冒了汗,结结巴巴地说,"因为最开始没往凶案的方向想,所以就……"

宫南河想起来了,史无名刚刚和他说过,刘东直把从前的证物都弄没了,忍不住对他怒目而视,于是刘县令头上的汗更多了。

此时平地里卷起了一阵冷风,一阵铃声传入了众人的耳朵,几个人都回头望去。

阙楼间的铜铃正随着风轻轻摆动。

"人都说风铃因风解语,它想要告诉我们什么呢?"史无名看着那铜铃叹息了一声。

"要下雨了。"身边的李忠卿看了看天,漠然回答。

"忠卿,一定要抬杠吗?"史无名不满地问。

"山雨欲来,风满楼。我哪里说得不对?"李忠卿十分无辜地看向他。

"对对对,你说得都对。"史无名有些无奈地推了推李忠卿,然后转向宫南河,"咱们去看那陵户杨义吧,正好这雨要来,咱们也得躲一躲。"

"好。"宫南河一点头。

绕到陵墓的后面,有一条狭窄的小路,路的尽头就是一座佛寺,佛寺旁不远处还有一户人家。

据说当年杨贵妃在这里礼佛后就被勒死在佛堂前的梨树下,因为害怕帝王事后迁怒,僧人们在玄宗离开后就纷纷逃离了这里,只留下一个行动不便的老和尚和一个年幼无处可去的小和尚。

几十年过去了,当年的老和尚早已去世,小和尚也变成了老和尚,周遭的一切都早已改变了模样。但是这座寺庙依然在,而且并不破败,寺门上悬挂的匾额上写着"镇厄寺"三个字。在它旁边不远处,有一间低矮的房子,从里面正传来呜呜咽咽的哭声。

几个人交换了一下眼神,史无名上前敲了敲门。

屋中的悲声慢慢止住,不久后门打开了。

开门的是一个白发苍苍的老人,他面白无须,眼睛红肿,眼下还有泪痕未干。整个人看起来暮气沉沉,宛如行将就木一般。虽然他身上穿的是普通农户的衣服,但是整个人却带着一种不一样的气质,看到史无名他们,他丝毫没有失礼的地方。再看他的家中,虽然看起来穷苦,但是所有的东西都整齐干净,他应该是个认真细致的人。

"你是这里的陵户?"

"正是草民。"老人点点头,开了口,他的声音有一点点阴柔,但是官话非常标准,"草民杨义,见过各位官人。"

"是你发现死者的?"宫南河问道。

"正是。"杨义指着墙角的锹和簸箕,"草民早起要去河边取土修坟,就看到了那个人吊在阙楼上,前日是娘子的祭日啊,应该为她修坟,可是雨太大了,所以才拖了时间……"

"夜里没有听到什么响动吗?"

"老朽年老耳背,若是非要说,好像只听到了几声招魂铃的声音。"

"什么招魂铃?"宫南河莫名。

"应该是阙楼上的那个铜铃。"史无名低声在他耳边说。

"招魂铃一响,老朽就想着它是不是招回了娘娘的魂魄。就好像当年在蜀道之上,雨打铜铃,每一声都让人心碎……"

杨义站在那里,似乎被回忆魇住了一般,喃喃自语。

"可是如果招回的不是娘子的魂魄怎么办?这里可死过不少人。"他浑浊的眼睛看向窗外,手指向外面,"这里,还有那里……都死过人,血流成河,到处都充满怨恨的幽灵!"

"那是从前的事情了,官人们问你这段时间死在这里的人!"刘东直看这老头前言不搭后语,心里有点发毛,便打了个哈哈。

"他们算什么东西!"杨义恨恨地看了刘东直一眼,"都是负心人,娘子最见不得这样的人,死了才干净!"

"娘子,你是指贵妃娘娘?"即使心里知道那个答案,宫南河还是特意问了一句。

"当然是娘子啊!"杨义有些愤怒——竟然有人不知道娘子

是谁,太过分了!不过他的注意力似乎很难集中,恼怒片刻后就又开始喃喃自语:"娘子最恨负心人,所以才会要了他们的命。只是若是她回来,怎么不来看看老奴,带老奴一起走呢?!"

"你是从宫里出来的人。"史无名笃定地说,刚刚看杨义的外貌、声音,还有见礼的方式,他便有所猜测,想证实一下,"还是当年服侍过玄宗皇帝和贵妃的人!"

"是,老奴是宫中旧人,自请到这里为贵妃娘娘守灵,来为自己赎罪。"杨义点头应道。

"赎罪?你犯了什么罪?"李忠卿狐疑地问。

听他这么问,杨义反而沉默起来,不肯多说一句,随后史无名试探地问了一句:"是和当年的贵妃之死有关吗?"

五

此时天边划过一道闪电,那惨白的光芒恰好闪过杨义的脸,好像把他整个人都撕裂了。电光过后,滚雷随后炸起,天地间瞬时间白茫茫的一片,这雨终于落了下来。

听到史无名问话的那一瞬间,杨义就像一具从坟墓里爬出来的尸体,是如此的僵硬苍白,把所有人都吓了一跳。

他先怔怔地看向史无名,又怔怔地看了看自己的手,眼睛一下子就红了,随后泪水唰地流了下来。还没等史无名反应过来,他便突然发起疯来,跪在地上一把抱住了史无名的腿,痛哭流涕。

"娘子,小人对不起你啊,小人做了白眼狼!娘子当年有恩于小人,到最后小人却亲手把白绫递给勒死你的人!小人真的是白眼狼啊!"

这句话里的信息量对在场的所有人都产生了冲击,而史无名突然被他一把抱住,想要挣脱却挣脱不开,顿时十分尴尬。谁也没想到这老人手劲那么大,让史无名完全动弹不得。

倒是李忠卿一言未发,直接一掌将杨义劈昏,解了史无名的围。

"喂,你下手……"史无名吓了一跳,急忙上前去拦。

"我有分寸,只是让他冷静一下,他情绪太不对劲儿了。"李忠卿面不改色地说,和上来搭手的张方把杨义抬到了床上。

"我其实只是试探一下。"史无名没想到自己诈出了一个巨大的秘密,觉得有些抱歉,"从他的年纪看,当年兵变发生的时候,他应该年岁不大。"

"嗯,应该是跟在贵妃身边的小黄门。"宫南河低声说。

"几位官人。"一声呼唤从门外传来,众人都回头看去。

进来的人是个体型消瘦的老和尚,佝偻着身子,年纪和杨义差不多,他身后还跟着一个体形魁伟的中年僧人,三四十岁的年纪,手里抱了几把伞。

见到众人,老和尚先念了个佛。

"阿弥陀佛,贫僧了因,见过各位官人。贫僧是镇厄寺的主持,自从知道又出了凶案,心中就一直惴惴不安。听徒儿说官人们来见杨施主,贫僧就忍不住过来了。杨施主家中简陋,房子还漏雨,这雨眼见得越来越大,几位先到佛堂那边吧。"他一面说,一面还咳了几声,看起来身体也不是很好。

"你为何惴惴不安?难道你认识那个死者?"宫南河狐疑地问了因。

"贫僧不认识那个死者,阿弥陀佛。"了因急忙摇了摇头,"只是对最近发生的事情有些恐惧罢了。"

"方外之人也有恐惧吗?"史无名一边钻入李忠卿的伞下,一边回望了因。滂沱的雨帘在他们身边落下,让对方的身影看起来有些模糊。

"如何能不恐惧?因为这里已经不是第一次死人了。"了因露出了一个苦笑。

"是,我们都知道不是第一次死人了。"张方一听又是这话,便十分不耐烦。他想要快点儿进入庙里,毕竟这雨太大了。

可是了因就像陷入了某种迷茫的状态,只是自顾自地继续说道:"贫僧的意思是每隔十二年死七个,上一次发生杀人案件的时候,军爷你大概才几岁吧!"

"什么?"闻言几个人都愕然地望向了因。

"人说十二年是一个轮回,如今又是一个十二年,所以杀戮又开始了!"了因颤声说。

史无名看着他,觉得这个老和尚其实和杨义一样,虽然表面平静,但是内里都早已经疯魔了。

"师父,雨大,让官人们先进去吧。"这时候静思接过了话,见他发了话,了因便不再说什么,把众人让进了镇厄寺。

镇厄寺不大,但里面修缮得不错,庙宇整洁干净,庭院里都是用沙土铺地,除了树木,还有颇具禅意的石灯笼。了因直接把他们引进了佛堂。众人忙着抖落身上的雨水,史无名还好,而李忠卿半边身子几乎都湿了。好在静思及时让人送来了干爽的毛巾和热茶,解了燃眉之急。

借着这个机会,了因给众人介绍了这个寺里的成员。

镇厄寺里现在有五个人。了因如今不怎么管事,管事的是大弟子静思,剩下的三个人有两个是寺内原有的青年僧人,一个叫静念,一个静心。这两人皆是寻常人模样,都沉默寡言,唯静思马首是瞻。另外一个是来寄居读书、等待科举的刘姓举子，他看起来身形瘦弱，内向阴沉，和众人只是打了个照面就消失不见了。

等大家都收拾利落，张方忍不住问了那个从刚刚起就盘桓在每个人心中的问题。

"了因师父，你刚刚说每隔十二年就死人是怎么回事？"

"阿弥陀佛，此事说来话长。其实本寺原来叫沉香寺，因为这地方曾经出产香土——传说是佛祖前供奉的沉香香灰洒在了这里，所以才会有了香土矿。"

"出香土？"史无名疑惑地问，如果出香土，必然会因此出名，可是他从未听说过。

"原来有这么一个香土矿，产量不多，而且在几十年前就没了，若是官人感兴趣，可以去问问县里的老人。"刘东直赔着笑说。

"这么说贵妃墓会发出香味是不是因为这个香土矿？"宫南河问道。

"是的，听说最开始修建娘娘坟墓就是用的那种香土，后来因为坟墓破坏严重，香土矿也开采没了，重修坟墓就用别处的土了。"

"那这里是什么时候改的名？"史无名问道。

"上元二年（公元761年）。"了因说，"不仅仅是为了镇住厄运，也是为了镇住此地猖狂的恶鬼。"

"恶鬼？这恶鬼指的是谁呢？"史无名慢悠悠地问，但眼神却充满玩味。

"阿弥陀佛。"了因念了声佛，随后低声说道，"都说是以贵妃为首的杨家人。"

"为何恶鬼是杨家人？当时死在这里的何止杨家人？怎么就他们成了恶鬼？"一直在倾听的李忠卿突然轻笑一声。

"因为他们生前得到的太多，所以死后难以割舍的就多，位高权重，骤然坠落，难免心中不甘，因此便成了恶鬼。"说到此处，了因忍不住又念了声佛。

"大师也是当年那件事的见证者吗？"史无名问道，这了因年逾花甲，算算时间应该也是当年变乱的经历者。

"对，当年贫僧才十岁，如今已经四十多年过去了。"了因颇为感慨地回答。

闻言史无名和李忠卿对视了一眼，心中有些惊异，他们本是来查一个官员被杀案，结果却和几十年前的兵变联系在了一起，而且一下子还出现了两个亲历者。事实上，有关那场兵变的种种往事，即使到现在人们都讳莫如深，那毕竟涉及许多深宫秘密。然而这些皇家密辛，是他和李忠卿最不想接触的。

"刚刚这位小将军问每隔十二年就死人是怎么回事。这件事是这样的，大约是从上元元年（公元760年）那一年开始死人，而如今是第四个十二年。这么多年来，案子陆陆续续地发生，但是最后都不了了之，然后随着时间的推移，被人慢慢忘却。这次发生的案子，只怕也是这些案子的延续罢了。"了因叹息着说。

"若如大师所说，真有这样的凶案发生，那我们为什么没有耳闻？而且四十多年了，若是凶手活着恐怕也垂垂老矣，怎么可能到如今还能犯案？您老不要把什么事情都联系起来！"张方打了个哈哈。

"人自然会垂垂老矣，可鬼怪却不会。被困于此间的灵魂，又如何知道时光的流逝呢？他们只会保留生前的模样。"了因摇了摇头。

"莫非大师觉得凶案都是鬼怪为之?"史无名试探地问。

"官人不知,此地其实有两个道家的阵法,一个是七魂锁灵阵。"了因看史无名有些不信,便说起了一件让所有人都瞠目结舌的事情,"而这七魂锁灵阵,顾名思义,就是用七个魂魄当作祭品困住这里的怨灵。"

"以人命来镇怨灵?你这老和尚在胡扯些什么?"张方瞪大了眼睛,直接嚷嚷道。

"这个阵法,是当年权倾一时的李辅国找人设下的,当时来设阵作法的时候,还声势浩大,所用的祭品是七个死囚。"

"李辅国?"史无名一挑眉毛。当年在此逼杀贵妃、剿灭杨家都有李辅国的手笔——肃宗性格软弱,十分听从于他,以至于后来才会被李辅国把持朝政,让他权倾朝野。

"他派人来设下这阵法的时候,玄宗皇帝还在吧?"

"在。"了因点了点头,"那时他已经移驾太极宫。"

史无名觉得此事简直不能细想,如果这所谓阵法属实的话,想镇住杨家人鬼魂的恐怕并非只有李辅国——肯定还有肃宗,而当时玄宗还在世,竟然也默认了这件事⋯⋯

此时雨还在下,外面又刮起了大风,众人的耳畔又传来铜铃的声音。

"各位官人可知,那铃铛是招魂铃?"了因又开了口,"那便是这里的第二个阵法了,乃玄宗皇帝请人设下的招魂阵法。"

"招魂阵法?"史无名有些意外,"来招贵妃的魂魄?"

"对,不仅仅有招魂铃,坟墓里还有引魂绳和定魂盒,各位官人可听过《长恨歌》?"

"白公的《长恨歌》谁人不知?恐怕街上老妇都会知道一句'天长地久有时尽,此恨绵绵无绝期'。"史无名轻声说。

"那几位也应该知道那诗中有一句是：'马嵬坡下泥土中，不见玉颜空死处。'"

"什么意思？"宫南河皱了皱眉头。

"各位看到的就是个衣冠冢，娘娘的尸体早就消失了！"

六

这句话不亚于在所有人耳边敲了一记响雷，他们一直以为那只是大诗人的美好想象，认为贵妃登仙而去，谁知道竟然是真的！

"师父，这是真的吗？"连了因的弟子们也是第一次听说这件事，都大惊失色。

"那白公也是从你口中知道这件事的吗？"史无名忍不住问道。

"是的，他曾路过这里。"了因点点头，他露出了自己的胳膊，上面现在还能看到一些可怕的疤痕，"当年贫僧因为此事受到过无数次审讯，因为有人想弄清娘娘的尸骨哪里去了，这其中不仅仅有玄宗皇帝派来的人……"

这句话中的含义更颇多，肃宗、李辅国，还有杨家的政敌，可能都想知道贵妃的下落，生怕杨家东山再起。

"那你到底知不知道呢？"宫南河紧盯了因，步步紧逼。

了因苦笑着一面咳嗽一面摇头。

"当年贵妃在佛堂缢毙，随后被草草埋葬。师兄们都怕事后受到牵连，在皇帝走后便立刻各自奔逃。而贫僧是孤儿，自幼由师父抚养，这里便是贫僧的家，除了这里无处可去，便一直和师父留在这里。贫僧在这里知晓了许多别人不知道的秘密，唯一不知晓的却是娘娘的遗体是什么时候失踪的。"

"难道是有人贪图随葬品,所以盗掘尸骨?"宫南河疑惑地问,世人多对鬼神敬畏,如果不是有刻骨的怨恨,或是为了丰厚随葬品的盗墓者,谁又会不敬亡者,随意做出偷坟掘墓的事情呢?

"若是有人对坟墓图谋不轨,这里离坟墓这么近,贫僧总能发现些蛛丝马迹,但是迄今为止没有发现任何端倪。"

"我听说……"张方小心地插言一句。

"施主听说过什么?"了因看向他问道。

"我听有传闻说贵妃娘娘其实没有死,而是被忠心的侍卫护送走了,去了远离战乱的地方,而代她死去的是一位宫女。"

"这怎么可能!"了因苦笑着摇头,有些凄然地说,"当年下手的是高力士,军队的各大将领都在这里等着看贵妃在他们眼前死去,怎么有替死的可能?覆巢之下无完卵,这位小将军说的只是世人的美好愿望,她确实是被埋葬在了这里。"

"那么贵妃土可以美容的说法是从什么时候开始流传的?应该是坟墓修好后才有的吧?"史无名倒是没有纠结贵妃的生死,而是另辟蹊径地问了另外一个问题。

"官人说得是。"了因点了点头,"原来那里只是简单修了一方青冢。后来玄宗回朝做了太上皇,碍于肃宗,没有给贵妃移葬的意思,甚至路过这里都是掩面而过,不曾停留。可是之后他便日日噩梦,常常梦到贵妃独自在马嵬悲泣,醒来后痛苦非常,于是便生了将贵妃的尸骨偷偷移走埋葬的念头,遂派人偷偷到这里移坟,可坟墓挖开后,却发现贵妃的遗体已经不见了。"

"我能想象他知道贵妃尸骨无存时候的恐惧。"史无名点头道。

"是的,如果说之前只是愧疚思念,那么发现尸体莫名消失后,这件事就变成了帝王的心魔。每次午夜梦回他便越发害怕。

于是这一次他没有管肃宗的面子,力排众议让人到这里给贵妃修建了一个简单的陵寝——便是如今看到的规模,并且找了法师为贵妃招魂,但是一直不见贵妃魂魄。"

"所谓'上穷碧落下黄泉,两处茫茫皆不见'。"史无名叹息。

"正是,直到后来有一个人帮他解决了这件心事,那便是临邛道士杨通幽,彼时杨通幽正客居长安,以奇妙的法术让皇帝与贵妃的魂魄在长生殿相见,并定下来生的盟誓,才让皇帝心中有所安慰。不过此事的真假,未尝可知。"

"自然是假的,他所做出的种种,只不过是自欺欺人、让自己安心的手段罢了。"史无名不无嘲讽地低声说了一句,声音也只有李忠卿听得到。

"但从那以后不久,说贵妃土可以美容延年的流言就出现了,然后坟墓就开始屡屡遭到破坏。"

"你该不是怀疑有人(受肃宗指使)打着偷坟头土的名义,让无知百姓故意破坏贵妃的坟墓吧?"李忠卿突然想到了什么,有些吃惊地在史无名耳边低声问道。

史无名却没有回答,他只是拍了拍李忠卿的手,望向了因,示意他继续往下说。

"因为陵墓多次遭到破坏,还有附近闹鬼的传言甚嚣尘上。多次重修后,李辅国便派人来设下了阵法,便是如今这七魂锁灵阵。"

"玄宗皇帝对此没有异议?"

"没有。后来直至他驾崩,也没有再过问这里。"

史无名不认为了因会说谎——为了一件已经快过去五十年的往事说谎毫无意义。

"这些事情……你几十年都不曾说出口,为什么今日却对我们和盘托出?"

"因为贫僧已经时日无多了。"了因咳了两声后苦笑着回答,"人之将死,总是有些痴念,贫僧的痴念也就在这一桩事情上。若是遇到寻常人自然不会讲,但是诸位来自大理寺和金吾卫,论断案和搜集情报,天下还有谁能出其右呢?"

"你希望我们能找出贵妃遗体的下落?"听到是和陈亮一案不太相关之事,宫南河有些失望。

"这只是贫僧的一片痴念,贫僧不过一说,诸位官人不过一听,并不强求。"了因双手合十,低头深深一揖。

"你知道这里发生的事情不奇怪,但那些宫廷秘事你又是怎么知道的呢?"李忠卿狐疑地问,听这了因讲得绘声绘色,宛如亲见,不由得让他怀疑。

"自然是从杨施主那里知道的,他本是跟着玄宗去了蜀中,后来玄宗归朝,他便自请出宫来为娘娘守墓。"了因有些阴郁地望着庭院里的那棵梨树,"即使到如今,当年之事依然历历在目。那天是六月初四,天气闷热。突然来的军队使得人心惶惶,很多老百姓早早就跑了,有些打算跟着皇帝的军队一起逃亡,因为他们信任自己的君主。而军队里似乎也不平静,空气里酝酿着紧张的气息。后来在午后,果然出事了,禁军骑兵在驿站的西门杀死了杨国忠。"

"张小敬!"史无名想起了史书上的一个名字。

"对,是他。就那么一瞬间,庞大的杨氏家族轰然倒塌,贵妃也未能幸免,即使这么多年过去,贫僧也还记得她的样子。她像佛前散花的天女,又像一朵盛世牡丹,美丽又慈悲,可就是这样一个人,却被逼死在了这里。"

覆巢之下无完卵,盛极必衰,杨家不能说无辜,但亲见这个家族大厦崩颓的那一刻也是极为震撼可怖的。

"她一定很害怕。"史无名轻声对李忠卿说,"亲人遭到屠戮,她没有办法阻止,丈夫也决定牺牲她,而这个丈夫真的是她当初愿意选择的吗?她本是寿王妃啊!她这一生大概都在诠释着'不得已'这三个字。"

"也许她一开始会害怕,但在最后那一刻来临的时候,她应该是坦然的,会觉得终于摆脱了这样的命运。"李忠卿难得感慨了一下。

"是啊,时事逼人,一个弱女子又怎能反抗呢?只能被这世事的浊流裹挟而去。"史无名悲悯地叹息,"反正自古以来,帝王犯错,总会把女人推出来顶罪,好像荒淫误国这件事只是女人一个人的错!"

李忠卿担心史无名的话被人听到,便悄悄把他往人群后拉了拉。

就在这时,外面的一声呼喊把所有人都吓了一跳。

"娘娘,娘娘,你不要走啊!"

大家齐齐望向佛堂之外,大雨中有一人披头散发,被大雨浇得湿透,在院子中那棵大梨树下对着天空不停地跳跃呼喊。

那正是杨义,他不知道什么时候醒了,也跟着跑进了庙里。

"这么大的雨,淋透了还不得感染风寒?"了因急忙吩咐静思,"还不快去把杨施主拉进屋里来!"

静思看起来不太想去,但了因一再催促,还示意弟子们也跟着他去,静思只好带人出去了。可是谁知道杨义一看他们跑出来,就突然变得如同泥鳅一般,在院子里乱跑,最后还叫嚷着往寺庙后院跑去,几个人一时间没抓住他,无奈之下也跟着往后院去了。

"忠卿,你也去帮帮忙。"史无名推了推李忠卿。

李忠卿闻言便出去了,过了一会儿,人还没有回来,于是宫南河与张方也去了,刘东直随后也跟着去了,不知道是想帮忙还是看热闹。

此时屋子里只剩下史无名和了因两个人。史无名看向了因,问:"你和杨义在此待了四十多年,他一直都这样?"

"是啊,官人。"了因看了他一眼,苦笑了一声,合十的手微微颤抖,"如果说这里禁锢了杨家人不能轮回的魂灵,我和他就是被囚禁在此地的活死人。官人,你要记住一句话——'血土出,亡魂现'啊!"

"什么?"

了因最后一句话说得非常急促,史无名没怎么听明白,他马上追问,可是这时候屋外已经传来了人声,了因便再也不肯开口了。

七

大雨一直下,直到夜幕降临也没停,虽然刘县令一直邀请他们去县里居住,但是史无名和宫南河不想离开,毕竟这里的调查才刚刚开始。然而镇厄寺不大,住不了太多人,史无名和宫南河只好派其余的属下冒雨去驿站,只带了几个人住在镇厄寺里。

客房里倒是干干净净,不仅没有雨季发霉的腐朽味道,竟然还隐隐有种香气,静思说是当年建造寺庙的时候将香土混在了抹墙的土中。

"原来叫沉香寺,倒也名副其实。"史无名摸了摸墙面,"多奇妙啊,这世上竟然还有香土矿。"

"是啊，传说这种香土矿也是做香粉的好材料，香气可以静思凝神，有助于睡眠。"接了史无名话的是静思，他站在门外，手上端着两碗药草茶。

李忠卿把他让了进来，静思便把药草茶放在了桌子上。

"今日大家都淋了雨，怕诸位官人感染风寒，师父让弟子去厨房煮了些药草茶，这药草发汗驱寒的效果特别好，请二位官人用完后早些休息。"

"多谢，有劳各位师父，等稍微凉一下就喝。"史无名表示感谢，顺便向静思打听起了有关张文远的事情。

张文远被发现时也是吊在陵墓前的左阙楼上，也是杨义去抱柴草时发现的，但是杨义疯疯癫癫，问不出什么，静思也说不出太多线索。

"那位官人被害前一日还到寺里上过香，捐了些香火钱，和师父喝了一会儿茶，还询问起些当年的往事，提了一些奇怪的问题。但师父那日身体不适，我们也没什么耐心应付他，他便在贵妃墓寝附近徘徊了许久。不过这也不奇怪，许多来探古的人都是如此，谁想到他转日便遇害了！"

"他问了什么奇怪的问题？"

"比如说这附近有没有河流，贵妃墓上的土是从哪里运来的，如此这般。我们拣知道的告诉他，他听后便走了。"

"就没别的不寻常之处？"李忠卿不死心地问。

"还有一连多日都在这附近转悠，再也没别的了。"

史无名见问不出其他，颇有些遗憾，只能向静思道谢。静思忙说这是自己分内之事，对官府自然是要知无不言、言无不尽，只是在离开前又叮嘱了两句："算贫僧多嘴，我们这里夜间不干净，两位官人最好不要外出，小心被鬼魅魇到！"

这话倒是又引起了史无名的兴趣。

"静心师父，您说的不干净可是和贵妃有关？"

"正是。从前贫僧和师弟们也见过两次，亏得我们是修行之人，有佛祖庇佑，所以不曾被影响。"静思低声回答，"只是最近这鬼魂闹得越发凶险起来，可能真的如师父所说，要等她凑够七条人命才能平静吧！"

"这里如此恐怖，而你们和杨施主能在这里坚持那么多年……"史无名对着静思真诚地感叹，"也难为你们了！"

"是啊，这么多年了。说句不敬的话，贫僧觉得师父和杨施主都有些魔怔了，所以他们若是说了什么奇怪的话，也请二位不要放在心上。"

"无妨，我们自有判断。"史无名笑道，"静思师父请早些休息，杨义那边也请寺里多加照顾一下。"

今晚杨义也已经被安置在了寺庙，他的精神状态不对，让他自己回去实在不放心。

"官人放心，一定会的。"说完后，静思再次叮嘱他们要喝茶，然后便离开了。

"静思应该是个练家子，白天去捉杨义的时候能看出他有点身手，但是他却在有意隐瞒。"李忠卿看着静思的背影说。

"怎么，你怀疑他有别的身份？"史无名挑了挑眉毛。

"了因和杨义都有些怕静思。"李忠卿说，下午在追杨义时就能看出些端倪，"静思似乎不太愿意听了因的命令，而杨义也是看到静思就跑。"

"说到了因防备静思，还有一件事要告诉你。"史无名便把单独相处时，了因对他说的那句话告诉了李忠卿。

"'血土出，亡魂现'，这是什么意思？"李忠卿觉得这话带着些不好的意味,"难道是指陈亮身上带的血土,所以陈亮成了亡魂,还是指这里有别的亡魂?"

"不知道,所以还要好好搜查一下附近。"史无名有些忧心忡忡地说。

"可惜这大雨让搜索被迫中断了,明天我让人继续。"

史无名闻言点头,李忠卿在这些事情上向来不用他操心。

"忠卿,刚刚我还在想,犯案的凶手会不会和静思他们有关?"史无名回身躺在了床铺上,"能在这附近犯案,静思他们才是近水楼台。而且他们身上还有一层保护色——世人都认为他们是普度众生、慈悲为怀的出家人,断然不会造下杀孽,所以就会忽视他们。"

"你是说要调查一下静思他们的底细,包括那个来寄读的?"

"对。"

两人就这么絮絮闲谈,外面依然风雨大作,不知何时才能停歇,屋子里也有些湿寒,看史无名裹着被子还打了个喷嚏,李忠卿不觉有些忧虑。

"喝点药草茶吧,莫要得了风寒。"

"不想喝,看那颜色就知道肯定苦!"史无名一脸为难,眉头紧蹙,他最讨厌这种苦药汤。

但李忠卿根本没有接收到他的眼神,坚持让史无名喝下去。两人僵持了一会儿,史无名终究还是落了下风,他勉勉强强喝了一口,随后再也不肯喝了。

"这也太难喝了!我白天也没有淋到雨,何苦现在要遭这种罪!"

"随你!"李忠卿自己闷了半碗,也皱起了眉头,因为这药草茶的味道确实不好,他便把自己那碗也放到了一边,"明天到马嵬驿里让厨子烧点姜汤,这茶实在不能入口!"

"那这茶怎么处理,不喝被寺里人看到了不好。"

"交给我处理,你先歇息。"

随后李忠卿端着两碗茶出去了,回来的时候手上空空如也,但他发现史无名依然毫无睡意。

"怎么还不睡?"

"睡不着啊,这么多的事情呢!"史无名喃喃地说,"你看,马嵬是亘在两个皇帝心中的一根刺——玄宗在这里受到了屈辱,失去了最喜欢的妃子,最后还失去皇位;肃宗虽然在这里屠杀了他的政敌,但是当年血腥的一幕也在他心里留下了阴影,他怕鬼魂对自己不利,也担心会有杨家余党残留,所以才让李辅国在这里设下了阵法。

"而镇厄寺的存在也很奇怪,当年马嵬之变后,理应破败消弭。可恰恰相反,这里保存了下来,还维持得非常好。若说从前是因为玄宗在世,贵妃葬在这里,不看僧面看佛面,有人照拂。但是后来玄宗驾崩,贵妃的坟墓都破败如斯,这里却在香火不旺的情况下保存至今,就很奇怪了。"

"难道说朝廷有人在暗中照拂?我觉得那位刘县令和了因和尚之间并不显得生分。"李忠卿说。

"可能。他们虽无太多交流,但感觉是熟识的,眼神骗不了人。"史无名点头,"只是刘东直不过一任县令,若说这么多年一直照拂这里显然不可能。"

他在床上侧过身子,望向窗外,外面的雨势已经开始变小了。"我还有一个更可怕的猜测,就是关于那招魂铃的,既然玄宗皇帝知道贵妃的尸骨不在这里,也知道后来李辅国在这里设下了阵法,为什么没有干涉呢?难道他不知道,如果那一抹香魂归来的话，就会在此地遭到镇压吗？"

"对啊，这是为什么？"此时李忠卿有些困了，但依然打着精神听史无名说话。

"忠卿，你说是不是想顺水推舟把她永生永世镇压在这里啊！"

"你这个想法可真的是……"李忠卿被惊得都不困了，他瞪大了眼睛望向史无名，"一日夫妻百日恩，好歹也是恩爱多年的夫妻，贵妃都已经仙去了，他何必做到如此地步？"

"怕受到对方的怨恨吧！"提到这个，史无名似乎有着太多感慨，"当年玄宗为了自己的安危曾想放弃肃宗的母亲杨良媛，后来在马嵬坡为了自己的安危放弃了杨贵妃，而肃宗还是太子的时候也为了自己的安危两次把妻子推了出去当牺牲品。你看，薄情这种事情他们父子一脉相承。"

"不奇怪，李家人骨子里就带着那份薄凉。"李忠卿冷笑了一声，"只要出了事，他们第一个想到的便是自己，因为他们觉得自己最重要。"

"别这么说，你也姓李，我没觉得你有那份薄凉。"

"因为我和他们道不同不相为谋。"李忠卿有些冷漠地回答，"他们这种人只会在事后觉得愧疚，想要补偿。可是对于已经死亡的人，补偿再多都是虚伪，这不过是他们给自己的心理安慰罢了。他们如果发现无法成功补偿，便又会开始担心自己的安危，生怕自己被对方的怨恨所纠缠，便求之于神佛，无所不用其极。所以你说玄宗想把贵妃的幽魂永远镇压在这里也是可能的。"

"如果是真的，那样也太……"史无名叹息了一声，不知道要怎么形容才好，只是觉得心中无限悲凉。

"别想了，明天还要查案，快歇着吧。"李忠卿不打算再谈论下去，催促史无名赶快休息，说完自己很快便睡着了。

可是史无名依然睡不着，他躺在那里，听到外面的雨滴声，便又想起了那曲《雨霖铃》，他一直觉得那是一个男人痛失所爱之后的悲鸣，但如今知道了这里的故事，又觉得这曲子多了几分诡谲和无情。

八

又过了不知多久，雨停了，月亮在浓云中露出了一点点脸庞。只不过这月亮并不皎洁明亮，而是有些红得诡异，天地都笼罩在一种朦胧的光芒中。

史无名睡不着，他披了衣服坐了起来，小心翼翼地走出房门，李忠卿并没有被他的动作惊醒。他先去了佛堂，下午的时候他问过了因，贵妃当年就是在这院中的梨树下被勒死的。

佛堂里佛像庄严悲悯，佛前香烟袅袅，四周罗汉威严，金刚怒目，一排排长明灯跳动着微弱的光芒。史无名一盏一盏地看过去，他在找一盏特定的长明灯。贵妃的墓地在这里，至少应该有一盏属于她的长明灯吧。

但是什么也没有。

"这不对劲儿。"史无名有些不可置信，就算贵妃的尸骨不在这里，这毕竟是她的往生之地，无论如何也应该有一盏属于她的长明灯啊！

他又转到佛像的后面，那里供奉着一尊观音。

观音的面容慈悲美丽，体态丰腴，手捧净瓶，盘腿坐在莲花宝座上，神像上珠冠璎珞，绣袍彩帔，在这个相对朴素的佛堂里，这尊神像熠熠生辉。

而观音座下也没有属于贵妃的长明灯。

太奇怪了，史无名思忖，随后他又走到了院中。

下了那么久的雨，院子中却不见泥泞，院子里是沙土，因此不怎么积水。史无名走到那棵梨树前，这棵梨树年纪很大了，粗大的主干受过雷击已经枯焦死亡，树干内部也已中空，但没有被清理掉，依然保留在那里。现在存活的枝干是从树底下旁发出的新枝，而这新枝如今也有碗口粗细，枝条上已经挂了不少小小的果子。

梨者，离也。

这棵梨树曾经见证了一场生死离别，史无名忍不住抚上树干，感慨万千。

就在这时，他听见了一种像是风吹过罅隙的呜呜声，又好像是人痛苦的呜咽声，但是转瞬又消失了。刚刚史无名并没有感到有风，他想找出声音的来源，便在院子里走了一圈，可依然没有发现任何端倪。

此时远远传来了铜铃之声，他不由得心中一动。

是阙楼上的招魂铃。

从前是有风的时候镇魂铃会响，但现在无风无雨，铃声又为何会响呢？

于是史无名走出了镇厄寺，借着朦朦胧胧的月光，他向贵妃墓的方向走去。

万籁俱寂，只能听到他的脚步声和偶尔出现的几阵铃声。

史无名在坟墓附近转了转，与白日里并没有什么不同。就在这时，他用眼角余光似乎瞥见有一个白色的影子在阙楼的方向一闪而过，他马上朝那个方向看去，可那里什么也没有。

他壮着胆子往阙楼方向走了几步，就在这时，一只手从身后搭上了他的肩膀。

那一瞬间史无名的心在狂跳,双手双脚都有点发麻,他缓了缓,才敢慢慢回过头。

身后的人却是李忠卿,他正一脸不高兴地瞅着史无名。

"忠卿,你这么不声不响的要吓死我吗?!"史无名气得跳脚。

"我倒是要问你,这大半夜的你跑出来做什么?"李忠卿抹了把脸,神情十分困倦又十分担忧,"这里情况不明,你孤身一人,发生危险怎么办?"

"我怕什么?就算贵妃的灵魂真的心怀怨恨,也找不到我身上。"史无名强打精神开了个玩笑,但不可否认的是,他刚刚真的是被吓到了。

"回去吧,不祥之地不宜久留。"李忠卿眯起眼睛看了看四周,他有一种近乎野兽般的直觉——这里似乎不太安全。

"刚刚阙楼那边的人影是你吗?"

"阙楼?怎么可能,我是跟在你后面来的。怎么,你刚刚看到有人?"

"兴许是我看错了。"史无名有些不确定地回答。

"我们过去看看,其实昨天就应该派人值守的!"

"昨天雨那么大,陈亮的尸身也抬走了,阙楼里什么也没有,何苦派人守着?"史无名向来体恤下属,但是李忠卿却认为御下当严,两个人在人前偶有争执,但是最后都能达成共识——反正都是一个唱红脸一个唱白脸。但是昨夜没让人在阙楼值守,李忠卿真心觉得不太妥当。

"阙楼不远处的那条岔路的尽头是什么?"看到阙楼,史无名想到了它不远处的那条岔路,白日里李忠卿去调查过,没发现什么特别的。

"是河滩,因为有人在河边取沙,那里堆积了不少沙土堆,听说以前修墓在那里取土，杨义修缮坟墓也从那里取土。"

"就是那种白色的、里面有类似金粉的沙土？"

"对，其实佛堂院子里铺的也是那种土。"李忠卿点头，正要和史无名再说什么，两个人却同时愣住了——因为他们的耳边传来了一个女人的哭声，那哭声好像弥漫在风里，萦绕在耳边，却不知从何而来。

"三郎，你好狠的心啊！"

"三郎是贵妃对玄宗皇帝的称呼。"史无名低声说。

"我知道。"李忠卿点点头，他把史无名挡在了身后，右手抽出了刀，警觉地四下望去。

可是这哭声很快就消散在夜色当中，好像从未出现过一样。

然而，就在他们稍稍放松的时候，他们身后的左阙楼上突然亮起了一盏灯火，而招魂铃也随之急促地响了两声。

李忠卿和史无名猛然转头，他们看到那盏灯，不由得倒吸了一口冷气。

"谁在那里？！"李忠卿冷声喝道。

但是并没有人回答这个问题，阙楼上只有那点灯火忽明忽暗。

李忠卿和史无名对视一眼，谨慎地向阙楼靠近。

就在他们快要到达阙楼下方的时候，看到被灯火照亮的窗子上突然闪过一个人影，那人好像漂浮在半空之中，虽然只是惊鸿一瞥，但是可以辨认出那似乎是个女人。与此同时，灯火瞬间熄灭，天地间又陷入诡异的寂静。

"怎么回事？难道真的是招魂铃招来了贵妃的魂魄？"史无名喃喃地说。

"什么招魂？你小心跟紧我！"李忠卿一把拉过史无名，"我们上楼看看。"

史无名自然不会拒绝，连忙跟紧李忠卿来到了阙楼前。李忠卿用刀小心翼翼地拨开了楼门，他们白天虽然来过这里，不过只看过放置陈亮尸体的一层，没有上去二层，因为衙役上去看过，说没有什么异样。

此时二楼一片寂静，没有任何声响，仿佛刚才发生的一切只是幻觉。

"我先上，你等我确定安全之后再上！"

"好。"史无名点头，急忙叮嘱，"你千万多加小心，楼上可能有人。"

话音未落，招魂铃又响了几声，两个人的神情都很紧张。

李忠卿将刀挡在胸前，小心翼翼地向楼上走去。通向二楼的楼梯非常狭窄，他踩在上面发出咯吱咯吱的响声，在这寂静的夜里显得尤为刺耳。史无名十分担心，但他知道，若有歹人，自己跟上去也只能给李忠卿添乱，所以只能屏气凝神地注视着李忠卿的背影。

然而就在这时，史无名突然觉得有哪里不对，他从窗子往外看了一眼，发现右边阙楼的一层似乎有一丝亮光闪过。

他想都没想，转身出了门，直接就进了右阙楼。

右阙楼的一楼只有堆积的柴草，并无异样。史无名迟疑了一下，刚想要喊李忠卿过来，可就在这时，他觉得有人站在了他的身后，他还没有来得及回头，眼前就已经发晕，而后一条柔软的白绫缠上了他的脖子。

九

史无名猛然睁开了眼睛，感到一阵眩晕。眼前是陌生的床的床顶，房间的窗户开着，外面在下雨，还能听到外面来来往往的人声。

他想起来了，这里是镇厄寺，他被袭击了！史无名挣扎着想要坐起来，但是身上却使不出一分力来，想要说点什么，但发现很难发出声来，喉咙里有如同撕裂般的疼痛。

此时旁边有人适时地递过水来，史无名感激地看了一眼，递给他水的正是李忠卿，屋子里就他们两个人。

"忠卿……"史无名连水也顾不得喝，抓住李忠卿的衣袖就想问究竟发生了什么事，可是发出的声音却嘶哑难听。

"你先别急，喝点儿水。"李忠卿温声说道，把水递到了他的嘴边。

史无名按捺住焦急，喝了几口水，缓解了自己喉头的不适，便又望向李忠卿。

"我没事，你却是死里逃生，先好好歇着。"李忠卿看他醒来，心里的石头终于落了地。

"有人从后面勒住了我。"史无名皱起了眉头，有些痛苦地回忆当时的情形，"我没看见人，但从力气和勒住我时用力的角度来看，对方个子比我高，是男人。"

"能把你无声无息地放倒，并且带走的，肯定不会是女人！"李忠卿点头，又想按倒他休息。

"我当时去了右边阙楼，那边好像有人……"

"什么，你去了右阙楼？"李忠卿一愣，他还真的不知道这件事。

昨晚李忠卿登上二楼后，并没有发现什么，只能闻到有淡淡火油燃烧过的味道，地面上也满是灰尘脚印——是张文远和陈亮死后，兴平县的衙役们上来检查时留下来的。

正当他确定安全、想喊史无名上来的时候，却发现楼下无声无息。

那一刹那，李忠卿觉得汗毛倒竖，几步就冲下了楼。

可是一楼没有人，李忠卿跑到外面，右边的阙楼门紧闭着，他推开门，没有发现史无名，他又几步冲到了坟冢前，那里也没有人。

当时李忠卿觉得自己的心像要从喉头跳出来一般，就那么一瞬间，史无名就不见了。而这么短的时间内，对方不可能将人带走太远，可如果自己判断错误，那么史无名就真的危险了。于是他急速地往回冲，而这回就发现了在两座阙楼之间躺着的史无名。

当时史无名的脖子上缠着一根白绫，看起来毫无生气。

李忠卿扑到他跟前，将颤抖的手指伸向史无名的鼻下，在试探到还有气息后一下子坐在了地上。对于他来说，案子什么的不重要，重要的是找人救史无名。但说实话，寺庙里除了宫南河和张方，剩下的人李忠卿都觉得不放心。

回到了镇厄寺后，李忠卿把所有的人都喊了起来，这个过程并不迅速，因为那正是人睡得最熟的时候，而且不知道为什么，连出身军旅的宫南河和张方都慢了一拍。

"史大哥这是怎么了？"还有点晕晕乎乎的宫南河和张方被不省人事的史无名吓了一大跳。

"他被人袭击了。"李忠卿沉着脸回答。

"袭击？有人敢袭击朝廷命官？！"张方忍不住叫了出来，终于清醒过来。

最后进来的了因看到李忠卿手里一直攥着的那条白绫，倒吸了一口冷气。

"阿弥陀佛，史官人不是遇到鬼娘子了吧？"

"鬼娘子！"闻言张方的头发都要竖起来了。

"老和尚，再敢让我听到你妖言惑众，我便让你这张嘴再也说不出话来！"李忠卿冷冷地瞥了了因一眼，眼含杀气，了因一惊，立刻便不敢再说话。

"史大哥没大碍吧？"宫南河及时插了一句话，他没细看史无名的情况，但是觉得李忠卿此刻看起来好像要杀人一般。

"应该……就是昏过去了。"张方凑过去看了看后干巴巴地说。

"可是他一直昏迷不醒！"李忠卿有些暴躁地回答。

"先冷静，我马上让人请郎中。"宫南河急忙安抚李忠卿的情绪，来查案的官员当夜遇袭，简直是在打朝廷的脸面。别说李忠卿愤怒，就连宫南河也暗暗生气。"人没有大碍就好，可是你们为什么半夜出去了？"说着说着，他却忍不住打了个哈欠。

李忠卿终于冷静了一点，说："你们最好马上去检查那两座阙楼，然后让我们的人从驿站过来。"

"我马上派人去。"宫南河点头，立马把张方打发了出去。然而此时，雨又落了下来。宫南河的心一沉，这雨来得实在太不巧，就算有什么痕迹也会被冲掉了。

不一会儿，大队人马冒雨赶来，一起来的竟然还有苏雪楼，随后刘东直和一个衣冠不整的郎中也气喘吁吁地赶来了。

原来，苏雪楼在京师处理完有关张文远的事情，便带着刘仵作赶到马嵬驿，当时天色已晚，而刘东直又一直忙着巴结他，他就没赶过来，直接在驿站休息了。结果凌晨便听说史无名出了事情，就急忙赶了过来。

看到史无名昏迷不醒，可把苏雪楼急坏了，他忙催郎中快给史无名瞧一瞧。

这郎中大半夜被一群如狼似虎的卫士带到这里，都快吓蒙了，后来发现只是为了给一个人看诊，才安下心来。

"这位官人只是昏迷，没有大碍。至于为什么没有清醒，应该是被绑架的时候中了迷药。"

"迷药？"

"对，睡到自然醒应该就可以了，若是各位实在着急，咱们用冷水泼一下？"

瞧这都是什么话！——李忠卿忍不住瞪了郎中一眼，给郎中吓得脸都白了。

"这郎中是下官临时找来的，诸位上官莫怪！等明日再延请名医。"刘东直擦着汗赔笑说。

"呃，还有，这位官人被勒得挺狠的，醒来的话嗓子可能有些遭罪，小人开些药吧。"郎中战战兢兢地提议，"先养养嗓子，这药也有宁神定惊的作用。"

李忠卿闻言点了点头，郎中如蒙大赦地下去开药了。

苏雪楼随即审问了昨夜在镇厄寺里的人，他脸色真正沉下来的时候，起到的效果和李忠卿差不多，因此大家都老老实实地有问必答。可惜所有人都说不出什么，因为大家都在沉睡。今日杨义也恢复了正常，虽然还有点前言不搭后语。可除了承认那些柴草是他放在阙楼的，就再也没有什么了。

苏雪楼并不觉得他两次发现尸体是个巧合。

后来宫南河还向苏雪楼打听了一下张文远案子的进展——之前和史无名没聊完，他还是很在意这件事的。可苏雪楼完全没有心情搭理他，他阴沉地看向宫南河。

"我大理寺的案子和你有什么干系？想知道自己查去！"

这世上一物降一物，有如老鼠怕猫，苏雪楼是宫南河从小到大的克星，现在依然如此。一看到他不高兴，宫南河立刻怂了，讪讪地走了。

"记住，即使要告诉他，也要从他身上得到足够的好处才能开口，别便宜金吾卫！"看他走了，苏雪楼还特意嘱咐李忠卿一句，然后就继续去调查各种事情了。

以上，便是史无名醒来前的所有事情。

十

"我没事，别惊动其他人了。"

史无名阻止了李忠卿再喊郎中，他现在除了嗓子难受，别的倒是无碍，"给我看看那白绫。"

李忠卿便把一直放在自己身上的白绫递给史无名。

和吊死陈亮的那条白绫一样，绳扣都打好了，只不过这一条被拦腰一刀斩断罢了。

"是你砍断的？"

"不是，我去的时候，你已经在地上了。"李忠卿懊恼地回答。

"有人在你之前把我救了？"史无名皱了皱眉，李忠卿的答案让他颇为意外，这意味着现场还有别的人。

"应该是，不过我谁都没发现。"李忠卿神情郁郁，可以看出他非常自责。

史无名只好先宽慰他。

"忠卿，凶手对我的袭击非常突然，这并不怪你，是我自己跑出去的。而且他没有足够的时间来吊死我，因为你还在附近，也许……"

"也许什么？"李忠卿追问。

"也许他只是想借此吓退我们,把鬼娘子的传言坐实,除非他还有其他帮手,才能够保证把你也除掉。不过无论他的计划是什么,都被砍断白绫的人打断了。"

史无名想到昨夜是如何危机四伏也后怕无比。

"忠卿,昨晚我出事后,了因、杨义和静思他们的反应如何?虽然当时慌乱,但是我们查案多年,你肯定观察过他们,他们当时有没有可疑之处?"

"静思是第一个来的,他穿戴整齐,看你如此,吓了一跳,询问了一下便再无其他。随后那两个静字辈的和尚也是如此,再后来那个寄读的刘姓举子在门外看了两眼,没有进来,也是穿好了衣物。宫南河和张方来得有点慢,仅仅穿了中衣,看起来非常困倦,我们带来的其他人没进屋子,宫南河让他们赶紧清醒清醒、穿好衣服去查阙楼。了因是最后来的,穿好了衣物。杨义没有来,因为他喝了安神药还没醒。"

"忠卿,宫南河和张方竟然没有几个和尚和那个读书人警醒?我们的手下尚且没有穿好衣物,但是静思他们竟然穿戴整齐,这种事你能相信?"

宫南河留的几个金吾卫,还有史无名的手下,都是好手,断然不可能在听到呼喊求助后比普通人反应还慢。

"确实有问题。"李忠卿也意识到了不寻常之处。

"静思他们的衣物有无脏乱或是什么特别之处?"

"应该……是干净的衣物,也没有什么特别的,因为僧衣都一样。我当时没太仔细看,因为我当时心慌意乱。"李忠卿有些羞愧。

"没事,不怪你,可以问问其他人。"史无名安抚地拍了拍李忠卿,"从昨天出事到现在,他们没有再外出吧?"

"是。我们的人一直盯着，他们没别的行动。现在苏雪楼也来了，他们就更不可能动了。"

"找个理由，去查查厨房。"史无名思索了一下说，"我觉得我们的人在昨晚接触了迷药一类的东西，所以才失去了警醒。"

"如果是下在晚饭里，大家都吃了。如果说是房间里的香气有问题，我们都住在这里，什么是他们接触了，我们没接触……"

两个人目光一对，都有所悟。

"莫非是药草茶？"

静思送来的药草茶，史无名嫌苦只喝了一小口，而李忠卿喝了半碗。

"你把剩下的茶倒在了哪里？"也许可以去验一下那里的泥土，或许能发现什么端倪。但史无名也没抱太大的希望，毕竟昨天下了雨，李忠卿若是把药茶往雨中一泼，那真的是什么都找不到了。李忠卿却把装水的皮囊拿了出来，在史无名面前晃了晃。

"昨天我把你的茶倒在这里了，你易头疼脑热，本来我想如果你真的出现风寒的症状，夜里也不好烦劳他人，可以直接把这茶加热后给你喝来发汗，谁知道却歪打正着，可以直接验验这茶有没有问题了。"

如果药草茶有问题的话，那么静思肯定有问题，他想让在这里的人都睡过去，目的到底是什么呢？

而对于药草茶的检验结果很快就出来了，里面果然有迷药。

回想起来，李忠卿昨天睡得也要比平时沉，甚至没有第一时间发现史无名出门，起身后也依然觉得精力无法集中，应该都是那药草茶的缘故。至于宫南河、张方还有他们各自带的手下也睡得昏昏沉沉，显然都是中了药的原因。

都敢给朝廷命官下药，这胆量不可谓不大！

苏雪楼知道后直接拍案而起，立刻让人把寺里的几个和尚抓起来。

"你们真是好大的胆子！"

苏雪楼当时就认为张文远、陈亮的死也和他们有关系，可是无论他怎样盘问，了因一句话也不说，只是在那里念佛。而静思和其余几个人也不肯吐露一个字。苏雪楼火冒三丈，若不是因为这里是佛门净地，简直想立刻给他们上刑罚。最后他压了压火气，让刘东直先把人押回县衙关起来。

听说要带他们走，静思一板一眼地开了口。

"药确实是我们下的，但是昨夜史官人所遇之事与我等无关，而且我们不能离开这里。"

"你们凭什么不能离开这里？你们做了什么难道自己不清楚吗！"苏雪楼闻言大怒，大声呵斥道。

"我们留在这里是遵循先帝的旨意，也是当今陛下首肯的。"

静思脱口而出的话把所有人都吓了一跳。

"你什么意思？"苏雪楼狐疑地问道。

静思从怀里摸出了一块令牌，递到了苏雪楼面前。

"在下黄伟，是宫中的察事厅子，这是在下的腰牌。"

很多人闻言都是一愣，什么是察事？怎么从未听说过？

只有苏雪楼和史无名想起一桩往事来，当年为了监视和控制朝中大臣的动向，早已经大权在握的李辅国秘密成立了一个细作组织，名字叫作"察事"，其中的成员称为"察事厅子"或者"察事厅儿"。

"当年李辅国死后，察事不就消失了吗？"苏雪楼仔细看了看那腰牌，神情严肃，显然并未轻易相信黄伟的话。

"察事当时已经成为一个完整的组织，李辅国虽然死了，但是察事还在，二位可知他们这批人往何处去了吗？"

苏雪楼和史无名面面相觑，他们当然不知道，这种事情应该属于朝廷的秘密。

"我们这一批人被接手，成了陛下的专属暗探。"

"你的意思是说，你是被皇帝派到这里监视贵妃墓的，其余的人是你的手下？"

"正是，这种监视从肃宗皇帝时就开始了，因为肃宗皇帝怀疑杨家还有党羽存留，会到此祭拜贵妃。"

"所以想在此守株待兔，期待将他们一网打尽？"

黄伟笑了笑，没有回答。

"来寄读的刘姓书生也是？"

"这不是又到了贵妃祭日吗？每年上面都会派人照例来盯一下。"黄伟说，"他属于来帮忙盯梢的人。"

这些搞情报的总是神神秘秘的，也不知道哪些话是真，哪些话是假，但是苏雪楼也不打算就这么轻易相信他。

"苏少卿，我们都是给陛下办事的人，请不要彼此为难。我们不能离开这里，即使离开，也是要接到上峰的指令，而不是你的命令。"黄伟露出了一个冷笑。

"如今还需要继续监视这里吗？"苏雪楼有些尖锐地问，"从前监视这里我能理解，但是如今五十年都快过去了，还有什么继续待在这里的必要？"

"我们只是听命行事，又有什么资格去揣测上意？上面没让我们撤离，我们又怎么敢质疑？只能留在这里。"

"就算你们在此是公事，为什么要给朝廷官员下药？"

"首先，如果有逆贼出现，诸位会妨碍我们缉捕对方。其次是因为此地大凶,尤其遇到兵变前后的日子,常常会发生一些不可预测的事情,需要我们做法事化解。我们不想各位遇到凶事,更不想诸位因为不了解而坏了我们的法事,所以才出此下策。你们看,这位官人外出不就遭到恶灵的袭击了吗?"

"你们还兼职做法事?"苏雪楼更是不信。

"为方便潜伏,察事厅儿要成为各种各样职业的人。我们都成了和尚,会做法事又有什么稀奇?"

"这种理由说服不了我。"史无名哑着声音说,"我被袭击这件事,纵然有很多无法解释之处,但绝对不是恶灵所为,因此我并不相信你们在做法事!"

他自以为严厉地说完了这几句话,实际上众人听来就如同鸭子在嘎嘎叫。

黄伟看了他一眼,面色平静无澜。

"我没有说谎,做法事确实是理由之一。首先,当今陛下也笃信鬼神,所以他怕杨贵妃的鬼魂会搅闹尘世;其次,因为贵妃的祭日,我们还需要监视是否有可疑的人前来祭拜,毕竟察事最开始被派来这里就是为了查找杨家余党。"

"几十年前能理解,五十年后还有什么杨家余党?"大家都觉得这个理由无法让人信服。

"诸位不信也没办法,我们到这里的任务就是如此,上命难违,种种都在天子的一念之间。陛下不肯让我们撤离这里,我们又能有什么办法?因此一到贵妃祭日这几天,我们都会照旧在附近布置。因为不想让诸位在无意中破坏,所以才出此下策。但是这位史寺丞的遇袭,和我们没有任何关系。我们是暗中行事的身份,自然不想惹人注意,越低调越好。话说回来,若是昨晚二位安安稳稳地睡了,便不会有那一遭了。"

李忠卿听着静思话里话外还有埋怨他们两个没有喝药的意思，当时就要发作，但是史无名把他拉住了。而苏雪楼依旧不太相信黄伟的说辞，因为这理由实在匪夷所思，而且因为他们的特殊身份，苏雪楼还需要去向上面核实这件事。

一般来说，细作行的都是秘密之事，即使被擒住了也不能暴露自己的身份，更不能吐露上线是谁。可是这黄伟不仅表明了身份，还有恃无恐地说出了自己的上线，他就是抓住了苏雪楼不可能直接跑到皇帝面前求证的心理，因为这属于皇家机密，自然不能轻易告诉别人。

但是苏雪楼也有办法对付他们。

"如果随便来一个人说自己是陛下的亲信，就可以摆脱嫌疑的话，那这天下就乱了。你有没有罪，不在于你的上峰是谁，而是律法说了算！而且换句话说，如果你的上峰重视你们的话，应该不会留你们在这里。了因说，你已经在这里将近十年，那么你是德宗时候的察事厅子，除了德宗，还经历了顺宗一朝，到如今历经三朝，你依旧没有被召回，谁又知道你说的话是真是假？"

"我们也是当今陛下的人！"黄伟提高了嗓音。

"不要做出一副你们对于当今陛下很重要的姿态，他老人家要忙的重要事情太多了。不如我就带你们到陛下面前，若是陛下亲自承认，他御下真的有你们这样一群人，而且确实是你们几个，我再放人！"

闻言黄伟不敢吱声。

最后苏雪楼让金吾卫的人把这里里三层外三层地围了起来——是的，没错，是金吾卫，他使唤宫南河可顺手了。既然黄伟他们不肯跟自己回去，那么就把他们囚禁在这里也一样。

史无名还想强撑着去查阙楼，但是被李忠卿和苏雪楼联手按住了。

"天大地大你的命最大。"苏雪楼严肃地说,"还得找好郎中仔细给你看看。这里如今重兵把守,谁都不能靠近,你又担心什么?就算这里有嫌犯,也翻不出天去!"

"是啊,怎么也要再找个好郎中瞧瞧。"刘东直也苦口婆心地劝说,"这事情可大可小,若是延误了治疗,岂不是一生之憾?"

嗓子哑有什么可大可小的——史无名还没反驳,便被李忠卿塞进了马车,随后带到了马嵬驿。

十一

马嵬在兴平县城西北,相传晋代有一名叫马嵬的将军曾在此筑城,因此得名。如今朝廷在这里设有驿站,马嵬驿也是设在长安西南方向的首个驿站。朝廷以及地方的各种文书、信息、情报通过这里传递中转,来往的信使和官员们也都在这里更换马匹、食宿休整。

曾经的马嵬驿规模很大,但是经过那场变乱后,旧址已毁。后来新建的规模小了很多,几十年下来,如今已然有些残破,外墙上能看到许多修缮的痕迹。众人到的时候,马嵬驿里冷冷清清,陈亮之死搞得人心惶惶,人们宁可加紧赶路也不想在这里投宿,驿站里只剩下大理寺的人、金吾卫,还有陈亮的商队。

史无名神情郁郁,他的喉头这个时候肿得更加厉害,因为实在太过疼痛,搞得他思考也受到很大影响。

"你先好好歇歇,一会儿刘东直会带更好的郎中来。镇厄寺那边不用担心,已经让人看好了,他们的一举一动都有咱们的人盯着,不会有什么疏漏。"

史无名觉得苏雪楼此时说话的语气就像哄他家那只狸奴一样。就让人很烦。

"也让郎中给大家都看看，虽然黄伟说只是普通迷药，但是总让人不放心。"史无名哑着嗓子叮嘱李忠卿和宫南河。

"知道，先顾好你自己吧！"李忠卿无奈地让他躺下，"我把剩余的药草茶都带来了，一会儿再让郎中验看一下。"

然而更不靠谱的事情还在后面，刘东直竟然给他们请来了一位神婆。

"小官人不要小看她，玉姑虽然是神婆，"刘东直擦了擦鬓角的汗说，"但真的是师从名医，医术很不错的。而且巫医不分，自古都是如此，下官怕小官人被鬼怪魇到，所以才特意请来了她。"

纵然李忠卿和苏雪楼都觉得不太靠谱，但是眼前也没有太多选择。

玉姑虽然说是神婆，但是年纪也不大，二十七八岁的样子。她做事干练，诊脉下方，一举一动十分利落，让大家慢慢打消了最开始的那些不信任。

"几位官人都是中了迷药，这迷药有微毒，但是不碍事。取绿豆、金银花、连翘、甘草，水煎进行服用，喝上两副就好了。"

"姑娘可知这迷药的具体成分？"史无名问了一句。

"曼陀罗是其中最麻烦的成分。"玉姑笑眯眯地看了这位英俊的小官人一眼，"这种加了曼陀罗的迷药会使人昏睡，也会让人产生幻觉，留在身体里终归不是好事，尽早把毒素清除出去才是，不过好在大家中毒只是微量。"

"是，曼陀罗可以麻醉，也可以致幻，而且中毒深了会死……"史无名才扯着嗓子说了两句，就被李忠卿递给他的一杯梨羹打断了。

"这个时候就别显示你的博学多闻了!"

史无名委委屈屈地闭上了嘴,开始喝梨羹润喉。

"听说官人们是在镇厄寺出的事,那里纵然有佛光普照,也挡不住人心诡谲和鬼气森森。"玉姑意味深长地加上了这么一句,"有道是'明眸皓齿今何在?血污游魂归不得'。从过去到现在,那里是真正的大凶之地。"

史无名觉得她的话颇有深意,就如同了因和尚的那句"血土出,亡魂现"一般,只不过他现在没时间过多思考,因为李忠卿把玉姑给他开的药端来了。

在李忠卿的督促下,史无名生无可恋地喝了苦药,然后迷迷糊糊地又睡下了,直到金乌西坠才醒。这次他醒来明显感觉好了很多,说话时嗓子也爽利了许多,看来玉姑的医术果然不错。

晚饭是宫南河请的,席间他殷勤赔笑,端茶递汤不亦乐乎。史无名和李忠卿觉得有点好笑,总觉得宫南河搞不好是做了什么事情得罪了苏雪楼,才这般伏低做小。

"黄鼠狼给鸡拜年。"苏雪楼看着宫南河嗤笑了一声,了然地嘲讽,"他绝对是有阴谋!"

"哪敢有阴谋,我这差事还等着哥哥们帮把手呢!"宫南河笑嘻嘻地端起酒杯,"小弟先敬几位哥哥。"

"哎哟,可不敢。"苏雪楼一把按下了想要接酒的史无名,他觉得史无名就是太好说话了,所以在外面才会受欺负。

于是史无名和李忠卿只能抬头看戏,埋头吃饭。民以食为天,珍馐不可辜负——有人宴请的时候更不要辜负。他们也知道苏雪楼就是想逗逗宫南河,倒也不是想干别的。

驿站请来做菜的厨娘手艺特别好,据说是从宫中御厨房放出的宫女，出宫后在这兴平县嫁了人，丈夫就是县里如意酒肆的老板。可惜老板有个爱好，便是服用五石散，终究有一次服散过量死了，她便一个人撑起了这如意酒肆。

大家都叫这位女易牙月娘子。她相貌标致，身体健朗，举止落落大方，做出的菜肴色香味俱全，而且每一道菜都能说出名堂和典故来，这一点深得史无名的喜欢，他忍不住和月娘子攀谈了许久。

因为史无名喉头受伤，月娘子特意给他煮了绵软易消化的食物。但看着满桌的美味佳肴不能入口，史无名心情郁郁。月娘子看他可怜，便笑眯眯地许诺说等他嗓子好后，无论什么时候去如意酒肆，都给他做自己最为拿手的当家菜。

一时间宾主尽欢。

宫南河知道，想把他手头这差事办明白，一条捷径就是搭上大理寺这班车。如果只有史无名在，事情就好办得多。可是现在他面前的是苏雪楼，苏雪楼宛如一只拦路虎，宫南河好话说了一车，他还是不松口。

看逗孩子也逗到了一个阶段，应该见好就收，而且很多事情也需要金吾卫的帮忙，于是史无名给苏雪楼递了个眼色。苏雪楼也觉得火候差不多，便也微微点了点头。

史无名放下了双箸，李忠卿还给他递了帕子，两个人都看向宫南河。而苏雪楼也优雅地擦了擦手，笑眯眯地看向宫南河。

"说吧，想让大理寺帮忙，就先说你们查到的东西，这段时间一直有人来给你递消息，说说吧，互通有无才能双赢。"

宫南河叹了口气，便老老实实地把金吾卫送来的消息一五一十地说了出来。

"关于那枚鱼符，史大哥怀疑可能是某位去世左郎将的随葬品，我便让人往前查了二十年的籍档，都没有发现有郎将外出或者死于任上的情况。"

"没再往前查查？"史无名意有所指地挑了挑眉毛。

"我明白史大哥的意思，既然遇到了这情况，自然也就多了个心眼。"宫南河叹了口气，"那时正值变乱，战火四起，人员伤亡，档案逸失。玄宗带人逃出长安时，金吾卫全部跟随，可到了最后回长安的时候，已经不足三分之一。除去伤亡、逃跑，改去追随新帝的，每个人都有不同的选择。所以在那个兵荒马乱的时候，若是真的少了一个五品的郎将，估计没有什么人会注意，甚至很难记录在案。"

"死马当作活马医，先尽力查一下吧。"史无名叹了口气。

宫南河点了点头。

"实际上，查到这里，既然不是现役的人员死亡，在我们金吾卫这里就不算是大事了。但是……"

"但是你们长官想知道什么人想得到这枚鱼符，要用这枚鱼符去做什么。"苏雪楼说。

"对。"宫南河点头，凭五品郎将的鱼符可以进入的地方很多，能做的事情也很多，这枚鱼符被人刻意抹去姓名，很明显是想要重新刻上姓名，并且进行仿冒。进皇城中盘查严格的地方可能不行，但是想要混入一些盘查不严的地方并非不可能，而如果到地方上，就完全可以骗过很多人，金吾卫自然不能容忍这种情况发生。

"你们的人也去了陈亮的家吧？"

"对，去了。见到了他的外室谢氏，此女名为谢窈娘，她对陈亮的一切行动都一无所知。"

"可能吗？"苏雪楼皱了皱眉。

"这在长安城内的事情她应该能知道些,但是出了长安城的就不一定了——陈亮也不希望她知道。不过她说陈亮曾神神秘秘地拿回来一样东西,她曾经是教坊中人,觉得那应是宫中之物,一直提心吊胆,这次出了事情,便想了起来。"

"什么东西?"

宫南河推过来一个小盒子,盒子颇为精致,打开后里面的东西也更加稀罕。

那是一个银质的球形香囊,里面镂空,上下两个半球体之间用活轴连接,另一侧以银钩扣合,上部接有银链,可供使用者佩戴,内层为半球形金香盂,在里面可盛放香料。

"这不仅仅是宫中之物。"史无名看了一下制式和标记,皱了皱眉头,"还是前朝之物。"

"对。"宫南河点点头。

葡萄花鸟纹银香囊,这是昔年贵妃最喜欢的一个样式。因为贵妃喜欢熏香,所以常常会佩戴香囊。如今很多贵族家里制作香囊也仿照这个结构,但是花纹却完全不同。所以这个香囊,还真的可能是贵妃的旧用之物。

对于贵妃昔日往事,史无名也有所耳闻。

传说贵妃将香料瑞龙脑放在香囊里,然后在衣服上挂了许多香囊。她用锦帕蒙上玄宗的眼睛,与玄宗在空地之上扑捉戏耍。因为玄宗年事已高,不能轻易抓住贵妃,贵妃便用香囊挑逗,但是玄宗仍然屡捉屡失,捉不着贵妃,最后只抓得满把香囊,贵妃便把这种游戏叫作"捉迷藏"。

这是一个多年前的香艳故事,但如今听来却有不一样的悲凉。

"自从她死后,这个花纹样式的香囊就不再有了。我还听说当年平叛后,肃宗把宫中这些贵妃旧物都视为不祥之物,在玄宗作为太上皇回来后,特意让李辅国把这些东西都送到了玄宗处。"

"也算是杀人诛心。"李忠卿闻言嗤笑一声。

"在玄宗驾崩后,来收拾遗物的宫人发现所有的贵妃旧物都不见了,还有玄宗的一些爱物也不见了。贵妃生前尊荣等同皇后,所用之物珍贵奢侈,所以有人怀疑玄宗是把这些东西偷偷给贵妃做了陪葬。"苏雪楼还给史无名做了补充。

"陪葬?送到这里?"

"谁知道呢?有人说是,也有人说不是。"苏雪楼意兴阑珊地回答,"人都没了,那些身外之物就算跟着埋了又有什么用?"

"明知道没有尸体还要往这里埋随葬品,不会吧?"宫南河嘀咕了一声。

"没有尸体?"闻言苏雪楼也来了兴致,他来得晚,只听说闹鬼,但是却不知道坟墓里没有尸体这件事。

于是众人便把了因说的那些话给苏雪楼复述了一遍。

"你们说玄宗回长安后曾经秘密派人迁坟,但是开坟之后,发现贵妃的遗体不见了?"苏雪楼听了也愕然。

"对。"宫南河一点头。

"既然他遍寻不到,在这里设了衣冠冢寄托哀思,那应该也不至于吝啬这点陪葬,左右埋在这里能让他心安一点儿。"苏雪楼懒洋洋地喝了一杯酒,嘴里的话却不太美好。

"人人都赞颂他二人情比金坚,唯愿生生世世,只有我们在这里谈论他的是非。"史无名低声一笑。

"所谓帝王的爱,谁能相信?"苏雪楼撇了撇嘴,又问宫南河,"她没有说陈亮是怎么得到这香囊的吗?"

"陈亮是杂货商人,也时常买卖一些不好说出来由的商品。她说这香囊是陈亮一年前从成都府带回来的,而给她的目的也不单纯，是为了让她系上香囊陪他玩捉迷藏。"

众人对于这种隐秘的爱好不多置评，但陈亮手中的鱼符确实有可能是从盗墓贼手中得到的，毕竟玄宗在蜀地生活时间不短，也许就有郎将死在了成都府呢？只不过如果要查，去往蜀地花费时间太久，也未必能有结果。

金吾卫也问过了商队的人，他们都不知道陈亮有这东西。因为陈亮如果进行私密交易的话，不会告诉他们任何一个人。

"至于谢窈娘，已经让她赶来此地了，只不过她坐马车要慢一些，估计也快到了。"

"等她到了再询问。"苏雪楼说，随后便督促史无名快去歇着。

"我没事，案子比较重要。"史无名清了清嗓子回答，"既然暂时不能回到镇厄寺，我想看看自己遇袭时候穿的衣物，看看能否发现什么线索。"

"放心，我收着呢，还没仔细看。"李忠卿点头，说到此处，他有些赧然，当时只顾着救史无名，哪有时间管其他？

史无名没有在意，所谓关心则乱，换了自己也是一样。等衣服送来后，他细细检查了一遍，只见衣物背后浸了泥水，泥水里还能看到掺杂的干草屑和树皮。

"忠卿，是柴草堆——我应该是被藏进过柴草堆里。"

"怪我当时没有细看。"李忠卿有些懊悔地说。

"当时情况紧急，没有注意也不奇怪。"史无名安抚地拍了拍李忠卿的肩膀，"当时对方应该和我一起藏在柴草之下，打算等你往贵妃墓去的时候，再把我拖出来吊杀，好在那个斩断了白绫的人救了我。可这个人又是什么身份？袭击者和施救者同时消失了，他们又去了哪里？我现在唯一的希望是，施救者不会因为救我而受到什么伤害。"

"我还是觉得袭击者可能出自镇厄寺,就算黄伟几人身份特殊,也不能排除嫌疑。"苏雪楼眯了眯眼睛,他依然把寺庙里的人当作重点怀疑对象。他在大理寺见过太多身怀秘密之人,黄伟不是第一个,也不是最后一个。

"他们很可能是怕你发现他们的秘密,才决定对你下杀手,然后推到鬼神身上!"

"可是我发现了他们的什么秘密呢?"史无名陷入深深的困惑。

说到这个,苏雪楼也无法解答,只能让史无名自己苦恼。

"明日我想回去看看阙楼,这一日也休息得差不多了。"史无名看着窗外,此时一轮皎洁的明月已经挂上天边,天气和昨天完全不同,完全可以去探查现场了。

"可以,明日我们一起去,但你要注意身体。"苏雪楼点头应允,虽然他也希望尽快破案,但还是希望自己的朋友得到最好的休息,"日间你休息的时候,忠卿去了兴平县衙,带回来很多信息,今晚我们还需要继续捋清这些线索,你身体撑得住吗?"

"当然!"史无名顿时兴致盎然,连连点头。

十二

"首先我们捋一下这些案子的时间线。"李忠卿说,从前这些事都是由史无名来做,但是如今史无名受伤,只能由他代替。而他叙述的过程就像他这个人一样,平静,冷漠,端正。

"此地大概从一个多月前就开始陆陆续续发生案子,加上如今的陈亮,一共出现了四个死者,一个疑似被害人。四个死去的人按照顺序分别是:冯云峰,胡清泉,张文远,陈亮。而疑似被害的那个人是死者胡清泉的朋友,名叫韩山,他目前失踪,是否死亡尚不能确定。当然，他也有可能是凶手，所以暂时还不能把他放到这个序列当中。"

"说到这件事，关于了因说的每十二年就会出现死人事件，可有查到实据？"苏雪楼问道。

对于这件事，史无名也很关心。

"暂时不能。"李忠卿解释说，"兴平县衙中三十多年前的籍档已经不可寻。因为在前几年发了一次火灾，烧了许多东西，其中就包括马嵬之变时的县志，还有这些年来兴平县发生过的案件的卷宗。"

"也就是说具体情况不可考。"

"对，这里发生的那场变乱过于敏感……从上到下有很多人不希望这里发生过的事情被别人知道。我甚至觉得，无论是当年马嵬驿的那场大火，还是几年前县衙的火灾，都有问题。"

史无名闻言微微一叹，他心中也有这种感觉。

"那么是否能从经历变乱、现在还活着的人口中知道一些消息？"苏雪楼问。

"能，好在刘东直也不算糊涂，给我们找了兴平县可能知道信息的老人。其中的两个人对当年的马嵬之变还有印象，只记得当时兵荒马乱，死了不少人，而原马嵬驿发生大火后又连下了几天大雨，天昏地暗，走到附近的人都能听到哭声，于是人人都说是贵妃的冤魂不散。"

"世人只愿意相信自己眼前看到的，而不愿深思。"苏雪楼有些不赞同地摇了摇头，随后十分客观地分析了一下哭声的来源，"贵妃墓寝附近有哭声也不奇怪，贵妃身边有些旧人，愿意为她哀悼哭泣也不是不可能。而且当时战乱，多少人流离失所。路边白骨，河边浮莩，失去亲人的人比比皆是，也有可能是其他伤心人,若非要往鬼神之上扯未免牵强。"

史无名表示同意,李忠卿本来就不相信这些事,因此继续说了下去。

"至于是否在这么多年里每隔十二年就会死人,大家都说记不清了,但是那附近确实经常死人或有人失踪,而这些案件的记录都随着县衙里的那把火灰飞烟灭了。"

"是在刘东直的任上发生的火灾吗?"史无名问。

"是的。"李忠卿点头。

"既然没法查从前的案子,那就从如今这五个人身上着手吧!"宫南河务实地说,"看他们身上可有什么共同之处。第一个遇害的叫冯云峰吧,他是什么人?如果这次的死亡事件由他而起,那么他的身上一定有特别之处!"

"冯云峰是扶风县的主簿,到长安是为了一桩公事。不过听说他在这里被美人迷花了眼睛,流连不去,后来就丢了性命。他的死并没有引起多少注意,一个外乡的芝麻小官,在这里和普通人没有什么不同。"李忠卿说,"而他的遭遇有些像话本,在这附近广为流传。据说他在此地游玩的时候偶遇大雨,在躲雨的时候遇到一位美貌的寡妇,两人半推半就、成就了一番露水姻缘。那妇人希望和他天长地久,但是冯云峰只是到此公干,而且早有家室,不可能留在这里,于是他就决定偷偷离开,可是谁知道在离开的前一晚就被吊死在了驿站门前。大家都说他是遇到了女鬼,那女鬼觉得他负心薄幸,所以就用白绫勒死了他!"

"这可真的是和茶楼上的话本差不多啊!"苏雪楼嗤笑了一声。

"补充一句,这位女鬼的本尊被认为是贵妃。"李忠卿冷漠地补充了一句。

"这故事里面的一个字都不可信,说句冒犯的话,就算这位女鬼是贵妃娘娘,她能看得上一个小主簿?"宫南河冷笑道。

"在我看来,这都不是我们需要注意的,我们要注意的是另外一件事。"苏雪楼一点也不想在女鬼能看上谁这种无聊事上浪费时间,他迅速把话题拉了回来,"冯云峰是扶风县的主簿。扶风县到长安,有两百余里。他一个县中的主簿,能有什么要紧的公事到长安?有什么事情在上一级州府就可以处理了,但是他却来了长安,刘东直难道没有调查他为什么公事来长安吗?"

"没有,因为刘东直认为他是自杀,既然是自杀,有什么必要调查这些?"李忠卿摇了摇头。

苏雪楼哼了一声,显然不太满意这个结局。

"那其余人是什么情况?"

"第二个死者胡清泉是这里的驿丁,是一个八面玲珑的人。这人无他,就是私德不好,瞒着自己的妻子和别人家的媳妇勾勾搭搭。他曾经是个非常厉害的向导,年轻时东奔西跑,后来想安定下来,便定居在兴平县。他在这里也算小有名气,因为他是个地理通,比本地人还熟悉这里的山川地理。那失踪的韩山,就是他的狐朋狗友。

"第三个死者就是我们要来查的张文远,他因为公事要去成都,出京后这里是第一站,不知为什么不着急赶路却在这里盘桓。而且他成日里在贵妃墓附近打转,最后不知为何夜里没有带着任何家仆独自出了驿站,被发现的时候就吊死在了贵妃墓边。

"张文远这人身上倒是牵扯颇多,虽然他只是工部的一个员外郎,但他是当朝吏部侍郎张文景的堂兄弟,也是张氏一族族长的次子。"苏雪楼倒是对张家很了解,毕竟是送到大理寺的案子,他来之前也一直在应付张家人,于是就补充说了一下,"张文远在土木工程上极有造诣,因此在工部混得如鱼得水。"

"大家想不想听听我们最新调查来的情报？便是有关张文远的。"宫南河忍不住插言问道。

苏雪楼白了他一眼。

"快说！"

"肃宗登位之后，对忠于玄宗的臣子进行了清洗，张家的那位族长——也就是张文远的父亲，非常善于把握形势，明确表示拥戴。肃宗非常满意他的知趣，因此对张家一直都不错。如今张家也有一个远房姻亲的女儿得以入选宫中，好像还颇得圣眷。而这个女人其实是张文景的私生女，而且是他和自己表妹的私生女。这是张文景年轻时候的冤孽，就算这表妹嫁了人，两个人也没少暗中来往。那表妹的丈夫是个忠厚老实的人，一直不知道这些事情，替人家养孩子养了这么多年，却不知道自己早就绿云罩顶！"

"这种后宅阴私……"苏雪楼闻言皱了皱眉头，"金吾卫都查得这么详细了？"

"不是金吾卫想查得这么详细，是上面想知道。"宫南河朝苏雪楼眨了眨眼睛。

左右金吾卫职能比较特殊，既担负长安城外部护卫，还负责外郭城治安管理和内城巡警。另外，金吾卫平时也侦查百官行动，刺探城中居民隐情，不客气地说，金吾卫算是皇帝的眼睛和耳朵。

"想不到这位张大人当年还有这些风流韵事，我听说他是个极为正派的人呢！"史无名初听这事，实在是不知道评价什么才好，只好打了个哈哈。

苏雪楼闻言一挑眉毛，也不由得冷笑一声。只是这件事的关键不是张家后宅的丑事，而是皇帝对于百官的掌控。他在宠爱一个女人的同时,竟然还掌握了她父辈身上的肮脏往事,就算满是恩宠,也随时可以挥出刀剑。这么看来,如黄伟一般的察事厅子的存在也不是不可能。

"张文景的私德不是本案的重点,因为这和张文远被害并无关系。如果说辜负了女子,找张文景便是,为何出事的却是张文远?"

"这张文远也有风流韵事,几年前曾经有个女人在他家门前寻死觅活,他却避而不见,还让人把她打了出去。"

"情债?"

"是,说起来还让人有些不齿。"宫南河鄙夷地说,"那女子曾是教坊中人,在一次私人宴会上与张文远相识,很快便设下海誓山盟。但后来张文远要娶能给他仕途带来帮助的娇妻,怕这女子纠缠,就下了药把她送到别人床上。而那女子性烈,曾经上门讨要说法,结果却被他动用了点手段,从教坊中除籍后转送给了觊觎她的那个人。"

"真是个混账!"

"没错,他是个混账,而这个女子的名字你们也可以猜一猜。"

"这里和教坊有关的女子只有一个,是谢窈娘?"史无名一下子就猜到了,"她被送给的那个人就是陈亮?"

"对,史大哥厉害!"宫南河诚心诚意地夸奖了史无名一句,"当时陈亮一直觊觎谢窈娘,恰好张文远想要拉拢这位大商人,所以就顺水推舟。可惜陈亮也不是什么好东西,一开始谢窈娘不顺从的时候,他各种威逼利诱,后来谢窈娘慢慢顺从之后,他却又把心思转到了别的女人身上。听商队里的人说,他早在成都府有了新欢。"

谢窈娘被张文远和陈亮辜负过，如今这二人都死在这里，会是巧合吗？众人心中都忍不住这么想。

"那这两人可以暂且放到一起调查，冯云峰、胡清泉还有韩山，这三人和谢窈娘之间有联系吗？"苏雪楼问道。

"目前为止没发现，也许胡清泉和韩山从前到过长安，和谢窈娘见过，又或者冯云峰在长安公干时见过谢窈娘？"宫南河猜测道。

"这些只是猜测，不能牵强附会。"史无名不赞同地摇摇头，便又问李忠卿，"那个失踪的韩山又是怎么回事？"

"韩山原来是军卒，从军中退役后来到此处，没有什么正经营生，整日里东游西逛，整个一个游民闲汉，所以他不见了，大家都不觉得有什么奇怪。不过有人说他和胡清泉在出事前时常纠缠一个女子，而这个女子就是来给你看病的玉姑。"

"玉姑？"

"在兴平县内，人们对玉姑的评价并不好，不仅仅因为她是医女，还因为她有另一重身份，因此很多人都对她敬而远之。还有人说她风流放荡，人尽可夫，韩山和胡清泉同时对她的纠缠似乎更坐实了这种看法。"

史无名想着那个给自己看诊的女子，她医术高明，举止有些神秘，但并不像放浪的女子。查案之人最忌讳先入为主，人云亦云。但是他也没想到如今的线索竟然指向谢窈娘和玉姑，眉头不由皱得更深了。

十三

"虽然兴平县的小仵作欠点经验，但是手上的活儿不错，他勘验出来的结果基本没有什么谬误。"刘仵作对于这个小同行的工作还是赞许的,"我要补充的是,这个陈亮临死之前的那一顿吃得不错,在这个县城里也算是山珍海味了。"

天知道这老爷子是怎么从胃里的糊糊中检验出各种菜色的,还能说出是山珍海味。

"陈亮遇害前的晚饭是在驿站吃的吗?"史无名问道,"对了,还有张文远。"

从前的驿站规模宏大,有驿楼、驿厩、驿厅、驿库等设施,不仅有朝廷拨给的款项,还有驿站为客人提供各种服务所获得的盈利,驿站的后厨也非常不错。但是自变乱以来,许多驿站的规模便大不如前,马嵬驿也是如此,就像今日宫南河请客,他们却没有好厨子,只能从外面请。

"我去问问。"李忠卿是行动派,立刻就走了出去。

"胃里的东西有微毒,但并不致命。"刘仵作继续说。

"是什么毒?"史无名问道。

"曼陀罗。值得注意的是,我当初在张文远胃里残留的食物中也发现了曼陀罗的毒,也不致死,我觉得可能致幻。"

"又是曼陀罗?"这个答案让史无名有些意外,黄伟给他们的药草茶里也有曼陀罗,而陈亮和张文远都是死在贵妃墓前,离镇厄寺又十分近,他们有可能是和黄伟他们一起吃饭吗?

于是史无名在纸上写下了"曼陀罗"三个字,又标注了"来源",这曼陀罗又是从哪里来的呢?

"不太可能吧,就算黄伟他们不是真正的和尚,也不会这么做。"宫南河摇头否定,"他们这些察事厅子,隐藏身份才是最重要的,不可能做出如此出格的事情!"

"所以说,果然是有察事这个组织了。"苏雪楼抓住了宫南河话里的信息。大理寺那边对是否有察事这件事还没有给他反馈，但宫南河显然得到了确切消息。

宫南河对于自己无意间的泄密倒是没有多少懊恼，因为他本来也打算说的。

"是，更深的料我们头儿还没挖出来，不过他现在也很小心，怕触怒皇上。"

打狗看主人，因为不知道主人对于这条狗的重视程度有多高，必须先小心。

"如果黄伟他们真的是察事厅子，又是凶手，要抓他们可能就麻烦了。"苏雪楼对于这个信息倒是有些苦恼。这时候，李忠卿回来了。

"当日陈亮没在驿站吃饭——主要是厨子不行，驿站的厨子出身军旅，只会做大锅饭。如果你愿意出钱，驿站就会请人来做菜。就如今天，宫校尉出了钱，食材和上好的厨娘就都有了。"

"明白了，陈亮当晚自行外出，不知道去见了什么人，和这个人吃了晚饭后才在贵妃墓前被杀死。"史无名说，"和他吃饭的那个人很可能是凶手。"

"说得是。"苏雪楼同意史无名的看法，"这种下药杀人的方式，更像是女人的手法，更别提他身上还有带情诗的手帕。能够让一个男人在夜里放心享用带药的食物或酒水，女人确实更占优势。陈亮和商队说自己要赶路提前进长安城见谢窈娘，但实际上却是去和别人吃饭饮酒，谁知道他在此地是不是还有一个情人？"

"苏兄说得有道理，不过女人虽然能下药，但想把他吊起来却不是件容易的事情。陈亮的体形不小，寻常女人可没有那么大的气力。而且我们在现场也没发现什么可以借力的工具，只有一根白绫。"

"难道有共犯？"

史无名摊了摊手，不置可否。

"还有，陈亮是扬州商人，他最应该走的商路是从长安到洛阳，再走大运河到扬州的那条路线。但他现在却是走长安到蜀地一线，这可是和扬州完全不同的方向，这条路线生意更好做吗？"

"也不好说。"苏雪楼对这方面了解得多一些，毕竟苏家家大业大，他母亲的手中便有一些生意，"长安到扬州水陆畅通，商贾云集，竞争激烈。而成都也是天府之地，物宝天华，虽然路途中会有更多的艰险，但是获益颇多。商人会寻利而去，也不太奇怪。"

"但我觉得陈亮似乎对于玄宗朝的东西特别感兴趣，成都可是玄宗待了好几年的地方。"史无名有些犹疑地说，"总觉得他不单纯。"

"你说得对。"苏雪楼也点点头，"张文远也是申请去成都府公干，但是我问过工部，那件公事其实完全不重要，根本不需要他亲自跑一趟。但是他非要去，主管觉得他也许是想要去散散心，便放他去了。现在看来，他的目的可能是这里，但也有可能是有什么心思在成都府。"

于是史无名在白纸上写下了"成都府"三个字，想了片刻，又加上了"马嵬驿"三个字。

这长安城外的贵妃葬身之地和远在千里之外的玄宗幸蜀之地，两个地方之间有什么关联吗？

十四

驿长老白年纪很大了。以前各地驿站的驿长，有的是朝廷招富户担任，有的是让商人来担任。但是自从安史之乱后，马嵬驿连续几任驿长都难得善终，而且附近又有闹鬼的传闻，无人愿意在这里投宿，更没有什么油水，所以没有什么人愿意到这里担任驿长。而老白是本地人，从前是上亭驿的驿长，年纪大了想回到家乡，便被调任到了这里。

老白眼花耳背，如今在驿站就是聋子的耳朵——基本就是个摆设。他见到了史无名等人倒是恭敬，一张嘴絮絮叨叨的不知道说些什么，搞得人十分头大。也亏得他手下驿卒中有一个叫王晓川的年轻人是个能干的，算是这里的实际负责人，整日里就是他忙前忙后，把一切安排得妥妥当当。而且这人也有几分本事——对于见过的人能过目不忘，说起话来也口齿伶俐。苏雪楼一来询问，他便把一来二去讲得十分清楚明白。

"这陈亮是前日晚上来的，他的商队每次去蜀地都要从我们这里经过，也曾在我们这里歇脚喝茶，但是住宿并不多见。前日人不多，他来的时候其实不算晚，还可以继续往前赶路，快走些在天黑前也能进长安城的门，但是他却带着商队住了进来。傍晚的时候牵了匹老驴说要出门散心，我还打趣了他一下，叫他小心，莫叫狐女鬼姬摄了去，他还说就算有狐女鬼姬也会做他胯下之臣。结果啊，大半夜的，驴跑回来了，人却不见了。我当时一见觉得不妙，商队也让人去找，结果第二天坏消息就传过来了。"

说到此处，王晓川有些唏嘘。

和驿站的人说要出门散心，和自己商队的人说要提前赶路进长安城，陈亮对哪个人都没说真话，那他到底去做什么了呢？

他们把商队里陈亮的副手叫来问话，这副手还挺懊恼。

"其实小人一听他说想提前进城找谢娘子便知道是个借口，因为我们当日完全可以赶路进入长安，但我们都知道他这人风流惯了，以为他在这里有什么相好，是去见相好的了。"

这一点倒是和大家刚刚推测的相符，陈亮也许是去见了个女人，随后出的事。于是众人又向王晓川询问张文远在这里的情形。

"小人当然记得这位员外郎，因为到这里的官员要么是回京述职，要么是离京赴任，都是有公干在身。若无什么特别原因，都急急忙忙的，哪儿有像他在这里盘桓了几日也不急着走的？官员在官驿住的时间是有规定的，他超了时间，但是却托词自己生病，非在这里再住几日，要我们宽限一下，我们不想得罪他，便随他去了，可是谁想到他最后丢了命啊！"

"既然他在这里盘桓数日，见过什么人，又做了什么？"

"他就是在这附近游山玩水和访古。可这附近有什么可玩赏的呢？往前说有晋代征战，再有就是五十年前的那些事了。若说见人——他最开始问了老胡和韩山的去向，听说两人一个死了一个失踪后，便有些焦虑，随后就每天自己出去了。"

"这么说他之前就认识胡清泉和韩山？"史无名立刻抓住了王晓川话里的信息——张文远也算朝中大员，却来这里询问胡清泉和韩山的下落，显然不对。

"应该是认识的，因为这位员外郎更早之前曾经来过一次，虽然只是来歇脚，但他刚进门的时候，老胡就迎上去了，看起来还挺熟络。他们交谈了一会儿，那位张员外郎就走了。"

"这是什么时候？"

"好像、好像是在一个月前吧，那时候那个冯主簿还在我们驿站中住着呢。"

"冯云峰和胡清泉交往多吗？"史无名急忙追问道，几个出事的人在这里出现了交集绝对不是偶然。

"嗯，他和老胡打得火热。说起这位冯主簿，倒是和张员外郎有点像。去长安公干归来后就不着急回去了，为了在这里多待几日，还走老胡的关系贿赂了驿长。也不知道我们这破驿站和这附近有什么好的入了他的眼，每天一有时间就让老胡带着他在附近游逛，回来后就失魂落魄地想事情，看着有点疯疯癫癫的。"

"听人说他在此处有艳遇，这件事可是真的？"

"不好说。"王晓川露出一个不确定的神情，"这件事小人觉得不能作准，因为这话都是从老胡嘴里传出去的，老胡嘴里的话大多数没谱，小人当时觉得就是个玩笑。可是当时听到的人不少，然后就被传了出去，后来冯主簿死了，很多人都说他是被鬼娘子赐死的。"

"又是胡清泉？"史无名闻言皱了皱眉。

"对。老胡好像……"王晓川欲言又止。

"他们之间怎么了？"苏雪楼问了一句。

"小人只是觉得，老胡并不是真心实意地和冯主簿交好，倒是有所图的样子。"

"你倒是知道得多。"苏雪楼看了他一眼，"你这观察得也太仔细了。"

王晓川讪讪地笑了。

"小人做这活计，每日迎来送往，见多了五湖四海形形色色的人。哪个真情哪个假意，就算一眼看不出所有，但是也八九不离十。老胡那个人，无利不起早，能入他眼的，都是有好处的，您没见到若是来了达官贵人，他有多殷勤。实话说来，小人也有点嫉妒他。我们都是在这里工作，谁不想和达官贵人打好关系？可是同样打交道，偏偏每次都是老胡得人眼缘，得了赏钱，小人自然是心有不甘，想寻到他点儿错处，自然是对他盯得紧了点儿！"

"后来呢？"宫南河没有心情听他这些肚子里的弯弯绕绕，继续追问道。

"后来就发现了这位冯主簿的尸体吊在驿站门口的小楼上，差点儿把人吓死！"

"既然是死在此处，那大家为什么怀疑他的死和娘子有关？"

"因为吊死他的那根白绫是宫中的东西，还打着标记！"

宫中的白绫在民间也不是弄不到，史无名觉得这条线索即使深挖可能也收获不大。

"那一夜还有什么可疑的情况？"

"若说可疑情况……"王晓川仔细想了想，"小人当日值夜，睡在门房里。在半夜时，听到有马车轧过门前石板发出的声音，而且还停下了。小人以为来了商旅，便竖起了耳朵等人敲门——因为困倦，实在不想从被窝里爬起来，心里想着等到有人来敲门再去开门也不迟。但一直没有等到人喊门，小人虽然觉得奇怪，但困意难挡，心想可能是听错了，便睡着了。结果第二天早上……"王晓川擦了擦脑门上的冷汗，"冯主簿出事后，小人一想起这件事便觉得不寒而栗，搞不好真的是娘子让人赶着马车来接他了？"

"娘子让人接他？"宫南河疑惑地一挑眉。

"不对，是接魂！"王晓川一脸认真地解释，"听说因为娘子死得冤屈，所以会考验那些对自己妻子不忠贞的男人。而她最憎恨的就是不忠贞的男人，她会把那些没有通过考验的男人赐死，然后把他的灵魂用马车接走。因此现在还有很多女人会去祭拜她，希望让她帮忙拴住自己丈夫的心。"

简直是胡扯，男人变心是求神拜佛能阻止的事情吗？负心薄幸的男人还要用马车接走，怎么那么惯着他们！——史无名忍不住腹诽。

"除了马车的声音，再无其他异常？"

"没有了。"王晓川摇摇头，"小人值夜，若是驿站有人员进出，小人肯定会看见，但是小人没发觉那位冯主簿出去，也没发觉有人进来。可第二天清晨起来，就发现他吊死在了驿站的小楼上。"

"你为什么要用'发觉'这个词，而不是用'看到'？"史无名盯着王晓川，"那晚你睡得很熟吧？"

"是。"王晓川有些局促地挠了挠头，"我本是很警醒的人，不知为什么那天晚上却睡着了，还睡得很死。"

"官人，说到这个，小人也觉得有些奇怪。"另外一个驿丁插了一句嘴，"其实每天晚上时不时都会有客人要热水或者要点吃的，我们都很警醒。但那天晚上完全没有，四下里静得怕人。连带着小人也扛不住睡意，喝了好几壶茶都没能撑住，最后昏昏睡去，现在想来都很邪门，因为好像那天晚上每个人都睡得很死。"

过于寂静的夜晚，一群沉睡不醒的人，一辆过门而不入的马车，不知不觉外出却被吊死的人，再加上一个诡异的传说——负心薄幸的男人会被贵妃赐死，好像一切都发生得那么理所当然，但是真的那么简单吗？

"忠卿，你再去别人那里侧面问一下王晓川的情况。"史无名和李忠卿咬了咬耳朵。

李忠卿点点头，站起身走了出去，苏雪楼则吩咐王晓川说：

"你带我们去看看冯云峰吊死的地方。"

"是。"王晓川赶紧带他们往外面走去。

十五

驿站大门前有座用木头搭起来用作瞭望的塔楼,冯云峰的尸体当时就吊在这小楼上。

雾霭将散,朝阳未出的阴沉时刻,一出门便发现一个人高高地悬挂在面前,随着晨风微微摇晃,可以想到那是怎样的惊悚场景。

"听说被害者身边都会发现绢帕,上面会有一首诗歌,你可知道这冯云峰有没有?"

"这个小人就不知道了,当时只以为他是悬梁自尽,又哪里会注意他身上有什么帕子?"王晓川摇摇头,"直到张员外郎出事,听说他身上发现类似的帕子,大家才觉得事情不对。"

"张员外郎不是死在贵妃墓那边吗?你们也知道这些事?"

"他住在我们这里啊,再说,马嵬驿就这么大的地方,出了事情谁不知道?而且那帕子上的诗更是坐实了鬼娘子的身份!听说贵妃当年在闺中就被人称为玉姑。"

"来看诊的那个也叫玉姑?"宫南河在旁边问了一句。

"她能和娘子比吗?"王晓川撇了撇嘴,显然也瞧不起玉姑的身份,"云泥之差,别折辱了娘子!"

"案发后,冯云峰屋内有没有异常的迹象,比如被翻动过之类的?"

"应该是正常的吧,给他打扫房间的是胡清泉,反正当初报官后,胡清泉说冯主簿房间没有异常。"

又是胡清泉，史无名皱了皱眉。

"那你再说说胡清泉吧。"

"老胡有个挺贤惠的婆娘，但是他却和许多女子有来往——他嫌弃自家的媳妇丑，也是身在福中不知福。"说到这里王晓川颇为不赞同地摇摇头，"他是个山川地理通，不过品行不算太好，喜欢四处打混，招惹大姑娘小媳妇的，偶尔还会去赌坊里赌两把。要说是大奸大恶，他肯定没有，生活也没遇到什么过不去的坎儿。反正不知道是怎么回事，在那冯主簿死后不久，他就在贵妃墓那边被吊死了。"

和李忠卿调查出来的也并无太多出入，而史无名不死心，继续问道："那韩山呢？听说他们关系很好。"

"可不！也不知道他跑哪里去了。若不是有鬼娘子的传闻在先，我们都要怀疑是韩山吊死了胡清泉，然后自己跑了呢！"王晓川嘀咕。

此时，驿站的门前停下了一辆马车，马车后跟着两个骑马的金吾卫。

看到苏雪楼等人都在驿站门前，金吾卫急忙下来见礼。

"陈亮的妻子谢窈娘带到了。"

从车里下来的女郎穿着一身素衣，虽然满面悲色，但是难掩其美貌。

"你是谢窈娘？"

"是。"谢窈娘一串眼泪落了下来，望之楚楚可怜。史无名谨慎地打量着她，他从来都不敢小看女子，有人说越漂亮的女子越会骗人，他从来都是相信这句话的。然而此时，看到了谢窈娘的王晓川神色却有些愕然。

问话在驿站的正厅继续进行。

"我好像曾经见过你。"苏雪楼眯着眼睛打量了一下眼前的女子。

"官人见过奴家?"谢窈娘一愣。

"应该是在几年前见过。"苏雪楼点头,他常常去各种宴会,自家也会举行各种宴饮,这种时候,往往会请教坊中人助兴,他是见过谢窈娘的,"你是位舞蹈大家。"

听闻此言,谢窈娘正了颜色,向苏雪楼敛衽施了一礼。

"官人谬赞,奴家愧不敢当。"

"不必拘谨,好好回答问题就是了。"苏雪楼摆了摆手,"你可知陈亮为何会去贵妃墓?"

"奴家不知。"谢窈娘含泪摇摇头,"奴家也很吃惊。"

史无名把那袋子贵妃土放在了她的面前。

"这是贵妃墓上的土。"

闻言谢窈娘慢慢瞪大了眼睛。

"他离开前和商队说是为了早入长安城见你,好给你惊喜。"史无名看着她,一字一顿地说,想要看谢窈娘的反应,"若不是为了讨好一个认为贵妃土可以美容的女人,我不认为他有什么非要到贵妃坟前不可的理由。所以这土要么是给你的,要么是给什么其他的女人?"

史无名想借机试探一下谢窈娘是否知道陈亮还有其他女人,是否会因此怀恨在心。

"这土……应该是给妾身的。"谢窈娘的手颤颤巍巍地伸向那布囊,又泣不成声,"此次行商临行前,奴家曾给他讲过多年前的传言,这么做也不过是一点女人的心计,奴家只是想确认他的心里是不是真的有我,是不是在所有女人中最看重我。"

"你知道他在别处还有妻室?"苏雪楼没有那些弯弯绕绕,

直接就问。

谢窈娘咬了咬嘴唇，默默流下泪来。

"奴家知道。他在扬州有大娘子，在成都也有红颜知己。我眼前拥有的一切其实都是靠不住的，可是我心里总是想着，他心中能多有我一分，我后半生就能好过几分。可是如今他出了事……奴家日后要怎么办啊！"

说罢，她开始大放悲声。

此时，从屋外进来的李忠卿神情复杂地看了哭泣的谢窈娘几眼，然后附在史无名耳边说道："王晓川刚刚来找我说，他曾经见过她到兴平县，而且就在陈亮商队来这里的前一天，还见过她的马车从驿站前经过。"

"真的？"史无名一惊，立刻向苏雪楼做了个手势，自己悄悄出去找了王晓川。

"你真的见过里面那位夫人？"

"是的。"王晓川战战兢兢地点头。

"她在此投宿过？"

"不曾。但小人有两次在如意酒肆见过她，那里的老板娘便是来做菜的月娘子。她的手艺您也试过，小人贪恋她做出的美味，所以去的次数多一些，她好像和月娘子相熟。"王晓川说。

史无名一愣，没想到谢窈娘竟然还认识月娘子，并且还往来这里，这可不像是一个简单的巧合。

"那你为何单单能记住她？"

王晓川苦笑一下。

"小人全身上下，唯一能自夸的便是这双眼了，我见过一面的人都不会忘掉，况且她还生得如此美丽。而且她来这里，一直用同一辆马车，小人自然印象深刻。"

"你确定陈亮死的前一天,她曾经过这里?"史无名为了确定,又问了一遍。

"是的,准确地说,小人见过她的马车路过驿站。"王晓川点头,"是去县内的方向。如无意外,应该还是去见月娘子。"

"那你有没有见到这马车返回长安方向?"

王晓川摇了摇头。

"小人也不是时时都能看到路口,毕竟驿站会有客人,大部分时间都在忙。"

史无名和李忠卿对了个眼神——这里离长安百余里,谢窈娘为什么要跑到如意酒肆去呢?为了一口美味,长安的东市西市几乎囊括了所有的美食,也不缺手艺高超的厨子,何必非要到这里?

更何况,她在陈亮死亡的前一天到达这里。

"你去查这王晓川有什么发现?"回正厅的路上,史无名问李忠卿。

"他应该没有什么问题,因为作为这个驿站的实际管理人,他的一举一动有很多人看着,做不得假。我也问过驿站的其他人,冯云峰出事的那天,所有人都睡得很熟。我怀疑他们应该是被集体下了迷药一类的东西,所以才会反常地沉睡不醒。但那天驿站里只有胡清泉和冯云峰没吃饭,他们是在外面吃的晚饭。"

"也就是说,当夜可能只有他们两个人能保持清醒。"

"是的。"

随后,李忠卿又给了史无名一样东西。

"老驿长还偷偷给了我一样东西。他在帮冯云峰收拾遗物的时候,在房间的床下捡到了被揉成一团的纸,上面错乱地写了几个数字'伍贰陆,陆贰壹,柒参玖,肆柒伍,壹肆捌'。应该是冯云峰随意所写的涂鸦，他不知道这纸有没有用，但也没敢扔掉——或者说忘记扔掉了，这老头看着糊涂，但是好像也没那么糊涂。"

这条线索可太重要了，史无名如获至宝，他一面仔细看那张纸一面继续问道："可还有什么发现？"

"关于冯云峰就没什么了。哦，还有一件事，就是胡清泉死后，也是老驿长给他收拾遗物，在他的随身物品里发现了不少钱财。驿丁的俸禄不高，而胡清泉吃喝嫖赌样样都沾，平日里捉襟见肘，能有这么多钱很可疑，但刘东直把这些当作他赢来的赌资都给了胡清泉的娘子。"

"这些都是被刘东直忽略的，实际上如果当时他能注意一下……"史无名长叹一声，将那张纸收了起来，"算了，现在不是纠结这个的时候，关于韩山你问到什么了吗？"

"韩山？他更有问题。"

"怎么说？"

"人说他心狠手辣，属于不畏鬼神的那种，曾经在酒醉后吹嘘自己扒过什么当官的墓，做过黑活儿。"

史无名闻言眼睛转了几转，最后盯向李忠卿。

"忠卿，不提别人，张文远和陈亮都带着一包墓土。"

"你不会是在怀疑他们要盗贵妃墓吧？"李忠卿立刻明白了史无名的意思，"也不是不可能，不是说玄宗把很多价值连城之物都作为陪葬埋在那个衣冠冢了吗？难道这些人是想盗墓，然后黑吃黑？"

"不好说啊。"

"若是涉及盗墓，那这些人岂不正会遭遇守墓人？杨义、了因应该算是当年留下的守墓人吧。而且了因还对你私下说出'血土出，亡魂现'这种话，搞不好他正是对这件事有所察觉。"李忠卿说，"可黄伟也算朝廷命官，了因应该知道他的身份，为什么不能和黄伟他们商量解决呢？"

"除非黄伟他们也有问题！"史无名冷冷一笑。

"可是如果黄伟有问题，了因行动自由，杨义住在寺边，寺里也时常有烧香的香客，如何不能求救？"李忠卿有点不理解了因的举动，"他会不会像骊山书院案里的不语居士，故意不向外求救，而想借我们的手来进行反杀？"

"不语有他的野心，扶植舒王幼子想要从龙之功，当一切不受控制了之后才决定借刀杀人。可了因是为什么呢？如果说是为了保护杨家人，放到五十年前这个理由我能接受，但到了如今这根本毫无意义。"

李忠卿点头称是，镇厄寺里应该还藏着目前没有办法解释的秘密。"一会儿我们去兴平县一趟，昨日刘东直说有一位当年的老主簿还活着，他住得有些远，已经派人去请，想来应该已经到了。"

"好。"史无名点头，"还应该去见见月娘子，核实一下谢窈娘是不是到她那里去过。再问问仵作王思远，这个年轻人脑子还算清楚——冯云峰和胡清泉之死，他应该是到过现场的，也许能有线索提供给我们。"

两人和苏雪楼、宫南河一说，苏雪楼便同意了，他也对谢窈娘在陈亮死前到过兴平县这件事感到震惊，恰好他对谢窈娘的询问没能得到更多有用的信息，如果能从这件事上找到突破口也不错。而且谢窈娘是陈亮的妻子，于情于理也必须带她去见见陈亮的尸体，兴平县衙一行势在必行。

十六

兴平县衙内，苏雪楼让刘东直带谢窈娘去看陈亮的尸体，他去见兴平县从前的老主簿，而史无名和李忠卿去寻仵作王思远。

王思远是个认真的人，日常为了案子做了不少笔记。这次见史无名来问，立刻就把自己的笔记拿了出来。

"当时老驿长来报有人自缢，太爷便领着小人去了。实际上，小人觉得冯云峰之死是有点问题的，因为他脖颈上的勒痕有两道，小人当时便怀疑他是被勒死后挂上去的。"

"那怎么没和你们县太爷说？"

"说了。"王思远的神情十分无奈，"可太爷觉得多一事不如少一事，反正在这里也找不出死者的仇人。而且还有他被鬼娘子所迷的传闻，我们就更不敢管了，所以直接断了是自缢身亡。"

"你不信那些传闻？"史无名好奇地问。

"不信，有人说那冯云峰在这里盘桓是为了艳遇，小人倒觉得他是在找什么。"

听了这句话，史无名更是提起了兴趣。

"你为什么会这么说？"

"他曾经私下来查过兴平县志。"王思远低声说。

闻言史无名一愣，这又是一条重要的新信息。

"管理文书籍档的书吏贺云和我私交不错，曾和小人说起过这件事。冯云峰死后，我们两人都觉得事情有点不对。官人们若想问这件事，我便将他唤来。"

"有劳了。"史无名点点头。

书吏贺云也是十分机灵的样子，可见物以类聚，人以群分。

"那位冯主簿来小人这里查过兴平县的县志。当时他只是说喜好寻古，因为有县太爷的许可，也不是什么大事，所以小人就拿给他看了。"

"他想知道什么？"

"他想找的是几十年前有关县里的山川地理资料，还有历史掌故，但那时候几乎没有什么东西留下来，因为几年前县衙曾经发过一场大火，把籍档都烧没了。现在县志和各类籍档上的内容，都是后来的书吏根据烧剩下的东西，加上自己的回忆和向其他人问询的记录整理出来的，比原始的资料少了太多。当时他还问过我，在哪里能找到有关兴平县历史的记载，我说弘文馆可能有……"

说到此处，贺云有些惴惴不安，因为他也不知道冯云峰之死和这件事是否有关联。

"我能看看重新整理出来的县志吗？"史无名问道。

"回官人，恐怕不行，县志被张员外郎拿走借阅。后来他死了，我们搜查过他的遗物，并没有县志的踪迹。我们太爷也不敢声张，就让我们以后再补写一些，打算不了了之。"

县志竟然被张文远拿走了？史无名和李忠卿对视一眼。

"你知道还能在哪里找到有关县志的资料吗？"史无名问道。

贺云竟然点了点头。

"我知道，小人怕再发生意外，百年之后再无人知道本地历史，便在闲暇时间偷偷将县志抄录了一份，收在自己家中。"

史无名闻言大喜过望，提出要亲自去贺云家中拿。

"还是小人去拿来给大人吧。"贺云婉拒道，"官人们可以和思远再谈谈，人命大如天，案子更重要。"

随后贺云回家去拿县志，史无名和王思远又聊了起来。

"小人对于张文远和陈亮两个人的死，也有些小看法，比如说手帕上的那两首诗——一首是《上邪》,一首却出自《游仙窟》。一雅一俗,感觉根本就不是一个调调的。"王思远不好意思地抓了抓头,"而且《游仙窟》那首诗里还改动了一个名字。"

"将十娘改成了玉姑。"史无名说。

"对,说起玉姑,要么是想引人联想到贵妃,要么就是县里的玉姑,都不靠谱,感觉十分刻意。若真的是鬼,哪里需要搞这么多花里胡哨的东西,定然是有人想要栽赃陷害!"

"说得不错!"史无名点头赞许。虽然打交道不多,但是史无名非常欣赏这两个年轻人,甚至起了挖角的心思。他还没把这心思和李忠卿说,就发现李忠卿用一种十分意外的眼神打量着他。

等到没人的时候,李忠卿意味深长地问了一句:"我从前就想问你,你什么时候看的那风月集子《游仙窟》?"

"哎呀,里面诗不错。"史无名打了个哈哈,推了推他,"就真的只是诗不错。"

我信你个鬼!——李忠卿面无表情地想。

贺云拿县志回来的时候气喘吁吁,他还带来了一个消息。

"两位官人,前面好像出事了。有个丫头跑来报案,说是她家的夫人杀了老爷,而她家老爷就是死者陈亮,我家太爷让我去做笔录。"

大家一听,都愣住了。

"莫不是谢窈娘的丫头?"

"不,不是,她说自己是林夫人的丫头。"贺云看起来也很惊讶,"这个林夫人就是陈亮在扬州的正室,我听那丫头话里的意思,这位林夫人现在也在兴平县!"

"什么?"

这可是个让人惊掉下巴的消息。

陈亮死在这里，他死前一天，长安的外室在，他远在扬州的原配竟然也在！

"走，快去看看。"史无名对李忠卿说。

堂下跪的年轻女子虽然是一副大户人家丫头的打扮，但是衣物邋遢，仪容不整。虽然看起来境况不怎么好，但是依然能看出她面容姣好。只不过这女子看人时目光闪烁，满是算计，而且因为看到堂上的官员（特指苏雪楼）年轻英俊，她竟然还理了理头发，调整了一下自己下跪的姿态，做出一副楚楚可怜的神情。

"奴婢小曼，叩见各位官人。"

"你状告何事？"

"太爷明鉴，奴婢是扬州林家的侍女，日前死在马嵬驿的商队首领陈亮正是我家老爷，今日奴婢来冒死禀告官人——我家老爷之死定然是夫人所为！"

"以奴告主，若无实据，你知道惩罚是什么？"苏雪楼眯着眼睛问了一句。

"奴婢知道。"小曼咬了咬牙说道，"夫人和老爷一直不睦，前些日子听说老爷在长安养了外室，便要来找老爷算账。怎生那么巧，夫人来了这里，老爷就死在了这里？"

苏雪楼闻言从堂上走了下来，他围着那侍女走了两圈。

"你自称是林家的侍女，但是你家老爷却姓陈。"

"因为老爷是被招赘的，所以在扬州，只认林家。"

"你是跟着夫人从扬州来？"

"是。"

"平常做什么？"

"是夫人的贴身丫头。"

"你身上虽然是上等丫头的服饰,但是已经有了很多污渍;虽然你不忘搔首弄姿,但是实际上身上已经有了难闻的味道;还有,你手腕上的伤是长期捆绑留下的痕迹。你到底犯了什么样的错误,要被捆着从扬州带到这里?"

"我、我是听到了夫人要谋害老爷的计划,所以才被夫人抓住囚禁的!"小曼大声说道。

"既然是杀人计划,在扬州处理了你岂不是更方便?不远千里把你带到这里,肯定是与你家夫人要和老爷摊牌的事情有关,你是你家老爷留在扬州家里的眼线?"

小曼听苏雪楼这么说,顿时不敢吱声了。

"你们什么时候到的兴平?"

"七、七天前。"

"住在哪里?"

"如意酒肆。"

又是如意酒肆。陈亮的正室七天前就开始住在那里,而外室谢窈娘也在前两天到过那里,这世上不会有这么多巧合。

"先扣住她,我们去见林夫人。"苏雪楼站起身,给刘东直让了位置。

"还是下官让人把林夫人带过来吧。"刘东直急忙说。

"不必。我们直接去见她,你在这里看好这丫头和谢窈娘。"苏雪楼拒绝了刘东直,吩咐道。

于是一行人出了县衙。一出门,大家就对这半日出现的反转啧啧称奇。

"本以为这件事和镇厄寺里的黄伟几人撇不开关系,如今看起来却更像是林夫人和谢窈娘这两个女人下的手。"

"是,张文远和谢窈娘有旧怨,和林夫人应该扯不上关系。

不过说到张文远，刘东直其实还隐瞒了点儿东西。"

"这老混子又隐瞒了什么？"苏雪楼听了这话对刘东直的怨气直升。

"冯云峰曾经去县衙看过县志，而张文远死前从他这里拿走了县志，也就是说，这两个人可能想依靠县志在这里找什么东西。"

苏雪楼一听刘东直隐瞒了这么重要的信息，马上就想回去找他算账。

"行了行了，都出来了。"史无名拉住了他，"咱们还是先去如意酒肆，那里还有硬仗要打！"

十七

此时天色已晚，空气中带上了浓重的湿气，看看天幕，不知道何时又被乌云所笼罩——一如众人现在的心情。此时如意酒肆已经要打烊了，但是月娘子一看他们来了，便把他们都迎了进来。

"又来叨扰月娘子，有点惭愧。"苏雪楼并没有直接说明自己的来意，而是先闲话了几句家常。他打算让大家先吃了饭再说，毕竟还有个伤员。

"官人说的哪里话，我们这小地方，官人们肯来便是蓬荜生辉了！"月娘子笑眯眯地说，"官人们想吃什么？"

"这个时辰了，做些好克化的就行了。"苏雪楼笑眯眯地回答。

"馄饨可好？奴家做些五般馄饨，馅料是今日打来的野鸡肉。"

"能将馄饨做出五种花色，老板娘果然巧手！"史无名称赞了一声，随即充满了期待。月娘子记得他是伤员，还问了两句，史无名说到玉姑的药很好使的时候，月娘子还笑了笑。

"玉姑是妾身的密友，她的医术极好，不过官人还要注意养护。"

史无名点头道谢，随后打量了一下这个酒肆。它前面的楼房分为上下两层，后面的院子则留给了客人住宿用。月娘子领着他们上了酒肆的二楼，这里有雅间，也有寻常桌椅位置，还有专门给文人墨客们用的题诗墙，而在墙正中的位置有一首诗。

八月九月天气凉，酒徒词客满高堂。
飘风骤雨惊飒飒，落花飞雪何茫茫。
烹羊宰牛且为乐，莫使金樽空对月。
古来万事贵天生，何必大娘浑脱舞。

"这首诗有点意思。"

"有什么意思？不过是把李太白的两首诗修修剪剪凑到了一起，说了下酒肆里的情景，最后那句还把公孙大娘的'公孙'两个字去了，只是书法还算不错。"苏雪楼看了之后点论了两句。

"这书法笔走龙蛇，剑气如虹，而且感觉十分洒脱，估计字如其人。"史无名点头赞许。

"这倒是。"苏雪楼表示同意。

随后，苏雪楼挑了个靠窗的位置坐下，给大家讲了一下他在老主簿那里听到的陈年往事。

"当时玄宗来到这里，兴平县县令率领属下急忙来接驾。这县中主簿虽然是一个小人物，但当时也有幸得见圣颜，即使是今天回想起来他依然很激动。但兵变之时他完全不知道怎么回事，只记得突然杀气四溢，他和县里的人都被限制了行动。然后就听说杨国忠和他的亲信被屠戮殆尽，最后连贵妃也死了，他们这些县衙里的小人物被吓得战战兢兢，生怕下一刻就会人头落地——

因为当时的县令一直在讨好杨国忠。这种恐慌持续到了晚上,玄宗带着人要连夜开拔,在走之前,他私下见了兴平县的县令。因为贵妃死在这里,皇帝不忍,所以希望他走之后,县令可以为她收尸,并多照应一下贵妃的坟墓。"

"所谓情分也就仅仅这些了。"史无名闻言嘀咕了一声,"那位县令现在还在人世吗?"

"不在了,皇帝前脚刚走,他后脚就跑了,把给贵妃收尸的任务安排给了手下两个书吏,其中便有那主簿。但他也没逃过一死——在当年就被叛军杀了。这位主簿其实也到得晚了——当时他急着安置自己的家人,等到他赶到的时候,贵妃已经被埋好了。

"他只能确定当年有这么几个人给贵妃收尸,首先是杨义,其次是了因和他的师父。兴平县当时的两个小吏,除了他,另外一个……"苏雪楼忍不住卖了个关子,看把所有人的兴趣都勾起来了,他才继续说下去,"就是刘东直的父亲。是的,你们没听错,当年刘东直的父亲也是兴平县的书吏,可惜他早就去世了。老主簿说还有两个女子,具体身份他也不知道。他到的时候只遇到一个金吾卫将官拉着其中一个离开,那女子打扮是宫中女官模样,他们身后还跟着一个手持佩剑的胡服女子。女官一直在哭泣,而且频频回头,但是很快就被金吾卫和胡服女子带走了。"

"所以在这段历史里,终于出现了一点金吾卫的身影。"史无名无可奈何地评价了一下。

这时候月娘子上来给他们送点小菜,听到了他们说的话,很是唏嘘。

"说起贵妃娘娘,听宫里老姑姑们提起过。她真的是天上的仙人降世,和先皇也是恩爱,就像白公诗中说的'在天愿作比翼鸟,在地愿为连理枝',只可惜恩爱夫妻不到头,大难临头便……"月娘子没有继续说下去,神情有些惆怅,又有些嘲讽,还没待史无名细细打量,她便低着头给他们布菜了。

"几位官人慢用。"布完菜,月娘子就下楼去了。

"那么这位主簿说埋葬贵妃的具体情形了吗?"

"我自然是详细追问,可惜他到的时候,贵妃已经被掩埋了,他只看到了一个黄土堆,不过当时刘东直的父亲在,他说贵妃已经下葬了。"

"所以他并没有看到贵妃的尸体。"史无名重复了一句。

"对。无名,我们不必执着于这件事。"苏雪楼看了史无名一眼,低声说,"她是否真的在那个坟墓里,到如今都已经不重要了。纵然传言众多,但无论是哪一种,也和现在的我们无关。我们要做的事情只是弄清楚如今这几个死者的死亡原因,给世人一个交代!"

苏雪楼很少这样说话,甚至给"如今"这个词加了重音,话中似乎有着不尽之意。

"听你这话的意思,从前也确有死亡或者失踪的案件发生?"

"是的。那位老主簿回忆说是有的,虽然说不清具体年限,但马嵬驿旧址附近确实是陆陆续续有过死人或者失踪的案件。"

"那这些案子最后也是不了了之吗?"史无名看着眼前的菜肴,突然就没有了食欲。

"是的。"苏雪楼点点头,"都是以鬼神之说上报,最后都不了了之。"

"世人可以愚昧,可以笃信鬼神,但是处于上位者不能……"史无名觉得心中的郁闷难以言喻。

"上位者如何就不愚昧呢,否则那阙楼上为何会有招魂铃?

又或者他们根本是有意为之,并不想破这些案子,默认了用这些人做祭品。"

听到李忠卿这句话,众人都默然了。

此时小二哥小唐跑上来送馄饨,被这凝滞的气氛吓了一跳。

"各位官人,今日这馄饨里的野鸡是我们老板娘亲手打的,取身上最好的肉做成的肉馅。"他小心翼翼地给大家介绍道。

"你家老板娘打的?月娘子还会武艺?"史无名对他露出一个笑脸,气氛终于轻松起来。

"那可不?我家老板娘是真正的文武全才,胆子比男人还大!"小唐口齿伶俐,能说会道,一提起自家老板娘,他的赞美滔滔不绝。

从老板娘的剑术,到老板娘高超的厨艺,反正在小唐心中,老板娘是如同神一般的存在。

兴平县也不是没有地痞流氓,月娘子能在这里安安稳稳地开酒肆,没人敢来这里寻衅滋事,她显然手腕不低。

"辇前才人带弓箭,白马嚼啮黄金勒。翻身向天仰射云,一箭正坠双飞翼。"闻言史无名喃喃地吟诵了一首诗。

"客官?"小唐一愣。

"我只是想起了杜工部的一首诗,昔年玄宗皇帝驾前有一位才人,能够一箭双雕。如今再听闻月娘子轶事,足见杜工部不是虚言,宫中也是卧虎藏龙。"

"宫中的事情小人不知道,小人只是知道老板娘厉害就得了。"小唐笑嘻嘻地回答。

这时候,月娘子走进来吩咐小唐收拾一下准备打烊。

"几位官人安心吃,只不过不想让外人再进来而已。最近这里不是很太平,住了挺多女眷,总有些泼皮盯着,所以想早些打样。"

李忠卿闻言往窗外望去，果然街角有几个鬼鬼祟祟的人，正是些地痞流民。

"鬼不可怕，人更可怕啊。"月娘子抄着手望着窗外慢悠悠地说，"兴平县本来县如其名，是个平静不起波澜的地方，只不过最近来了不平的人。"

"不平的人？"史无名觉得她话里有话。

"遇到了不平事，自然就是不平人。"月娘子叹息一声，"这世道啊，黑白颠倒，是非错乱，真的是让好人难活！"

"月娘子因何有感而发？"史无名追问道。

"妾身这里有个客人，所嫁非人，丈夫负心薄幸又对她暗含歹毒之心。她本是来京师寻丈夫问个是非明白，可是来到这里却得到丈夫已死的消息，本就伤心难过，又怕被小人诬告惹上官司，愁思百结，不得宽慰。"

"月娘子说的可是那来自扬州的林慧娘？"史无名眯了眯眼睛，盯紧了月娘子的神情，觉得月娘子这话是对着他们说的。

"正是她。"月娘子并没有否认，"从她到妾身这里，每日皆是愁眉不展，丈夫靠她家的资产起家，却瞒着她在外面养了别宅妇，如今完全冷落于她，还想要了她的命……"

"要她的命？"

"是的，她发现贴身丫头偷偷向她补身的汤药里加料，而且还在她儿子的饮食中做手脚。想要保护孩子的女子宛如母虎，自然要把事情查清楚。这才发现这丫头已经被丈夫收买，要无声无息地除掉她。至于给她儿子下药，是那丫头还动了别的心思，想除掉嫡子，争取将来有一天能让自己的孩子上位……"

突然听到这些后宅秘闻，众人也是咂舌。陈亮要杀死正妻，那么正妻岂不是也有杀他的动机?而且那个下毒的丫头是不是就是小曼?

"老板娘既然连陈亮的后宅之事都知道得如此清楚,想来是与林夫人交情不浅。"苏雪楼笑眯眯地说,"但是也要小心,毕竟人心隔肚皮,老板娘可不要一片热心肠却被人当做了冲锋陷阵的刀。"

"人一生总要遇到各种各样的人,有的人白头如新,有的人倾盖如故,在下自认还是有几分识人眼光的。"月娘子傲然地回了苏雪楼一句。

"那陷害主子的丫头呢,是已经处理了还是跑了?"苏雪楼笑眯眯地追问,并不生气,其实他还挺欣赏这种泼辣女子的。

月娘子眼神却在他们身上转了转,最后笑了笑:"明人不说暗话,官人们就是来见林慧娘的吧?"

大家相视一笑,心照不宣。

"也不完全是。"史无名回答,"也想问月娘子几个问题。"

"官人请问。"

"敢问月娘子可认识一位叫谢窈娘的女子?听闻她常来此与你相会。"

"是,我们是宫中旧识。宫中岁月寂寞,难得遇到知心人,她是我的朋友。"月娘子坦坦荡荡地回答,"她离宫后,所嫁非人,过得也不好,所以偶尔会来见见我这个故友。"

"听闻她前两日还来过?"

"是的,她来看我。"月娘子点头承认道。

"可她的丈夫也是陈亮,而她来的时候,陈亮的正房夫人也在月娘子这里,随后她们的丈夫就死了。"苏雪楼最后图穷匕见。

"官人是怀疑她们合谋,还是怀疑我们三个人合谋?"

"只能说这都很有可能。"

"官人也说这只是有可能，"月娘子冷笑一声，"在妾身看来，陈亮做的事情才真的是猪狗不如！他乡另娶，还想要谋害发妻、谋夺家产，无论是律法还是天理，难道就能容下这样的人？"

"你也知道有律法和天理，所以更不能私自动手。若人人都自己处决仇人，那天下不就乱了吗？"史无名正色说。

"可是有时候这世间也有律法管不到的角落，所以人们才期望遇到侠客。"月娘子有些嘲讽地笑了笑，"既然几位官人来查这件事，奴家全力配合，这就唤林娘子前来。"

十八

不久之后，楼梯上响起了脚步声，随后进来了一个女人。

"妾身林慧娘见过各位官人。"

林慧娘人过中年，风韵犹存，气质过人，一举一动优雅高贵。她是陈亮明媒正娶的原配夫人，身家豪富，在扬州以一手刺绣功夫闻名，成婚后她给陈亮生了一儿一女，一家人着实过了一段幸福的日子。此刻她的眼睛微微发红，但是神色却并不见有多么悲伤。

"妾身的眼泪早就流干了，如今若是再哭，反而才是做作。官人们想知道什么，妾身知无不言，言无不尽。"

大家从她的讲述中得知，她是知道陈亮的那些花花事儿的。

"最开始妾身为了家庭的宁静装作一无所知，反正他一年只回来一两个月，我也和那些女子见不到面，何必让全家人都不快？"

"那些女子？"

"京师的窈娘也不过是其中的一个,他走到哪里都会有红颜知己。"林慧娘略带讽刺地说,"只是他触及了妾身的底线,所以妾身才不得不到这京师来。"

"他让人给你下毒?"

"对,他想杀死我。"林慧娘平静地说,"妾身在几个月前就发现了。"

"是你的贴身侍女小曼。"

林慧娘微微挑了挑眉说:"看来官人是见过那贱婢了,她倒也聪明,知道去报官。"

这话说得有些讽刺意味,好不容易逃了出去,却不远走高飞,还跑去报官,显然是想让人以为她是陈亮的忠仆。

"她给我投的毒是一种慢性毒药,人到最后便会产生幻觉,发疯而死。"

"是曼陀罗吗?"史无名问道。

"是的,我问过小曼,是陈亮给她的。"

"那你是否知道陈亮是从哪里弄到这种毒药的?"其实曼陀罗并不罕见,但是案子里都有涉及,就让人觉得有点儿不寻常了。

"小曼曾问过一嘴。他说是行商的时候,常去的一个酒肆的老板喜欢服用五石散。各人调配五石散的配方都有差异,这个老板喜欢在里面加一点点曼陀罗。五石散本就能使人产生幻觉,加上曼陀罗产生的幻觉就会更重,而那人就喜欢这种虚幻的感觉,结果没控制好药量死了。"

"等等,这个故事。"史无名打断了林慧娘的话,看向其他人,"这不是月娘子丈夫的遭遇吗?"

"对啊!"众人恍然,这是在驿站时,王晓川给他们介绍月娘子时说过的。

"竟然是月娘子丈夫的遭遇?果真都是可怜人。"林慧娘看起来也很吃惊,随即又有点儿凄然,"只不过他在别人的苦痛里学到的是怎么杀死我——他让小曼每天把少量的曼陀罗掺到我日常的补药当中,想让我慢慢在疯狂和幻觉中死去。常言道,一日夫妻百日恩,妾身就算再有不是,也为他生儿育女,操持家务,何至于换来他如此对待?而且他能够有今日风光,也是当年借了妾身一家的庇佑和资助……"

"所谓'升米恩,斗米仇',并不是什么人都懂得知恩图报。有的人反而如饿狼,享受了庇护后却想要反咬一口。"苏雪楼说。

"正因为他生了如此歹毒的心思,妾身心上不平,所以便想上门来讨要个说法。"

"所以你是特意来这里堵他?"

"对。"林慧娘一颔首,语气平静,"妾身好歹也是有头有脸的人物,并不想在京师里闹得彼此都失了脸面,更何况……妾身觉得那谢家娘子也很可怜。"

"林娘子是如何知道谢家娘子可怜,又是如何'恰好'在陈亮返京之前等在这里的?"史无名觉得这对话越来越有趣了。

"商队原来便是林家的,就算陈亮慢慢地换上自己的人,但妾身在其中还有眼线。不瞒官人,他在外面做生意,四处应酬,只要不太出格,奴家并不想管。只是这一次……妾身绝不能容忍!"

这位大娘子对于商队的把控显然很强,她身在扬州,却把陈亮的一举一动摸得清清楚楚。如果陈亮不是自己作死对林娘子动了杀心,林娘子是不会来兴师问罪的,那么林娘子会不会对他动了杀意呢?

一时间,史无名心中闪过种种想法,随后他把在陈亮身上搜到的那方帕子推到了林慧娘面前。

"林娘子可认得这个?"

林娘子看了那帕子上的《上邪》,面上的神情变了几变,有些悲哀,有些嘲讽,又有些怀念,她抚摸着那帕子长叹了一声。

"当年我们恩爱甚笃的时候,妾身曾经绣过这样的一方帕子给他,他也曾一直随身带着,可是如今十几年过去了,那帕子早就不知道被丢到哪里去了。而这帕子用的是上好的丝,绣工还算不错,但不是我当年送他的那方……"林夫人沉默了一下,"这大概是他年轻的新欢送给他的吧。"

这帕子确实考究,而从张文远身上发现的帕子绣工却极为普通,材质更是一般,更像是那种青楼花娘为挑逗客人准备的东西。

"那么,林娘子认识张文远张员外郎吗?"史无名试探地问道。

林慧娘听了这个名字很是茫然,她并不认识张文远,而史无名对此也没有怀疑,因为一个一直生活在扬州的女子确实很难和生活在长安的张文远产生交集。

"那么之前谢窈娘来此……虽然月娘子说是来见她,但是和夫人有关吗?"

林娘子闻言沉默了片刻,然后点点头。

"她是我请来的,我们本是想在此与外子相见,三个人把事情谈开。可是当天晚上,他被县太爷宴请,又因为雨太大,我们被堵在酒肆不得外出。于是打算第二日清晨起早去驿站找他,随即却传来他失踪的消息,商队已经在到处找人,我怕他是先回了长安,便让谢娘子先回长安了。"

"等一等，你刚刚说……"苏雪楼警觉地抓住了这段话中的一个信息，"当晚陈亮被县太爷宴请？"

"对，月娘子也去操持宴会了。"

陈亮最后的一顿饭竟然是和刘东直吃的，而饭菜是月娘子做的！

"苏兄，莫说陈亮，张文远对于刘东直来说亦是上官，他去县衙要过县志，有多少可能刘东直没宴请过他？"

"那趋炎附势的老东西，是必然要宴请的，我都不知道推了多少遍他要请咱们吃饭的请求呢！"苏雪楼朝天翻了个白眼。

"小唐。"史无名突然到楼梯口往楼下喊了一声，"几天前县衙请张员外郎那场酒席是由老板娘掌勺吗？"

"那当然，县里还有谁比我们老板娘手艺高啊！"小唐毫无防备地直接回答，"太爷最喜欢老板娘的手艺了！"

果然，张文远和陈亮死前都和刘东直吃过饭。

"这老东西！"苏雪楼咬牙切齿，这么久了，刘东直可是从来都没吐露过他和死者的这些交集，这个老狐狸！

"月娘子，刘东直。"史无名揉了揉自己的太阳穴，"新的嫌疑人又增加了，但这二人为何要搅和进这摊浑水里？他们可是和那几个死者无冤无仇，甚至毫无关系，难道仅仅是路见不平拔刀相助？月娘子可能，但是刘东直是一县之长，这么做没必要啊！"

"也许四个死者，有两批凶手。"宫南河思忖了一下说，"林慧娘、谢窈娘与陈亮和张文远之死有关，而冯云峰、胡清泉的死与月娘子和刘东直有关，又或者……"不过他说完也觉得解释不通，随即露出了苦恼的神情。

"若是官人胡乱断定案件与我们有关，妾身死也不服，捉贼拿赃，捉奸要双，官人们若要拿人，必要有证据！"此时林慧娘开了口，她看向苏雪楼，并无退缩之感。

苏雪楼当然不能胡乱拿人，最后只是让人先将她带了下去，看管起来。

"胡乱猜测是不行的，对于月娘子这样女子，与其弯弯绕绕，还不如直截了当。"史无名一面说，一面朝楼下喊道，"月娘子可在？有事请教。"

"来了。"月娘子稳稳的声音从下面传来。

十九

"曼陀罗也不是什么难以见到的药草，镇厄寺后的河滩边上就有，我陪玉姑采药或者打猎时也看到过，谁都可以采到。"

如果说林慧娘待人是矜持高贵，那么月娘子就是四平八稳，无论对方问什么问题，她都泰然自若。

"我的丈夫的确死于五石散。他有富贵人的喜好，却没有富贵人的命，追求迷梦虚幻，结果把自己弄死了。这件事整个兴平县都知道，所以知道曼陀罗能毒死人的也很多。而曼陀罗并不是珍贵的草药，无论是去野外采摘还是去药铺，都能够得到。而且就算我可以给他们的饭菜下毒，但那也绝不是他们的死因。"

史无名发现一件很有趣的事，那就是月娘子并未直接否定自己下毒。这可能和她的性格有关——热情豪爽，正直诚恳，所以下意识地避开了说谎这个行为。

微毒可以麻醉致幻，重度中毒才会致死，月娘子很可能只是希望他们陷入幻觉、丧失一些体力，而且谁也不能保证他们没有在别处中毒。

"那月娘子不妨说说县太爷和张员外郎、陈亮之间发生的事情,毕竟这两场宴饮你都参与过。"

而月娘子也直言不讳。

"其实妾身知道得不多。那位张员外郎来的时候,我只知道是县衙来了太爷需要巴结的上官,我一直在后厨做菜,和他们没有交集。至于陈亮,他与县太爷是旧识,每次从蜀地回来都会来拜会一下太爷,给他送点小礼物或者卖给太爷些货物,太爷偶尔会给他接风。"

"你的意思是他们之间只是单纯的接风宴?"

"妾身没有上席,所以没办法判断单不单纯。"月娘子解释说,"张员外郎那次宴席上还有县里其他官员,妾身做完宴席便离开了。而且宴饮当日他也没有出事,所以没什么可说的。"

苏雪楼问了一下宴请张文远的具体日子,发现是在张文远去要县志的那天,那是他出事前三天的事情了,这件事上月娘子说不得谎,因为席上还有很多人,再去问张文远携带的家仆都可以得到证实。

"那你便说说宴请陈亮那天发生的事情吧。"

"席上的事情妾身依旧不知,不过陈亮约是亥时三刻走的,关于这一点列位官人可以找刘太爷核实。我本想帮林娘子和窈娘拦上他一拦,可是谁知道我在后厨收拾东西的时候,他就骑着驴急急忙忙地走了。而刘太爷看天要下雨,特意派人把我送回酒肆,我没法中途离开。回到酒肆已经是亥时末牌,此时雨已经很大,我们便打算第二天早上去堵他。结果第二天去了驿站才发现他出了事,我便回来通知了林娘子和窈娘,林娘子便让窈娘尽快赶回长安。"

"对,对,老板娘回来的时候就是亥时末牌。"小唐也证实说,"我帮她放好了工具便去休息了。因为那场大雨,当晚没有人住店也没有人外出,小人难得睡了一个完整的觉。"

"林慧娘和谢窈娘在这个时间前后在干什么?"

"她们两个人在房间里谈话。小人去送过一次茶水,她们脸色都不太好,估计不太愉快。说来说去,也都是那陈亮造的孽!"小唐显然颇为林慧娘和谢窈娘抱不平。

"虽然小唐做证,但是这证明不了你们几个之后没有潜出酒肆,到贵妃墓杀害陈亮。"苏雪楼说,"小唐是你的人,为你做伪证也有可能,我们一定会仔细调查你们的行踪!"

月娘子闻言正色回道:"江湖儿女,不会虚言搪塞,官人们信与不信,便是你们的判断。只请官人们查询实证后再行问罪,若是想胡乱拿人交差,就要问问在下手中的三尺剑答不答应了。"

听着这带点儿威胁的话语,史无名竟然完全没有生气,甚至觉得这话就应该是她这样快意恩仇的女子说出来的。但是后来事实证明,她们并没有说谎,证人竟然是那几个常在如意酒肆附近打转的泼皮,他们总想能占点儿漂亮女人的便宜,因此常盯着酒肆,那晚他们在酒肆附近一处窝棚里躲雨、喝酒、赌博,一直闹到天亮,没看到酒肆有任何人出去——更别提娇滴滴的小娘子了。但这也是后话了。

"月娘子,我还有一个问题。"一直没有说话的李忠卿开了口,他指了指墙上的那幅字,"老板娘可是那位以剑舞闻名天下,身怀绝技的公孙大娘之后?"

月娘子微微一愣,随后大方承认。

"是,奴家正是复姓公孙。昔年祖母行走江湖,乱世之中荫蔽了许多孩子。为了感念她的恩德,被收养的孩子几乎都跟了她的姓氏,也学习了她的武艺。奴家不曾亲眼见过她的英姿,但却听家父多次说过她失踪前的种种事迹。无巧不成书,这里也曾是她最后出现的地方,所以我才会在此嫁人,也是希望能在此找到她的蛛丝马迹。"

"公孙大娘失踪了?"史无名意外地问。

"是,一别多年,再无消息,也是我们这些家人的一生之憾。"

"先别说这些闲话了!"苏雪楼有些烦躁地打断他们的谈话,如今的线索真的如同一团乱麻,根本拽不出一个线头来,这几个人还有空闲聊,"夜长梦多,我们马上回兴平县衙,去审刘东直和谢窈娘!"

等出了门外,苏雪楼瞥了一眼楼上,低声对李忠卿和宫南河说:"你们带人按条核查那两个女人说的话!"

于是众人分开,各自忙碌去了。

苏雪楼和史无名回了兴平县衙,刘东直刚想歇息,便被苏雪楼揪起来了。

"刘县令,胆子不小啊。"苏雪楼直接把刘东直的汗都盯了下来。

"你为什么要隐瞒和陈亮还有张文远一起吃过饭的事?你在这两件案子里的角色是什么?"

"哎哟,少卿啊!"刘东直的眼泪唰地就流了下来,"下官隐瞒……就是怕惹麻烦上身啊!张员外郎是上官,既然都来了,我怎么能不宴请一下呢?可是谁知道吃完那顿酒席没两天他就死了。还有那陈亮,下官给他接风是因为经常在他那里买古董。而这一次,他也向我吐露会有非常珍奇的宝物,所以下官就宴请了他,想知道他从蜀地带回了什么好东西,就算买不起,能看一看也是好的。"

"哦，他给你看了什么？"苏雪楼眯着眼睛审视他。

"他说这次在成都府没有收到什么好东西，但是说手上有一样宝贝，如果我买了，献给上官，能让我加官晋爵。"

"什么宝物？"苏雪楼疑惑地问。

"说是前朝大曲——《霓裳羽衣曲》的全谱。"

苏雪楼和史无名皆是一愣，从变乱以来，这首著名的大曲便散失了，就连宫里都没有这首大曲的全谱，陈亮是从哪里得来的？

"《霓裳羽衣曲》？他怎么会有这个？"

"不知道。"刘东直结结巴巴地回答，"但下官不通音律，身上也没有那么多钱。而且这东西就是献上去了，上边也未必会喜欢，所以就不太感兴趣。而且他也没给下官看这曲谱，下官更无法判断那曲谱是真是假。后来他看天要下雨，便急着要走，说还有生意要谈，我就没有多留他。"

"有生意要谈？什么生意？"苏雪楼问。

"他说是为了讨家里小娘子开心买个小玩意儿，别的没多说。我当时还想，这都要下雨了，天还这么晚，估计不是什么正经交易。"

"你这次没有隐瞒？"

"没有没有。"刘东直赌咒发誓，表示自己绝无隐瞒，但是苏雪楼和史无名都不太相信他。

史无名觉得他身上问题很多，怀疑他故意掩盖了前两个人的死因，而苏雪楼也这么想，但是他们目前对这个老胖墩没什么办法，于是二人打算提审谢窈娘。

"谢窈娘说陈亮去贵妃墓是为了给她取土，而刘东直说陈亮是要去为娘子买东西，而最后他出现在贵妃墓。我们是不是可以认为他的交易就是在贵妃墓附近进行，而交易的正是《霓裳羽衣曲》。他顺便为谢窈娘取了一把土，然后被交易者所杀？"

"你这又是一种新思路。"苏雪楼摸了摸下巴。

"而且当日陈亮身上没有特别贵重之物，只有那枚鱼符，所以这鱼符就是他打算用来交换《霓裳羽衣曲》之物。"

"你怎么会这么想？也许鱼符才是交易物品。"苏雪楼一愣，反问道。

"因为陈亮没有给刘东直看曲谱的实物，而这鱼符对谢窈娘毫无用处，但是作为一个舞蹈大家，《霓裳羽衣曲》对她更有吸引力。"

苏雪楼闻言点头，也觉得史无名说得十分有道理。

"虽然我不能确定鱼符和《霓裳羽衣曲》之间的交换关系，但是我想赌一下谢窈娘知道鱼符的来历。"

二十

"谢窈娘，本官刚刚去了如意酒肆，陈亮正室夫人林慧娘就在那里。"

谢窈娘的目光微闪，抬起头怯怯地看向史无名。

"你们之前见过面，这已经调查清楚了。也许你们二人都觉得陈亮是个负心汉，喜新厌旧又心狠手辣，所以决定合谋干掉他，毕竟这里的县太爷不怎么作为，日常和稀泥，习惯将责任转嫁到鬼神身上，所以你们有很大机会逃脱。"

"官人莫要冤枉好人，我们不曾做过，他的死和我们没有任何关系。"谢窈娘的表情变得冰冷起来。

"陈亮的商队里定然有你们各自安插的眼线，否则你们不会如此精准地掌握陈亮的动向，并且适时地在他到达马嵬前抵达兴平县。只要我们对商队里的人严加审问，那些眼线为了确保自身能摆脱杀人嫌疑，定然会和盘托出。"

"找出眼线又如何？不过是妻子不放心丈夫，希望有人帮忙多盯着他一点儿罢了。"

"可是现在这个丈夫死了，而他的妻子们有很大嫌疑。"

谢窈娘闻言不再说话，低下头，不知在思考什么。

"你恨陈亮吗？"史无名又问。

听了这句话，谢窈娘长长地叹了一口气，露出一副嘲讽的神情。

"我当然恨他，他用卑鄙的手段得到了我，折磨羞辱我，还让我不能反抗。我就算心中痛苦得死去活来又如何呢？逃不掉离不开，也只能向现实认命。"

"那你对于张文远呢？"

谢窈娘惨然一笑。"年少之时所托非人，终究换来无情的抛弃。京师中知道我往事的人不少，官人们能打听到的就是事实。"

"那么你恨他吗？"史无名第二次问了这句话。

"又如何能不恨呢？就宛如葬身于此的贵妃，她又如何不恨呢？可我一介女流，身若浮萍，只能任命运摆布，变成达官贵人送人的礼物，便是所谓命不由己。官人们若是真的找不到凶手，也莫要连累他人，就当他们是妾身杀的吧，让妾身去顶罪吧！"说完她又赌气一般呜呜哭了起来。

"大理寺断案自然是讲究真凭实据，不会冤枉好人，没有什么顶罪一说。"史无名冷声说，"闲话不提，我们在陈亮尸体上发现了一枚金吾卫的鱼符，我问过陈亮的副手，他说曾经在一次酒醉后见过那鱼袋——那是商队刚从长安出发后不久，因为鱼袋不同于别的香囊绣袋,他一下子就记住了,甚至还有点害怕。"

谢窈娘听了这话,目光闪了闪。

"外子路子很广,常常从黑市中收购货物,那鱼符大概⋯⋯"

"谢窈娘。"史无名打断了谢窈娘,"你觉得本官有多少可能没审问过那位副手,他有没有趁陈亮酒醉后套过他的话,有没有问他鱼符是从谁手里得来的?"

对方一阵沉默。

"谢窈娘,你说实话也没关系,毕竟那鱼符年代久远,即使拥有它也不会因此而获罪。"史无名低声诱哄道。

终于,谢窈娘低下了头。

"官人恕罪,那鱼符其实是妾身给陈亮的。"

听谢窈娘承认了,史无名长舒一口气,和苏雪楼打了个眼色。

"你如何得到那鱼符的?为何又让陈亮随身携带?"

"那鱼符是一个故人留给妾身的外祖母的。多年已去,故人应该已经不在人世,所以妾身把它拿出来想交换一样东西。"

"那个故人是谁?"

"他是一位金吾卫郎将,是外祖母友人的情人,我只知道他姓薛。当年他去执行一个危险的任务,但是在临行前没有见到自己的爱人,便将鱼符留给了我的外祖母,希望由她交给爱人,以做诀别之意。可是外祖母再也没有见到那位友人,便在临终前将这鱼符留给了我。"

"你想用它交换什么东西?"

"《霓裳羽衣曲》。"

"《霓裳羽衣曲》?"从谢窈娘口中听到这个名字,史无名长舒一口气,果然如此。可是陈亮不是还想拿这曲子和刘东直做交易吗?难道说陈亮根本没想把曲谱给谢窈娘,就想给这首大曲找个买主？"

"你一个宅中妇人，又是如何知道谁手中有这《霓裳羽衣曲》的？"苏雪楼有些疑惑地问。

"是月娘子帮我打听到的，有人在兴平县的黑市中悬赏求一枚金吾卫的鱼符，奴家便猜想是故人之后所求。"

"仅仅这一点就让你判断是故人之后所求？太牵强了吧！"苏雪楼冷笑一声，显然不相信。

"不，此人说要以《霓裳羽衣曲》曲谱相换，奴家便知道是他了。当年贵妃被缢后，玄宗悲伤不已，可当时兵荒马乱，也不知拿什么给死去的贵妃陪葬，就让人拿了一份他手写的《霓裳羽衣曲》的曲谱送了过去。"

"如果是贵妃的随葬品，那这个人是如何得到的？！"苏雪楼一拍书案，冷冷喝问道，"而且，你又如何能知道当年之事？"

"外祖母当年也是梨园中人，贵妃被缢死后，她的友人因为感念贵妃的知遇之恩，自请留下为贵妃收尸。而外祖母则随着皇帝一起走了，可是等玄宗走到了扶风县，突然有人来报告说后面有叛军前锋将至，需要人带兵抵挡。玄宗害怕，便将薛郎将派了出去。薛郎将断定自己有去无回，便把鱼符留给了外祖母，希望外祖母在他的爱人追上队伍后转交给她——因为他曾经和她约定，如果自己战死，便将这鱼符留给她，既是一种念想，也希望能在乱世中保她一份平安。外祖母希望他们二人最后都能追上队伍，可是一直到了最后，他们也没有再回来，而鱼符就一直在外祖母那里。后来外祖母从蜀中回来，特意到过马嵬驿几次，都没打听到他们的消息。"

"那这两个人怕是亡故了吧？"闻言史无名有些唏嘘。

"是啊，都是这么猜测的。后来国家渐渐安定下来，可《霓裳羽衣曲》已经曲谱不全，就算当年乐工曾经抄录过几次分别保存，也还是没能改变它逸失的命运，外祖母深以为憾。而我和母亲没见过这大曲的真容，在教坊中见到的也只是片段。于是，奴家就动了另一份心思，一定要搜集到整个曲谱来告慰外祖母。"

"所以你认为你外祖母的友人没有死，她的后人手中有《霓裳羽衣曲》全谱，如今想用这个和你换回鱼符？"

"是的。"

虽然故事说得通，但是史无名却满腹疑虑。

"你既然多次来此地，自己交易就好，为何还要陈亮为你去交易？"

"官人，此人并非住在兴平县，他在黑市上留下的信息都是去年的了，他只在每年贵妃祭日的夜里才会到来。若是青天白日还好，可是夜里……贵妃墓附近闹鬼传言日盛，妾身哪敢在深夜独自一人去墓前交易呢？"

"那我们又怎么知道你和对方交易的真的是《霓裳羽衣曲》，而不是陈亮的命？"苏雪楼眯起眼睛，显然不信谢窈娘的话，他依旧怀疑谢窈娘买凶杀人。

"官人，我确实恨他，但我现在要逃离他也很简单。他的心思如今在别的女人身上，已经不像最开始那般对我严格控制。如今他一年最多只有两个月留在京师，既然我可以经常来兴平县，难道逃不去别的地方？官人们能调查出我在商队中有眼线，能够掌握他的行踪，那我想买凶杀他，在什么地方、什么时候动手不行，何必非要等他回到这里再动手？"

她这话说得还有些道理，一时间寻不出什么破绽，史无名便和苏雪楼商量了一下，将她押后再审。

当夜大家宿在刘东直给他们准备的客房里，史无名并无睡意，便看起了从贺云手中得到的兴平县志，县志不厚，他很快就看完了。

"从这县志上看不出什么特殊的东西，但是冯云峰和张文远都来寻找它，这是为什么呢？"

"不是说这只是抄录的补充版本？也许全本的县志上才有他们需要的线索。"李忠卿说。

"冯云峰去过弘文馆和工部，他和张文远很可能是在工部那里产生了交集，也许我们也应该去弘文馆和工部看看。"

"你若想回去我便陪你回去，不过今日先休息吧，明日我们还要去贵妃墓，你不是一直着急调查那阙楼吗？"

"你说得是。"

二十一

"当日我在这里，忠卿在楼上。"史无名抬头看了看左阙楼的楼板，他还记得当日李忠卿的脚步声和从楼板上簌簌落下的灰尘，"而我看到右阙楼的一楼有一丝光亮，想去看看，便出了门。"

"你胆子可真大啊，是不是忘了自己是手无缚鸡之力的书生？！"苏雪楼和宫南河语气中带着责备，"这么诡异的情况下还敢自己乱跑！"

"诸位，埋怨我的话一会儿再说，咱们先上楼看一眼。"史无名咳了一声，把大家的注意力往楼上引去。

"上面地方小，楼板也不太结实，别上太多人。"李忠卿冷冰冰地叮嘱说。

"这次我先上，你们随后。"史无名赔着笑说。

于是这次换史无名第一个上去，李忠卿紧随其后。二楼的地上都是厚厚的灰尘，有各种各样的脚印错杂其中。张文远和陈亮案发后，便有衙役上楼查看。后来在史无名遇袭后，又有很多人上来查看情况，导致这里已经变得完全没有勘查的价值。二楼的面积比一楼小得多，十分逼仄，来来回回就是那几步的距离。四面都有窗子，虽然有些老旧，但是好歹框架都还在。史无名直接推开了面朝坟冢的窗子——也是他们那晚看见人影的那一扇，朝外看去，从这里能清晰地看到坟墓的全貌。

"和其他建筑物相比，这阙楼保存得还算是完好。"

"我问过杨义，他说为了存放柴草，所以对于阙楼的维护很及时。"李忠卿说。

"也是，否则五十年过去，寻常建筑早就损坏了。"比如外面的那些围墙，早已经成了断壁残垣。

李忠卿又推开了其他两扇窗子，一扇对着外面的神道，一扇和右阙楼相对。与右阙楼相对的窗子上方是一道横梁，上面悬挂着那只招魂铃。

这也是史无名和李忠卿第一次近距离看清这招魂铃的样子，它是一只颇有些年份的铜铃，上面满布铜锈，刻满了不知名的道家符号和两个篆字——招魂。

"那天晚上这里是点过灯的，我进来的时候闻到过火油的味道，但是上楼后便是眼前的样子，我想就算是曾经有过灯火也被那个人拿走了吧。只是他是怎么消失不见的呢？"李忠卿皱着眉头说。

史无名没有回答李忠卿，他正在细细地查看地面，终于从地板上厚厚的灰尘和凌乱的脚印里发现了自己想要的东西。

那是一滴小小的火油，几乎被灰尘盖住，如果不是刻意寻找，实在是很难发现。而火油的上方正是阙楼的主梁，史无名便用手指了指。

李忠卿立刻心领神会，刚想一跃而上，却被史无名拉住了。

"找个梯子，上面的灰尘上也许有痕迹，你就这么上去，把证据弄没了怎么办？"

等李忠卿借着梯子上去后，在上面发现了人的手掌印和脚印，还有飞爪钩的痕迹，李忠卿很快就弄明白了对方曾经的动作。

"他藏在这上面，用飞爪钩把自己悬挂在半空，点燃携带的火种，然后就出现了我们看到所谓'女鬼'的那一幕。在熄灭灯火后，他迅速从二楼跳下去，躲在阙楼背对我们那一面。我们进楼后，他就潜入右侧阙楼，把你引过去并袭击了你。他应该是个练家子，所以才可以做到既迅速又悄无声息。"

"还有一种方法。"

史无名走到几扇窗子前，分别向外看了看，最后又停在了与对面阙楼相对的那扇窗子前，向李忠卿指了指悬挂招魂铃的那根横梁。

"你觉得他是通过那横梁到达对面那座楼的？"李忠卿立刻明白了史无名的想法，"对，这也是一个方法，因为他经过这个横梁，所以招魂铃无风而响！"

"咱们去对面看看！"

两个人立刻下楼。

"去哪儿？"还等着上楼的苏雪楼好奇地问。

"对面。"

"那好，我和南河上这边。"

进入右阙楼一楼的两人在柴草前驻足了一会儿，史无名觉得自己当时应该就被藏在这里，随后二人上楼。

右阙楼也有衙役上来查看过,楼板上的痕迹也是凌乱不堪,史无名低身观察脚印许久,李忠卿也不知道他看出什么端倪没有。

"你们到底看出什么没有?"对面传来了百无聊赖的声音,苏雪楼在对面待的时间有点久,嫌弃这里到处是灰,有点不耐烦了。

"有那么一点吧。"史无名站起身来,"苏兄,你先让人去附近调查一件事——这里自从流传闹鬼后,是不是每次'鬼'出现时都是在左阙楼上?"

这话让苏雪楼和宫南河都警觉起来,两个人小心翼翼地打量了一下他们现在所在的左阙楼,然后问道:"这件事很重要吗?"

"是的,很重要。"

苏雪楼闻言,二话不说便让人去了,不过这件事要花费一段时间,他还是想听史无名发现了什么。

"我现在能确定袭击者是通过中间那根木梁离开左阙楼再到这边的。"

听了这句话,苏雪楼露出了一个惊讶的表情,示意史无名继续说下去。

"因为那天下了大雨,所以脚印带了泥泞。"

"等一下。"李忠卿打断了史无名的话,"这一阵子都有雨,案发过后上来查看的衙役脚下也都带泥,你怎么确认哪双脚印是属于那一晚的袭击者的?"

"因为衙役们从外面进来,脚印中都有泥和杂草,印记很深、很明显。而这个人的脚下带的多是沙,而且是坟墓上那种带着金粉的沙土,在窗台上还能隐隐看到这脚印的痕迹。"

李忠卿闻言急忙走到窗台上查看,果然发现了带着金粉的沙土。

"忠卿，这件事的重点在于这两座阙楼周围根本没有带金沙的泥土，有金沙泥土的贵妃墓在十几丈开外，那么这种带金沙的脚印是如何出现在这座阙楼上的？"

"啊，对！"李忠卿愣住了，阙楼四周都是荒草萋萋的野地，小路被这段时间的雨水浸泡得泥泞不堪，附近能够接触到金沙的地方只有贵妃的坟墓，再远一点是镇厄寺，更远的是河滩，这人难道是飞过来的不成？

"自然不能是飞来的，若是会飞就不会留下这么多痕迹，他身手不错，但是做不到来无影去无踪。"

"你说得对。"李忠卿点点头，"这么看来，他的身手也算不上高明——借助横梁离开阙楼，趁你落单时袭击。在我跑到陵墓那边时，他才敢把你拖出来，在吊起你被人阻止后甚至都没敢恋战。他也许是为了给我们一个警告，要我们不要管这案子？"

"又或者如苏兄所说，是因为我无意中发现了什么，所以需要灭口。"史无名低声说。

"那么你究竟发现了什么？"李忠卿神情严肃，"会不会和了因的那句'血土出，亡魂现'有关？"

"难说，我没想出端倪。也许……"史无名思忖片刻，望向李忠卿，"忠卿，你带我先去一个地方。"

"哪里？"

"旁边那条岔路不是通向河边吗？带我去看看。"

李忠卿听完也不问理由，立刻带史无名往河边而去。苏雪楼和宫南河看了，赶紧带人跟上。

顺着岔路走不远，穿过一大片野草茂盛的荒地，就看到一条宽阔的河流，河流两边都有挖过沙的痕迹，几座巨大的沙堆错落地分布在河边，一些沙堆上已经长满了杂草，说明它们已经在这里很久了。不知为何，一到这里大家闻到了一股若有似无的臭气，也分辨不出是哪里发出的。

"无名你看，曼陀罗！"苏雪楼突然喊了一声，大家顺着他指的方向看去，原来在一个沙堆顶上，有一株开着喇叭一样的白花的曼陀罗。

李忠卿便跳上沙堆，把那株曼陀罗拔了下来拿给众人看，曼陀罗的根系带出来一大堆沙土。

"这附近真有曼陀罗，看来她们也没说谎。"

史无名没着急看曼陀罗，反而抓了一把沙子，仔细地看了看。虽然因为经过长时间的风吹雨打和曼陀罗的扎根，沙子已经结块，但是仔细分辨还能在沙子中找到与墓土中一样的微小金色颗粒。

"不是说修贵妃坟的沙土就是从这儿运来的？"苏雪楼审视着那些大沙堆说，"杨义修缮坟墓也是用这里的土，不过修坟墓用沙土好吗？"

"用大量的沙子修墓，难道会是流沙墓？"史无名思索了一下后说，"这是一种防盗的措施，用沙土填充墓穴，当盗墓者挖掘盗洞深入墓穴时，沙土会从四面流入把盗洞堵住。不过对于盗墓贼来说，也不是盗不得，只是更麻烦凶险一些。"

"玄宗在墓里放了珍贵的随葬品，又怕人盗贵妃的墓，修成流沙墓也不奇怪。"宫南河觉得这可能是那位帝王对于最宠爱的妃子最后的温情了，"用沙土也有好处，可以防盗，而且渗水快，不容易积水。你看那镇厄寺的地面上铺的都是这样的沙土，下了雨，寺庙里一点儿也不泥泞。"

宫南河的无心之语反而点醒了史无名，他喃喃自语了两句

"不积水",仿佛想明白了什么,一个劲儿地拍着李忠卿的肩膀。

"怎么了?"虽然史无名拍人的力度无异于猫拍了几爪,但是李忠卿实在不知道史无名想明白了什么。

"镇厄寺……"史无名话吐半句,又觉得自己的想法有点异想天开,没有证据不好说服人,只能向李忠卿招招手,让他赶紧和自己回镇厄寺去做个验证。没想到才走两步,脚下一绊,差点被什么绊倒。他往脚下一看,竟然是一打黄纸。这打黄纸本被埋在沙子里,却被史无名一脚绊了出来,带出来的还有一截香烛,东西还很新。

"这里为什么会有这种东西?"李忠卿疑惑地问。

"香烛都没被点过,像是被人故意埋在这里的。"史无名蹲下身来,仔细观察了一下,"太奇怪了,怎么会有人到这里进行祭祀?"

这附近只有一个大型的沙堆,沙堆附近有些凌乱的脚印,从一些本来长在沙堆上、现在却埋在沙土下,只露出一点枝干的植物可以看出,有人曾经动过这个沙堆。而且在这个沙堆附近,臭气似乎更加明显了。

这里的人多是大理寺的,这种臭气对他们来说也不算陌生,大家都觉得这像尸体腐烂的气味。

每个人的神情都很凝重。

"这些祭品会不会是陈亮带来的?当天是贵妃的祭日,他来贵妃墓和人交易。这样一个日子,出于迷信也好,风俗也罢,他带上了一些祭品。而阙楼那边荒芜一片,看不见坟冢,旁边又有这条岔路。陈亮雨夜前来,喝了酒,又不是本地人,很有可能走错路了。本应该到坟冢的他却走到了这里,把这里的沙丘当成了坟冢,放下了祭品,等着人和他交易,还在这里抓了两把土……"

史无名看向那座大沙堆。

"可从他身上发现的土是有血的，了因的那句'血土出，亡魂现'，说的会不会就是这里？"

"既然如此，那就挖上一挖。"李忠卿说。

二十二

沙堆里面是失踪了很久的韩山。尸体已经开始腐烂，他的脖子上被割开了个大口子，血液染红了周围的一大堆沙子，他显然已经死去了很久。

原来希望他还活着的想法完全破灭了，而鬼魂杀人也没必要把人藏在沙堆里并掩埋痕迹，只有人才会这么做。

"他为什么会被埋在这里？"苏雪楼望向河滩——刘仵作正在检验韩山的尸体。

"恐怕是死因的关系。"史无名说，"其余的几个人都是缢死，但是韩山和凶手有过打斗，不好伪装成缢杀。"

"是的，身上有许多打斗形成的伤痕，致命伤就是脖子上的刀伤。"韩山的尸体并不难勘验，刘仵作很快就给出了答案，"从出血量来说，这个沙堆就是他毙命的场所，死亡时间应该和胡清泉的死亡时间差不多。"

"这么说了因应该是韩山之死的知情者，否则不会向我警告，而他防着的人就是黄伟！"

"可黄伟他们作为朝廷的密探，杀死韩山这样的闲汉做什么？"宫南河说，"难道韩山也是有什么特殊身份的人？"

"不像，但是应该再查一查他和胡清泉。"史无名皱着眉头说。

韩山出事前不是在驿站周围闲逛,就是在县城中打转,而县城里他们常出入的地方大概就是:赌场、花楼、月娘子的如意酒肆和玉姑的家。

赌场和花楼,宫南河和张方去了,而如意酒肆和玉姑的家相隔不远,史无名和李忠卿决定一起去。只有苏雪楼自己带人回了驿站,去接收今天从长安送来的信息。

史无名到如意酒肆的时候,月娘子正在后厨处理今天新送来的羊肉,她手起刀落,下手稳准,十分快速地把一只羊分开了。

"古人说庖丁解牛,今日一见月娘子的手法才知道先人诚不我欺。"史无名不禁啧啧赞叹。

"早就说过我家老板娘人好,厨艺好,书法也好,武艺也……"小唐开始日常吹嘘老板娘。

"小唐,你这嘴是涂了蜜不成,你再这么说下去,老……我就要无地自容了。"月娘子拿着刀微笑着看向自家伙计,小唐马上被来自自家老板娘的死亡凝视吓得不敢说话了。

史无名觉得月娘子刚刚想要说"老娘"这个词,但是生生给咽回去了。

"官人谬赞,妾身愧不敢当。"月娘子朝他们笑了笑,"两位官人今日来,还是找慧娘和窈娘?"

林慧娘和谢窈娘都不能确定有罪,不好关到监牢之中,如今便都让她们住在如意酒肆里,苏雪楼派了人看守。

"不,在下这次来是来找你和玉姑问些事情,已经让人去找她了。"

"那二位官人先吃点儿什么吧,也该吃晚饭了。"

"也好,前两日没有吃到月娘子拿手的本事,如今嗓子好了很多，来弥补遗憾。"史无名一笑。

"今日这羊肉新鲜，给二位做点拿手菜，冷修羊和羊皮花丝如何？不过把羊肉煮熟需要很长时间，这期间正好让官人们询问。"

"我看到还有鸭子，再给他做个鸭羹。"李忠卿补了一句。

"好，二位官人先楼上请。小唐，带官人们上去。"月娘子爽快地应了。

小唐乐颠颠地带人上二楼包厢，史无名一边走一边和他搭话，无非就是称赞月娘子的手艺，但是小唐爱听。

"月娘子的手艺绝佳，相信酒肆会有很多慕名而来的客人。"

"那可不，长安很多酒肆都想聘用我家老板娘，可惜老板娘说这里有故人，所以不愿意离开。"

"故人莫非指你们老板？"

"老板？是吧。"听到史无名问这个，小唐神情有些黯淡，"我们老板本是个不错的人，但是自从开始服用五石散后就变了，越来越冷漠，越来越不把酒肆的生意放在心上。行为颠倒，性格错乱，有时候还会和老板娘还有来店里的客人吵架动手。好在老板娘武艺不错，没有让自己和客人吃亏。反正他没了，我们都有点松了一口气的感觉，但是老板娘一直念着和他的感情，在这里不肯离开。"

"这么大的一个酒肆，只有老板娘自己操持……我从前也做过县令，知道街面上会有些地痞流氓来骚扰，老板娘应付得来吗？"

"应付得来，我们老板娘是女中豪杰，若是有那种不识相的混账要来，老板娘一个人就能收拾他们。"

"真的？"

"真的，我不是说过老板娘武艺高强么，有一次有流氓生事，老板娘的宝剑一下子就架到了来惹事人的脖子上，把那帮人吓得屁滚尿流。"提起那天的事情，小唐就兴奋起来，双手比比画画，恨不得把当时的情景再现。

月娘子作为公孙大娘的后人，史无名自然知道她武艺不俗，但是为了从小唐口中套话，便又顺着他的意思和他闲聊了几句，然后才步入了正题。

"估计小二哥也知道我们是为了什么案子而来，我们想向小二哥打听一下玉姑这个人，听闻她与韩山和胡清泉都有些关系。"

"玉姑？"小唐听史无名问到玉姑时神情一愣，眼神中带了点儿戒备，但是听史无名又提起韩山和胡清泉，便露出了厌恶的神情，"玉姑可是位女菩萨呢，既能通鬼神，还能救死扶伤。而那韩山和胡清泉，都不是什么正经人，总是不怀好意地往玉姑那里跑，若不是对神灵还有点儿畏惧，而且有老板娘护着，他们怕是早就对玉姑做了禽兽之事！"

"他们是这样的人？"

"可不是？都是色坯子，还曾经借醉酒对我们老板娘动手动脚，结果被我家老板娘揍得满地找牙。"小唐哼了一声，"因为他们老骚扰玉姑，玉姑需要到野外采药时，老板娘就一直陪着她呢！"

"最近也是吗？"韩山和胡清泉出事挺久了，史无名想试探一下月娘子是否知情。

"是的，反正老板娘也要去打猎，胡清泉虽然死了，但是谁知道韩山还躲在哪里？只不过最近接连半个多月都是阴雨连绵，老板娘常常回来时身上都湿淋淋的，我们都担心她会感染风寒，玉姑还给她送了好几天姜汤。"

从小唐的话看来，他们似乎并不知道韩山也出了事。

"小二哥，你能想起老板娘最近什么时候陪玉姑去采药了吗？"

"嗯，往前具体日子说不准，但是前几天——就是带回野鸡做馄饨的前一日还去了。我还劝过她，她们常去采药和打猎的野地那边总是出事，还是少往那边去为妙，就算那味草药再珍贵，只有夜里开花，也不必要非去冒险。不过老板娘她们不听罢了。"

"月娘子和玉姑打猎采药之处，可是贵妃墓附近？"史无名试探地问，他算了一下日子，自己夜宿镇厄寺的那天月娘子应该出去了。

"啊，正是。"小唐点了点头。

"其实月娘子和玉姑不必再担心了——因为韩山死了，刚刚在贵妃墓附近发现了他的尸体。"李忠卿突然把韩山已死的信息透露给小唐，然后紧盯他的神情。

"死了？"小唐吓了一跳，眼睛骨碌碌转了几转后突然瞪大，戒备地望向他们二人，"这可和我们老板娘没关系！"

有戏，史无名和李忠卿对了个眼色，想再套套话。

"小唐，下面有客人去招呼一下。"解救小唐的是月娘子，她好像知道刚刚发生了什么，直接打发了小唐，小唐一步三回头，担心地下了楼，然后月娘子在史无名和李忠卿面前坐了下来。

"官人有什么想问的，问奴家就是，不必为难小唐。他是个好孩子，只不过脑子有些直，他的脑子敌不过官人。"

二十三

"玉姑是个好女人，虽然有很多人诋毁她，但是我知道她人品贵重，医者仁心。她有好医术，只是同行相妒，还有人看不起她是个女人，便暗地里造她的谣。造谣的人只需要一张嘴，可是想要辟谣却难如登天，这让很多人都对她带有偏见，不肯再相信她。直到玉姑做起了神婆治病，一些人反而相信了她，觉得玉姑是借神佛之力治好了他们，也是可悲可叹。"

"韩山和胡清泉纠缠玉姑，除了贪恋玉姑的美色，是否还有其他目的？"和月娘子说话，史无名便收起了套话的手段。

"的确有其他目的——他们想让玉姑招贵妃的鬼魂，从鬼魂口中问出一些消息。"

从鬼魂口里问消息，还能这样？史无名和李忠卿闻言都是一愣，果真是愚昧的人会做愚昧的事。几十年前的玄宗皇帝，几十年后的韩山和胡清泉，其实也并无不同。

"但玉姑从来都没有为他们招过魂。"

"为什么？"

"左右玉姑快到了，官人一会儿直接问她就行。"月娘子看了看窗外说，她似乎从窗子里看到了谁。

此时包厢外客人的高谈阔论吸引了他们的注意力——那是一桌刚刚上楼就座的客人，正在谈论老板娘。

"老板娘不仅仅有好厨艺，还文武双全，人品也值得称道，可惜老板真是福薄！"

"什么福气？只怕是压不住家中这匹胭脂马，所以才死了。"有人阴阳怪气地说了一句酸话，结果立刻被旁边的人阻止了——平白无故说人是非，惹恼了老板娘，进不了这如意酒肆，就再也吃不到老板娘的独家手艺了。

"有些男人，文不成武不就，看到女儿家什么事情比他强，就开始尖酸刻薄，那点嫉妒心恨不得掏给所有人看。如此心胸狭隘，自然最后一事无成！"出言反驳的正是刚上楼的玉姑，她手中还提着一只酒葫芦，感觉沉甸甸的，看来里面有酒。

刚刚出声的那男人还想再酸两句，却发现月娘子站在包厢门口冷冷看他，遂不敢再出声。

进了包厢后，玉姑冷哼一声。

"无用的男人，只想口头占女人的便宜。"

她一面说一面气呼呼地把酒葫芦塞到月娘子手中。"给你的药酒，这种人就该撵出去！"

"你理他们做什么，这样的人一年不知道要见多少。"

"也是。"

两个女人很有气势地在史无名面前坐了下来。

"小玉，官人们想知道韩山和胡清泉找你给贵妃招魂的那件事。"

"那你和官人们说到哪里了？"

"月娘子说到你从未答应过帮助他们招魂。"史无名终于插上了嘴。

"且不论我能招魂一事是真是假。同为女人，我能知道贵妃当年有多苦，人已经去了这么久了，何必要打扰她的宁静？但他们一直纠缠我——不过也不敢太过逼迫，毕竟他们也怕我以鬼神之道对付他们，然后在胡清泉出事后，我就清净了。"

"因为他们都死了。"李忠卿冷漠地说。

"就算他们都死了，和玉姑又有什么关系呢？"月娘子冷哼一声，"这两个人平日招惹的事情不少，谁知道出了什么事？"

"我们自然也在调查别人。"史无名微微一笑，"本官还想知道，他们招贵妃鬼魂目的为何？我不相信他们一点口风都没有吐露。"

玉姑沉默了一下，随后开了口。

"他们想让贵妃上我的身，然后问她些事情，作为补偿会为她做一场法事，让她不要因为他们要做的事情怪罪他们。至于他们干什么事怕得罪贵妃，倒没有说。但我怀疑他们是想打陵墓的主意，又惧怕鬼神报复，所以想给自己找些心理安慰。"

史无名觉得如果玉姑的猜测是真的，那这两个人的逻辑实在诡异，都要盗墓了，还要招魂问问墓主允不允许，她的财宝放在哪里吗？

"听说月娘子和玉姑常在夜里到贵妃墓附近打猎和采药，我听说过夜猎，但是晚上采药可是头一遭听说！不要搪塞本官什么药草只在夜晚才独有，本官可不是容易被糊弄过去的小唐！"

月娘子和玉姑对视一眼，都叹了口气，自觉此事确实难以自圆其说，随后月娘子便开了口。

"我们确实不是为了打猎采药，而是有别的事情要做。"

"什么事？"史无名追问道。

"我们白日里若是发现在贵妃墓附近有鬼祟之人，晚上就会过去一趟，若真的是心怀叵测之人，就把他们吓走。毕竟那位守陵人年纪太大，身体又不好，有心无力。"

"鬼祟之人指的是……如韩山和胡清泉那样打陵墓主意的人？"

"对。"月娘子点了点头。

"那你们就是传说中的'女鬼'吗？"史无名斟酌着语句问道。

"在我们力所能及的范围内，我们会装神弄鬼吓走对坟墓图谋不轨的人。二位官人也知道，贵妃墓几乎算是无人管理，又传说有许多随葬品，对于那些盗墓贼来说，可是再好不过的下手对象了。最近几个月，我们发现常有人到贵妃墓寝附近打转，又不像寻常吊古的游人,便去得频繁了一点,打算和从前一样,如果发现有什么人动歪心思,就把他们吓走。"

"那么前两天,在陵墓前阙楼上扮鬼的人是你们吗?"史无名问。

"不是我们。"月娘子摇了摇头,"我们是假扮过'鬼娘子',但我们不是唯一的'鬼娘子'。"

"什么意思?"李忠卿闻言皱起了眉头。

"还有别人在扮鬼吓人,这是另外一拨人,而这一拨人是下死手的,可惜我们并不知道他们到底是什么人。"

"另一拨人?"这里还有另外一拨人,史无名越发觉得头大了,"你们看到他们杀人了?"

"张员外郎和陈亮死亡的日子,都因为雨下得太大,我们没能成行,但是他们却都死在了那里。"月娘子叹了口气,"而且都应了'鬼娘子'赐死之说,我觉得是另外一拨人动的手。"

"那么本官多问一句,那天阙楼之下,是月娘子救我的吗?"史无名看向对方问道。

月娘子看着史无名微微一笑。

"路见不平,拔刀相助,正是江湖儿女本色,官人不必挂怀。当夜我和玉姑看到了阙楼上的灯光和人影,摸到了那里,恰巧救了官人。那人被奴家打断后,也没有恋战,立刻就向河边的方向跑了。当时这位李官人已经回转,我怕惹人怀疑,便也走了。"

"多谢月娘子相救。"史无名郑重地施了一礼道谢。

"无辜之人遇袭,我们自然不能袖手旁观,但是当时情况紧急,我追着那人离开,不知您当时的伤势。因此在刘县令找人为您看伤的时候,玉姑便毛遂自荐了。"

"刘县令也和你们有某种默契吧?"史无名意味深长地问。

这回两个女子都不肯再说话了，聪明人话不必多说，于是史无名也不再多问，给了对方最大的尊重。

"虽然月娘子说不知道对方身份，但是想来也有猜测，月娘子猜测他们可能是谁？"

"实话说，这些人和我起冲突也就这一次，但妾身怀疑他们可能和镇厄寺有些关系。"

史无名本来就怀疑黄伟那几个人，便微微点了点头。

"她们说的会是真话吗？"李忠卿私下和史无名探讨了一下。

"忠卿，实话说来，虽然我对她们的话存疑，但依旧对她们信任——比这案子里涉及的所有男人都更信任。"

"她们竟然能在你这里得到这么高的评价？"

"不要小看女子，否则会吃亏的！"史无名拍了拍李忠卿的肩膀，意味深长地说。

二十四

宫南河和张方从赌场和花楼带回来的信息不多，只打听到韩山和胡清泉曾经吐露过自己会发大财，但细问又不肯再说，于是大家都觉得他们是在吹牛，没有多加理会。

而苏雪楼手中接到有关冯云峰的消息却不少。

"冯云峰去吏部送一封公文，但他却托关系去了弘文馆和工部，理由是在扶风县可能有一处矿藏，他无法确定，所以想去查些资料。"苏雪楼说。

史无名想起贺云曾经建议冯云峰去弘文馆找兴平县的资料，直觉这不应该是一个巧合。

"如果说扶风县发现铁矿，上报州府即可，再由州府处理，哪有自己直接去弘文馆和工部的？他托谁的关系，刘东直？"

"一猜就中。所以我刚刚又去找了这老头。"苏雪楼气哼哼地说，"于是这老小子又挤出了点实话，这冯云峰给他送了点礼物，然后刘东直走了私人关系让人带冯云峰去了弘文馆和工部。"

"而且冯云峰给出的理由也很有趣，他说自己的祖上是采矿人，留下过手札，说某某处在前隋有铁矿矿脉未曾开采。能够找到矿脉自然是大功劳，但是他只有家中祖先残卷，到了自己这一辈也不会探脉，自然不敢作准，又怕虚报被上峰责罚，因此要找到史料考证。可惜无论是州中还是县里，存下的史料档案都不足，于是他就想趁着这次到京师公干的机会到弘文馆查找。"

"那他去工部是？"

"好像拿了矿土样本，让工部的好手帮他辨认一下。"

"那他在弘文馆具体查了什么书知道吗？"

"不清楚，弘文馆里的书籍和档案浩如烟海，当时他也只是在其中查找抄录，并不曾将书籍借出，所以书吏并不知道具体是哪本书，不过想来肯定是找和扶风地方有关的书籍。"

史无名微微思索了一下，对苏雪楼说："我也要去弘文馆。"

"那我给你写条子。"苏雪楼说，"不过你想找出冯云峰找了什么书，这太难了吧，而且你确定这些书对本案有帮助？"

"总要试试，而且我也不是全无头绪。"史无名回答道。

于是转日他和李忠卿快马加鞭赶回了长安，赶在午后到达弘文馆。

"这么多……我们要从哪里开始？"李忠卿有些手足无措地看着眼前层层叠叠的书架。

书吏只给了他们一个大概的范围，因为有关于矿产一类的书籍收录在固定的几个书架上，但他也不能确定冯云峰有没有到别的书架上查看书籍。

史无名仔细地看着那些书籍，它们被分门别类地放在不同的书架上，每个书架上都有编号，上面的书被一摞一摞放得整整齐齐。

他点点头，从衣袖里摸出一张纸。

"这是从冯云峰床下发现的那张纸条，上面是'伍贰陆叁柒，陆贰壹玖拾，柒叁玖伍肆，肆柒伍捌壹叁，壹肆捌捌玖'。你看，这里的书架是按照数字排列的，而且每个书架分为九层，每一层放置十摞书，每一摞数量不一，所以……"

"伍贰陆叁柒就是伍拾贰号书架第六层第三摞的第七本。"李忠卿立刻领会了史无名的意思。

"对。"史无名拍了拍李忠卿的肩膀，"先把这几个数字对应的书籍找出来，然后拿给我。"

"好。"

此时阳光从窗户的缝隙照进来，空气中有细小的灰尘飞舞，堆放籍档的库房里安静无比，只有史无名和李忠卿走动找书和翻动书页的声音。

"找到了，这几本书都有！"

"太好了，给我看看。"

李忠卿把自己找到的几本书递给史无名。

"这一本是有关京畿附近地方的历史，而这本是有关京畿附近农田水利、矿产作物还有历史建筑的书籍。而这一本记载了一些兴平县的地方历史，但不是地方志。"要论读书和提炼重点的速度，没有人能比过史无名，"而这余下的几本书，同样涉及兴平县附近农田水利、矿产作物还有历史建筑。但没有一本是关于扶风县的，冯云峰说他是为扶风县的矿脉资料而来，结果却一直在查兴平县的资料，明显是在说谎！"

"所以他是想在兴平县附近找什么东西。"李忠卿说。

"准确地说他是想在贵妃墓附近找些什么。"史无名咬了咬嘴唇，又看了看那几本书。解谜的关键可能还在它们身上，于是史无名席地而坐，重点再看这几本书。

看着看着，他突然发现了些端倪。

"马嵬驿的建造，镇厄寺的建造，还有工部关于皇家陵寝的建造记录，矿脉在地表的表现……这几本书的内容有点意思啊，忠卿。"

"怎么了？"

"你先看这个。"史无名有些得意地朝李忠卿笑了笑，把手中的东西递给李忠卿看。

"这上面写晋代名将马嵬在那里筑城，修建防御工事，不过这些防御工事到如今大多成了遗迹，只有个别工事在变乱前修缮使用。"

"还有这一段。"史无名又指了另外一段。

"马嵬修建的工事有地上部分也有地下部分，但是晋朝距今已久，地下工事具体情形已经不可考。当年建造旧马嵬驿的时候也利用了晋朝的工事，但如今旧驿站已经消弭于火灾，旧址就在如今贵妃墓处，也是镇厄寺附近。而镇厄寺其实最开始叫沉香寺，确实因为当地的香土矿得名，当地县令还特意为此献了祥瑞，但这香土矿在变乱之前就已经没有了，沉香寺于乾元元年（758）十二月的时候就改名为镇厄寺。"

"什么意思？"李忠卿不解地问。

"我猜当年地下工事的一部分已经变成了贵妃的墓室，而且贵妃坟墓的修建并没有用香土矿，所以可以确定贵妃坟冢上的土可以养颜一说是伪造的谣言。"

李忠卿看起来有些惊讶,他不明白史无名为什么会这么推断。

"别惊讶,一般帝王的陵寝,有的从他活着的时候便开始修建,而妃子和王室成员的陵墓修建有时候也要长达数年。但是贵妃的陵墓从修建到建好只用了一个月,还是一个流沙墓,就算规模很小,这也是很难完成的。"

"你是说他们借用了原来的地下工事来偷工减料?"

"怎么不可能呢?这个来修建贵妃墓的工部官员估计也觉得为难,修得好,肃宗不高兴;修得不好,玄宗不高兴。虽然左右不讨好,但是他还是决定站在了新皇这边。"

"但肃宗是否知道那坟冢里是空的,只是个衣冠冢呢?"

"如果知道贵妃的尸身不在那座墓里,你觉得他还有必要派人设下什么阵法,并且让察事厅子在那里守着吗?玄宗让人招魂是因为他不知道尸体去哪里了,而肃宗让李辅国在此设下阵法,应该是真的怕死在这里的贵妃和杨家人作祟,所以才想镇压。"

李忠卿闻言冷冷一笑。

"果然皇家的事,都是有趣得紧。"

史无名拍了拍李忠卿的肩膀说:"我们再去一次工部,冯云峰具体想找什么,应该在那里就能找出端倪。"

实际上,史无名还挺喜欢工部的,因为这里大部分人都属于那种忙于实事的工匠型人才,一心只想做好手里的工作。见史无名来问,说是为了冯云峰的案子,他们还挺热心,算得上有问必答。

"那个冯云峰说,祖上记载在他们县的郊外某处有矿脉,但是资料不全,到了他这一辈也不会探脉,而当地官员也不能准确判断矿脉在地表的样貌,所以不敢随意上报,便特意来问问。"

工部接待过冯云峰的官员这样对他们说。

"听说他还带了几袋子矿土。"

"对,几袋子土还有石头,说是请我分辨一下是不是有铁矿,我看过了,里面没有铁矿。"

"兄台能否帮在下看看,这袋子土是不是那冯主簿带来的其中一种。"于是史无名便让李忠卿拿出了张文远死时携带的墓土。

那工部官员看了一眼后便点点头说:"是的。"

"事情已经过去了月余,阁下还能记得?"史无名闻言惊讶。

"因为这土很有特点,是沙土,里面像是撒了金粉一般。"那工部的官员说,"不知道阁下是从哪里找到这土的,矿脉附近吗?"

史无名苦笑一声:"不瞒兄台,这是我们从案发现场找到的证物。"

"原来如此,恕在下多问一句,这土可是在那位冯主簿或是张员外郎身边发现的?"

"兄台为何有此一问?"

"因为当初那位冯主簿来找我的时候,张员外郎恰好也在,我给冯主簿分辨那些石头和土的时候,张员外郎也很感兴趣,还询问了冯主簿几句。"

史无名闻言迅速和李忠卿对了个眼神,原来冯云峰和张文远的交集竟然在这里。

"而且张员外郎还特意和我讨论了几句,因为这土有些特殊。"

"为何特殊?"

"一般来说,若是河流附近的沙土里有这样的细碎金粉,有很大概率在附近能发现金矿的矿脉。"

"真的?"史无名十分惊讶。

"自然是真的，如果河水或者溪水流经金矿脉附近，长时间流水冲蚀，许多细微的金粉便会随着水流下来，混在河流两岸的泥沙当中。但寻找矿脉是非常麻烦的，如果河流、溪水发源于山中，而且水面不宽，水流不急，那还可以顺流而上慢慢找寻。但有时候矿脉在地下，金粉只是随着地下的某股暗流被带到地面上，再随着河水被冲到各处，那简直如大海捞针，所以并不是遇到了这种沙土，就一定会找到金矿。不过若是仁兄负责的案子能找到金矿的线索，也请莫要忘记告知工部。"

"这是自然，肯定要上报朝廷。"史无名连连点头，随后告辞而出。

"原来是为了金矿！"一出工部的门，李忠卿便终于忍不住了，"怪不得这些人前仆后继！冯云峰在贵妃墓附近发现了金矿的端倪，所以查县志，去弘文馆查当地的资料，又上工部来问，所做的种种其实都是为了找这金矿！而这件事应该被张文远发觉了。"

"对。"史无名也很激动，"金矿，这是多大的诱惑啊！"

两人看了看左右，身边还有许多下班要归家的各部官员，显然不是谈论案情的好时机，此时想赶回马嵬已然来不及，两个人便回到了自己家中。

崔四见了他们回来，喜不自胜，张罗了一桌子的菜。其间发现史无名说话声音有异，还特意来问了问。史无名不想让他操心，随便找了个理由搪塞了过去，谁知不一会儿崔四就送来了梨汤。

简直是感动大唐的好管家！

随后史无名和李忠卿便在屋外的回廊里支了一个茶桌，喝着茶开始谈论案情。

二十五

"就目前的情况看，我们能推断在贵妃墓附近的某个地方有金矿。如果能够找到，偷偷据为己有或者私自开采，这种诱惑大概没有人能拒绝。寻常人到贵妃墓，无非是吊古，根本不会注意土质的问题，可如果是懂行的人来到这里，那么一眼就知道这土非比寻常。

"冯云峰说祖上会探矿应该是真的，他应该也懂一些皮毛。他去贵妃墓吊古的时候发现墓土有异，便开始查阅兴平县的县志——他想查贵妃墓寝的修建记录，找到陵墓上的土是从哪里来的，由此探寻矿脉。可杨义疯疯癫癫，了因在黄伟的看管下根本不和外人多接触，这两个知道陵墓秘密的人没有给冯云峰提供信息的机会，而当地的县志被烧毁，了解当年往事的人也几乎都不在世了，所以冯云峰最开始根本不知道那些沙土来自那一片荒草地后面的河滩。

"所以他贿赂刘东直给他出了条子，去了弘文馆和工部。冯云峰是个极为小心谨慎的人，从他去工部特意带了几袋子不同的土和石头就能知道，他不想让人知道他发现了什么。等他心满意足地带着自己查到的东西回到马嵬，准备去找那条河流的时候，却没有想到，张文远已经盯上了他。于是张文远也去了马嵬驿，让胡清泉和韩山盯住冯云峰，这应该就是王晓川看到的那次张文远和胡清泉的会见。

"冯云峰为了寻找矿脉，所以回程住到马嵬驿后就不急着走了，甚至还贿赂了驿长让他多待几天。胡清泉在张文远的授意下，和冯云峰在驿站里来往甚密，他是个擅长探路的向导，冯云峰很可能向他打听过附近的河流分布，或者说打算和他合伙找矿，毕竟冯云峰一个外地人想要在当地偷偷挖矿根本就是异想天开，他必须找个帮手，却不知道自己在与虎谋皮。"

"张文远背后是张家，张家有野心，无论是在朝堂里还是后宫中，都想扩张自己的势力。但是想要滋养这些野心，需要钱。我认为王晓川在冯云峰死的那天晚上听到的马车声，应该是张文远的，他黉夜来到驿站，是为了要冯云峰的命。"

"那晚驿站里所有的人都奇怪地陷入沉睡，估计是胡清泉在饮食里下了药。"李忠卿说。

"对。"史无名点头，"我能想象当时的情景——夜半之时，胡清泉叫醒冯云峰，说有一位工部的官员找他。冯云峰自然会奇怪为什么会有工部的人找他，便跟着胡清泉出门。而他去工部时是见过张文远的，所以也算熟识。可能冯云峰对黉夜来访的张文远有所防备，但是他也自信如果对方问起金矿相关的话题能应付过去。他们交谈的具体内容如今已经不得而知，但我认为张文远三人拷问了冯云峰，想要得知他的调查成果，其中细节不得而知，但后来他让胡清泉搜查了冯云峰的房间，带走了认为有用的东西。最终他们把冯云峰勒死，吊上了小楼，布置好现场后张文远就离开了。"

"所以，张文远、胡清泉和韩山是杀死冯云峰的凶手。"

"对。"

"可是他们为什么把冯云峰的尸体放在了驿站前，而不放在贵妃墓附近呢？想要伪装成鬼娘子杀人，放在贵妃墓附近不是更好？"

"因为他们怕把世人的注意力引到贵妃墓那里——大概他们自己断定，或者冯云峰告诉过他们，矿脉就在贵妃墓寝附近。若是那里死了人，必然会引起官府和百姓的注意，容易生变。"

"随后张文远便回京去找了个能以正当理由出京的差事，留在这里的胡清泉和韩山便常常到贵妃墓寝附近探矿，却被另一方势力杀害，最后被刘东直草草结案。之后，张文远领了差事来这里寻找胡清泉和韩山，却发现他们一死一失踪。你说，他当时的反应又会是什么？"

"也许他认为胡清泉之死是鬼神为之，而韩山被吓跑了；也许他认为那两个人因为矿脉发生内讧，韩山杀了胡清泉跑了。"

"对，不管是哪一种，张文远内心都是焦急的，他更迫切地希望找到矿脉。因此他自己去兴平县衙找县志，去镇厄寺捐香火钱向了因打探情况，在贵妃墓附近打转，结果也同样被杀。而杀害他们三人的，毫无疑问是这几宗案子里的另外一股势力。"

"那这股势力是谁呢？"

史无名想了想，拿来一张纸，裁成了几个纸条。

两张分别写了杨义和了因的名字，后来他想了想，在另一张写上了刘东直的名字，又写了月娘子和玉姑的名字。

李忠卿也拿起了笔和纸条，写下了黄伟的名字，推给了史无名。

史无名朝他笑笑，又写了林慧娘和谢窈娘的名字，但是想了想，又把这两张纸条推到一边。

"她们没有牵扯到冯云峰的金矿案，而且从河边的现场看，陈亮应该是误入了凶手埋韩山尸体的现场而被杀，从这一点上来说，她们的嫌疑就变轻了。因为她们和韩山无仇，因此不可能杀死他们。更重要的是，韩山和胡清泉出事的时候，她们两个也不在兴平县。而且张文远的案子也应该和她们无关，因为她们都不可能知道张文远突然要求出门公干，然后来布局杀他。"

"确实。"李忠卿点头同意。

随后，史无名把有刘东直名字的纸条和月娘子、玉姑的纸条放到了一起。

"这三个人看起来彼此心照不宣。刘东直似乎有意隐瞒冯云峰和胡清泉的死，直到出了张文远的案子，不能再瞒下去，才不得已上报。而月娘子与玉姑对于贵妃的情感很复杂——尊敬、同情又回护，甚至愿意在多年后假扮'鬼娘子'吓跑对陵墓心怀不轨的人。但是这个理由能否支持她们连杀这么多人，我表示怀疑。"

李忠卿想了想，又把刘东直的纸条和了因与杨义的放到了一处。

"刘东直的父亲是当年埋葬贵妃的人之一，刘东直很可能和这两个人也认识，但是他们都回避了这一点。而且因为刘东直本身也不清白——这老头隐瞒的东西太多了。"

"这个胖老头……我怀疑他这么做还有其他的原因，我有个笼统的猜测，但是目前不太好说。"史无名沉吟了一下，"而且这三个疯的疯，病的病，胖的胖。老年人去杀死这几个年轻力壮的男人，显然不太可能。"

"是，不太可能。但有身手、有力气的是他和他的几个手下。"李忠卿点了点写着黄伟名字的纸条，"但如果凶手是他们，作为朝廷密探，他们不应该做杀人这种容易暴露身份的事情。而且他们也应该清楚，胡清泉、韩山、张文远不可能是他们一直在等着的杨家余孽。"

"杨家余孽这个词在五十年后再说出来就太讽刺了。"史无名目光沉沉，"他们自己也心知肚明。其实他们和几个死者无冤无仇，为何要下此杀手？"

"但他们的所作所为也实在可疑，比如下药一事，就算给出了理由，也太过牵强！而且他们也是袭击你的最大嫌疑人！"再次说起史无名遇袭这件事，李忠卿依旧耿耿于怀。

"而且我还怀疑她们。"李忠卿又把月娘子和玉姑的纸条推了上来，"她们也有可能杀韩山和胡清泉，这二人觊觎玉姑，而且觊觎她们一直在保护的贵妃墓。月娘子的武艺不输给男人，如果她说的有另外一拨人扮演'鬼娘子'是假话，那么在阙楼袭击你的人就是她，她在贼喊捉贼。"

听到此处，史无名却抱有否定意见。

"不，袭击我的是男人，我能确定这一点。"

"可是如果不是月娘子，那你怀疑谁？"

史无名思来想去，依然不得头绪。此时突然电闪雷鸣，暴雨突至，坐在回廊里的二人几乎片刻时间就被打湿了半边身子。崔四四处张罗着关窗，要他们赶紧换衣服，怕他们感染了风寒，又说要给他们煮姜汤。听了他的话，史无名突然瞪大了眼睛，意识到自己一直忽略的一个问题。

"忠卿，发现张文远尸首的时候，他身上的衣物是干是湿？"

"我记得刘东直报上来的尸格上填的是干的，那小仵作王思远应该不会搞错。"

"可是前一阵子一直阴雨连绵，小唐也说过，兴平县几乎下了半个月的雨……我们不妨猜想一下，如果张文远在贵妃墓附近查探矿脉，恰巧天要下雨，什么地方可以让他躲雨？又有什么地方可以给他一碗带着曼陀罗毒的暖身茶？"

"镇厄寺？"

李忠卿一挑眉。

"对，镇厄寺！"

史无名把写着黄伟的纸条扔在了最上面——虽然已经被雨水

浸湿了。

"可是理由呢？"

"理由吗？"史无名看了李忠卿一眼，最后用雨水在桌面上写下了"贵妃墓"三个字。

"只怕还是因为它！"

二十六

第二天，苏雪楼在镇厄寺召集了涉案的所有人。数日被禁足的黄伟显然有很多不满，还和苏雪楼理论了几句。

"出家多年怎么还如此浮躁？"苏雪楼冷哼一声。

"我们又不是真的出家！"黄伟分辩道。

史无名只有劝苏雪楼不要和他们打这种无意义的嘴仗，赶紧步入正题。

"那就请贤弟快说你的推断，你不是怀疑他们吗？"苏雪楼不爽地说。

"是，我怀疑他们想要盗掘贵妃墓！"史无名看着黄伟几个人说。

"胡说八道！"黄伟闻言嗤之以鼻，"我们在这里奉命守陵，你却如此污蔑我等！"

"不算污蔑，其实你们很苦，不得不伪装成僧侣，被派到了这里多年，不能回家。你们也许不能娶妻，在这里更没有油水，整日守着冷冰冰的坟墓，连被召回京师的机会都没有。"史无名假意关心地说。

"我们身负皇命，不敢说辛苦！"黄伟冷冰冰地回答。

"那你们知道这附近有一条金矿脉吗？"史无名带着一点打

趣的神情望向他。

黄伟愣了一下，露出几分茫然的神情，随后便有些恼羞成怒，只觉得史无名在欺骗他。

"没有骗你，死去的张文远就是为了这个来的。"

"什么？"黄伟不可置信，忍不住追问了一句，但是史无名只是朝他冷笑了一声。

"从冯云峰开始，再到张文远、韩山和胡清泉，他们都在寻找金矿脉，而你们却以为他们也打算挖掘贵妃的陵墓，要和你们分一杯羹。因为你们已经做好偷掘坟墓后远走高飞的打算，自然不可能让人来破坏计划，所以便决定铲除障碍。

"除了冯云峰，其余三人都是你们下的手。这里只有韩山有些麻烦，他出身军旅，有些身手，因此在杀他的时候不得已动了刀子。所以他不适合伪装成被'鬼娘子'杀死的人，尸体便被埋在河边的大沙堆里。但因为贵妃的祭日来临，按照习惯杨义会在这一天修缮坟墓，来祭拜贵妃的人也会变多，所以你们必须把尸体处理妥当才行。好在贵妃祭日那天一直在下大雨，杨义也没有到河边取沙修坟，到了晚上大雨终于停歇了，你们打算趁着夜色处理韩山尸体的时候，却被走错了路的陈亮打断，他在埋着韩山尸体的沙堆上抓了两把土——黑夜里他以为那是坟冢，所以去取土。如惊弓之鸟的你们以为陈亮发现了你们的秘密，所以一不做二不休，也杀了他。"

"真是无妄之灾！"苏雪楼闻言叹息了一声。

"时也，命也，运也。"史无名看向了月娘子那边，几个女人都挤在一起，神情凝重地望着他，"其实这里本来有针对他的另一场杀局，有人诱哄他来买大曲《霓裳羽衣曲》，如果一切正常，这里应该会有他的两位妻子在等着他，她们确实想和陈亮谈谈、但是怎么'谈'、过程如何只有她们自己知道。可惜当天夜里的那场大雨搞乱了一切计划,月娘子全程有县衙的人陪着,直到被送回客栈。而没有她壮胆带路,谢窈娘和林慧娘都不敢在深夜前去贵妃墓。只可惜陈亮命实在不好,黑夜中走错了路,被正掩埋韩山尸体的黄伟等人灭了口。"

"胡扯,你们这是破不了案,想把屎盆子扣在我们身上!"黄伟咬牙切齿地说,"你们有什么证据说我们杀人盗墓?如果说不出一二,就算闹上御前,也不能放过你们!"

"你以为你们做的事情别人都不知道?"史无名轻笑一声,"有人向我们示警过的,就是了因。"

"他?"黄伟转向了因,眼神中带上了杀意,而了因只是低头念佛,没有给他任何回应。

"当日我和了因单独留在香堂内,虽然时间很短,但他对我说了'血土出,亡魂现'这样一句听起来十分莫名其妙的话。而你也怕他私下向我吐露了什么,借送药草茶的时候特意和我们说了因已经有些疯癫了,暗示我们不要相信他的话。可那天没有喝药保持清醒的我还是去了佛堂,还看了那棵梨树,你们便疑心我知道了什么,所以决定对我下手!"

"梨树怎么了?"宫南河狐疑地问。

"我在院中那棵梨树的附近听到了异响,如风声呜咽,可是当时并没有风,你们知道那是为什么吗?"

众人一愣,皆不明白是什么意思。

史无名带着大家走到那棵梨树跟前。

"老树枯死,又生新芽。但是老树的树干并未被砍去,多年以来,已经被蛀蚀中空。它能发出声响的原理和哨子差不多,哨子可以响是因为有气流吹过,但是当时地面上无风,它为何会响呢？"

"是因为地下有空间，有人在活动或者有风在流动？"李忠卿立刻明白了其中的关键，"这树干是一个通风换气的洞口？"

"没错，昔年晋朝大将马嵬修建的地下工事如今也是贵妃墓寝的一部分，依工事修建出墓道和耳室。为了防止盗墓，还被设计成了流沙墓的样式。从外观上就知道，这个仅仅耗费不到一个月时间修成的坟墓并不大，占用不了昔年用来防御的大规模地下工事，我想地下是有天然通道的，他们在地下挖掘，把墓穴里的沙子一点点清出，运到地下工事的其他部分或者直接就用来铺了镇厄寺的院子。黄伟他们一直在监视寺庙内外的动静，我来到梨树前徘徊，他们便以为我发现了这个秘密，因此才有了后来的阙楼遇袭之事。当晚若不是月娘子及时赶到，恐怕我真的已不在这世间了。"

此时张方带人走了进来，他手中拿着他们刚刚的搜证所得。

"各位官人，搜了整个镇厄寺，只在他们的床下发现了这些可疑的衣物。"

这些衣物十分破旧肮脏，上面沾满了泥土，提起来抖一抖，便有沙子簌簌地落下，很快地上便落了一层。

"陵墓周围有发现盗洞吗？"

"没有。"张方有些惭愧地抓了抓头。

"既然在墓穴周围没发现盗掘的痕迹，那盗洞应该就在寺内。毕竟梨树的通风口——也许就是墓道的天井——就在院子里。有没有可能在僧房？不对。那难道是在佛堂？也不对。"他一面说着地点，一面看着黄伟和其他人的眼睛，寻找他们情绪上的波动。

提到厨房和阙楼的时候，史无名发现静思和静心的眼神都闪烁了一下，应该是找到了端倪。

"我记得你让我查过闹鬼是不是都在左阙楼。"苏雪楼插言道,"出现鬼影的确实都是左阙楼。"

"那就对了,一个经常闹鬼还死过人的阙楼,会让人从心理上敬而远之,这样他们就更安全了。"

大家又一起到了阙楼处。

"入口应该就在那些柴草下。"史无名指着左阙楼的柴草说。

李忠卿立刻带人搬开了所有的柴草,果然在下面发现了一个木板门,打开后是一个黑黢黢的洞口,里面能看到粗陋的台阶,台阶上到处都散落着沙子。

"地下工事肯定有出入口,这里应该是一个。当年修墓的时候应该已被封上,但是后来却被他们打开了。假扮女鬼的人并不是如我们一开始推测的从外面进入阙楼,而是直接从这洞口出来的,装神弄鬼之后借横梁进入右阙楼,然后再袭击我。"

"而且我也明白他们那天为什么冒险给我们下药了。"李忠卿开口说。

"为什么?"宫南河疑惑地问。

"因为出了突发事件——了因突然在我们面前说出墓穴里没有贵妃的遗体,这里只是个衣冠冢。这件事把黄伟他们惊到了,他们所有的图谋都是为了墓穴里丰厚的陪葬品,如果是衣冠冢,那么里面很可能什么都没有。事情到了这般地步,他们杀了好几个人,还惊动了大理寺和金吾卫,已经不能停手,只能加快挖掘的脚步,早日挖出东西远走高飞。

"而了因之所以向我们示警,大概是发现这些朝廷派来和他一起看守坟墓的人成了盗墓贼并且开始杀人越货。然而他已经老了,无法对抗黄伟几个人,黄伟如果成功盗掘坟墓,离开时必然会杀他和杨义灭口,所以他便极力向我传递信息,希望让我们去调查黄伟他们。我猜他们杀韩山的时候,了因应该是看到了。"

"是的,贫僧看到了。"了因点头,直到这时,他才开了口,"韩山和胡清泉终日在陵墓边鬼鬼祟祟,静思他们决定除掉这两个人,那晚他们分开下手,胡清泉很快就被抓住勒死,但是韩山却逃往了河边,经过一番搏斗才被杀死。"

只不过几天不见,了因看起来更消瘦了,咳嗽得也更厉害了。

"了因师父,你这是……"史无名有些疑惑地问。

"寺庙里筑墙的香土是有毒的,这世上本没有香土矿,都是当年的县官为了所谓祥瑞搞出的名堂,调配出来的所谓香土。"了因苦笑着说,随后又咳嗽起来,这一次他摊开了手心给众人看,上面全都是血,"那些以为可以用香土抹脸的女子其实不知道,这些香土只能让她们暂时美丽,而毒性会慢慢地渗入她们的肌肤,最后她们就会变得像现在的我一样。贫僧知道自己时日无多,但能活到这把年纪,已经比死在兵荒马乱中的人好上很多,所以并不遗憾。"

此时杨义也开了口,他看起来十分清醒,讲话也条理分明,思路清晰。

"这些年来,静思他们被派来盯着坟墓和我们这两个行将就木的老头子。可是实话说来,我们和这个地方有什么可监视的呢?就像国色天香的美人,也终究会被岁月遗忘一样,他们从青年变成中年,也渐渐被派他们前来的人遗忘。他们心中多有不甘,所以就渐渐生了异心——作为守陵人,还有谁比他们更适合盗墓而不被人发觉呢?"

"而这么多年来打这个陵墓主意的人不止他们。"了因接着杨义的话说道,"就是因为传说当年修建陵墓的时候,出于补偿心理,玄宗把许多贵妃生前喜爱之物和奇珍异宝都作为随葬品埋在了墓中。"

"来过很多盗墓贼吗?"

"来过很多。"了因有些嘲讽地笑了笑,"只不过他们都没有成功而已,因为那些珍贵的东西,其实都不在这里。"

"为什么,是送到了贵妃真正的埋葬之地吗?"史无名细品这话的意思,心中一动,"你们知道贵妃真正的身后之处在哪儿?"

所有人都盯着了因,都在等这个答案。

而了因什么也没说,他双手合十,仿佛入定了一般。

"放心,我不想知道贵妃的埋葬之地,更不想打扰她的宁静。不是什么人都想去冒犯亡者,也并不是所有人都是无耻之徒。"史无名不再追问了因,而是环视了一下所有人,"我们曾经调查过当时留下埋葬贵妃的人,有趣的是,如今,当年安葬贵妃的人和他们的后人都在这里。"

他轮流看向每个人。

"当年跟在贵妃身边的女官是谢窈娘外祖母的友人,杨义是当年受过她恩惠的小太监,和尚了因和他的师父曾经在这里见过她最后一面,当地县衙派来安葬贵妃的人——一位是苏兄见过的那位老主簿,还有一位就是如今的刘县令的父亲。除此之外还有一位金吾卫郎将,我怀疑他很可能是薛郎将——谢窈娘外祖母友人的情人,他借玄宗派他回头御敌的机会去接了自己的爱人。除此之外还有一位江湖女子,我怀疑她就是月娘子的祖母公孙大娘。

"那位老主簿严格说来算不上埋葬者,因为在他赶到的时候,贵妃已经入土为安。兴平县里见证这件事的只有刘县令的父亲,而刘县令如今在这几个案子里的表现也很奇怪——掩盖了许多东西,也隐瞒了许多东西!"

"所以我一直想不通他在这些案件里扮演着什么角色。"苏雪楼皱了皱眉头。

"前面冯云峰和胡清泉的案子,他是冷处理了。但是从张文远的案子开始,我觉得他就参与其中了。举个例子来说,死者身上发现了带有情诗的帕子,张文远身上的情诗颇为市井,帕子的品质也极为一般,与陈亮身上发现的截然不同。假设张文远身上的情诗是由把他伪装成自杀的黄伟等人放上去的,那么陈亮的呢?

"我一直认为,每个凶手都带有他自己的特点,而这种特点和他的生活环境以及人生阅历有着极大的关系,不可能一下子转变。比如黄伟,他潜伏在社会的最底层,居住在寂寥无人的寺庙,能接触的都是市井小民,手头也未必宽裕,他能弄到的帕子应该只是张文远身上发现的那种,那么陈亮身上这块品质极高的帕子又是从哪里来的?我认为那帕子就是林夫人当年送给陈亮的,我做出这种判断是因为她看到那帕子的时候流露出来的感情,还有上面的绣工。"

"绣工?"

"是,我们看刺绣无非看做工漂亮或是蹩脚,上等的刺绣在外人眼中不过漂亮二字,但是行家里手却能判断是否为大家所为,而林夫人恰巧是这样的一位刺绣大家,估计到扬州一带找个行家里手,能立刻判断出绣娘是谁。我猜陈亮身上由黄伟他们放置的廉价帕子被换掉了,换成了后来发现的这方。可这又是谁动的手呢?杨义和了因都不像是能搞到这种帕子的人,几个女子当日都没有接近陈亮,那么还有谁能名正言顺接近尸体却不被怀疑呢?大概只有刘县令或者负责验尸的王思远了,但是王思远没有这么做的理由。"

"是我放的又如何？"刘县令非常平静地承认了，并不惶恐，也不像从前那样只说一些虚言，"我只是想帮林夫人罢了。"

"是我求太爷这么做的。"林慧娘开了口，"一日夫妻百日恩，是我求刘太爷把那帕子放在他身上，算是我们夫妻一场的纪念，没有任何别的意思。"

史无名看了看他们，不置可否。而在场的人都知道，这个理由很牵强。

"看不出来刘县令还是急公好义之人？你们二人什么时候有过交集？"苏雪楼冷哼了一声，拔出萝卜带出泥，这刘东直若是真的帮林慧娘，那么他们又是如何相识的？

"急公好义这四个字……"史无名沉吟了一下，看了看眼前的人，"他们倒也当得。"

"他们？"苏雪楼一愣。

"刘县令，还有杨义、了因、月娘子、玉姑，甚至包括谢窈娘，可能都在守护着同一个秘密。"史无名把视线投向不远处的陵墓，"虽然他们是两代人，但是却守护着同样的秘密，而这个秘密就是有关贵妃的。"

"贵妃墓还需要守护吗？"了因抬起头，有些不自然地辩驳一声，"这里没有什么秘密。"

"你明白我说的不是这个墓。"史无名低声说，"你们应该都算是她的守墓人。"

闻言了因笑了一声，神情有些恍惚，他的目光投向远方，随后点点头。

"是的，我们是她的守墓人。"

二十七

"玄宗走了之后,师兄们都偷偷跑了。随后就有人来到这里,有的是乱军,有的是盗贼,还有的是平民百姓。那时候兵荒马乱,大家要是为了活着,觉得死的是位贵妃,身上会有值钱的东西,想来求一线生机我还能理解,但有的人却是为了侮辱尸体……"

"侮辱尸体?"大家顿时惊呆了。

"我和杨义曾经赶走过许多人,也曾经……"他看了看自己的手。

"也曾经杀死过盗墓者。"史无名为他补充了后半句。

"是,贫僧永远都不会忘记。那是贵妃去后的第二天,便有人来掘墓。我当时只是个少年,身材瘦弱,我出言恫吓,那人并不害怕,拿了东西不算,还想侮辱尸体。因为他觉得自己这一辈子都没见过这么美的女人,这简直毫无人性,人死如灯灭,为何要遭受如此侮辱?当时师父还在,我们便偷袭了那个人。我们一老一小,其实也并不占上风,后来杨义也来了。他本是跟着皇帝走的,但却向皇帝请求为贵妃守几日灵,便连夜跑了回来,正好赶上这一幕,然后……"

"你们合力杀死了那个人!"

"对,就好像冥冥中的因果,那个人在躲避我们的时候,踩到了他自己带来的工具,摔倒时后脑磕在了石头上,当时就脑浆迸裂,于是他成了此地第一个祭品。"

"之后呢?"

"娘娘的尸体被那人挖出来了,我们觉得不能把她重新放回去,因为不知道还会有多少抱有同样想法的人。而且后来,安禄山的人也来过了。"

"安禄山的人也来过?"史无名闻言心头一沉。安禄山曾经占领长安,烧杀抢掠,席卷财宝后返回洛阳。马嵬这里发生了这么大的事情,而且他还曾经认贵妃为母,不管是虚情假意也好,还是为了什么别的也罢,他派人来看看贵妃的身后之处也不算奇怪。

"他也是来挖坟?"

"不。他派人祭拜了一下,还修缮了一下那个坟,坟墓的雏形其实是他们给修出来的,还给埋了点儿祭品。"

听了这些话,史无名心情有些复杂,也不知道该说什么。

"他没有动贵妃的墓,也不知道她其实已经不在墓中了?"

"没有。"了因摇摇头。

"所以是你们把她择地安葬了。"史无名试探地问。

"是的。"了因和尚抬头看了史无名和李忠卿一眼,眼中带着戒备,"至于在哪里,我们死也不会说,这是我们要带到坟墓里的秘密!"

"你放心,我们无意知道贵妃娘娘究竟葬在哪里,更不希望她被人打扰。"史无名再次向他保证。

了因闻言双手合十念了声佛。

"可是,既然你们杀死过盗墓者,那么他们的尸体又被你们埋在哪里?"宫南河忍不住问道。

了因的嘴角勾起了一个颇有意味的笑容。

"我们这座寺庙叫作镇厄寺,其实名副其实,有什么比一座佛寺更适合去镇压那些罪恶的灵魂呢?"

细品话中的深意,让人不寒而栗。

"我们在下面遇到的那些尸骨,不是当年被玄宗灭口的修墓工匠?"黄伟震惊地问。

"本来你们也应该在里面的。"了因面无表情地看了他一眼。

这么多年来,黄伟对于了因从来都不屑一顾,只有这次听了他的话,心头冒出一阵凉意,顿时什么也不敢说了。

"你继续说。"苏雪楼示意了因。

"后来肃宗收复了长安,曾经派人来这里看过一次,但没做什么就走了。再后来玄宗返回长安,其实他途中也经过这里,但是……"

"但是他没有来,掩面而过。"史无名已经知道答案,玄宗碍于肃宗的脸面,碍于不能寒护卫军士的心,他当然不能来。

"后来他受不了良心的谴责,偷偷派卫士挖开了坟,却发现里面只有当初包裹尸体的紫褥子和香囊。所以他更怕了,便让人重修了这里,又在阙楼上安置了招魂铃,想要招回贵妃的鬼魂。可笑的是后来他明知道李辅国在这里找人设置了大阵,却毫无举动,只因为他内心有愧,只因为在他心底也希望能够永远镇压贵妃的灵魂,让他自己不至于因为良心不安夜不能寐!"

史无名闻言也是嗟叹,这一字一句都让他觉得莫名悲哀。寻常人家夫妻能同患难,却不能同富贵,而皇家夫妻,能同富贵却难同患难。

"世人听来也许会觉得不可思议,贫僧与贵妃不过一面之缘,听她说过临终之词,何至于做到如此地步。可是人和人之间的缘分,岂有那么简单?她死前礼佛,贫僧给她递了香,她向我道谢,还摸了摸我的头,让我快些跑,因为叛军要来了,生怕我一个小孩子丢了性命。贫僧觉得她就像我的母亲,因为只有母亲才会这样关心孩子。然后我便亲眼看到她被勒死,因为她的离去而哭泣,因为她的境遇而悲愤,我一直无法从这些情绪中脱身,最后还为了她和贼人生死相搏，犯下了种种杀戒。贫僧果然是修行不够，不能四大皆空，不能抛弃这世间的情感，所以才会一生都为这件事所困！"

"你说得不对。"闻言史无名摇摇头，"都说出家人要断情绝爱，要无情才能入空门。这种理解其实是不正确的，出家人也要有情——对众生有情，对万物有情，才能生出对世间万物的慈悲之心。所以不要否定自己的情感，那正是生而为人最珍贵的东西！"

了因听了史无名这一番话，面上恍然，双手合十，神色变得既无悲苦也无愁怨，却是释然了。

"阿弥陀佛，官人确实比贫僧通透。贫僧杀人的罪过，无论官人怎样处置，贫僧都认罪领罚。"

"你也是太过执着了，其实你应该早日离开这里，走出这个牢笼。既然她已经不在这里，也许已经成为春花，也许已经成为秋月，也许已经成为这天地间最美好的事物，你们又何苦画地为牢呢？"

"是啊，若是能有机会，确实应该行走在天地之间，而不是困于一隅。"了因叹息一声，无限怅惘。

"我们这么做不过是为了守护自己心中的是非对错而已。"杨义脸上也露出心愿得偿的笑容，"如今属于我们的任务已经完成了，已了无牵挂。"

"杨义，我想问你一个问题，当年和你们一起安葬贵妃的宫女是张云容吗？而那个江湖女子是否就是公孙大娘？"

杨义闻言一愣，然后避开了史无名的眼神。史无名瞬间就知道自己猜对了，因此他也没有继续追问下去。

虽然了因和杨义都承认有命案在身，但这些案子需要调查理清，而且里面还涉及一些不好让人知道的皇家密辛，了因和杨义会被私下审问处置。至于黄伟等人，审判的过程便更不是史无名这个级别能参与的了。

"这座镇厄寺应该也要封了吧？"史无名站在庙门前问苏雪楼。

"无论是朝廷继续派人来这里，还是从此消弭，都不是我们能干涉的了！"苏雪楼拍了拍他的肩膀。

在衙役要给镇厄寺贴上封条时，史无名突然开了口。

"等等。"

"官人还有什么事？"衙役一愣。

史无名顿了一下说："我想给观音大士上香。"

本要被带走的了因和杨义闻言都是一愣，怔怔地看向史无名，神情莫名有些紧张。

史无名却没有看他们，而是拉了李忠卿一把。

"忠卿，你来陪我拜一拜。"

李忠卿不明所以，但史无名让他做的事情他向来都没有异议，于是他也跟着进去了。

史无名先在佛前上了香，然后转到佛像后的观音像前看了许久，最后神情严肃地上了一炷香。

"愿她舍了这世间种种，早登极乐，若有来生，不会与帝王家扯上干系。忠卿，你也上炷香。"

李忠卿虽然不解史无名的举动，但是依然很乖地按照他的话做了。

"我觉得她未必贪恋这人间香火，应该早就解脱了。"

"是啊。"史无名微微一笑，拉着李忠卿往外走去，"我们走吧。"

"你为何突然要回来上香？"李忠卿问出了自己一直想问的问题。

"佛前没有贵妃的长生牌位，但是观音前的供奉却特别好，而且观音像美丽端庄，体态丰腴，装饰华丽……"

李忠卿一愣，露出十分意外的神情。

"他们把观音大士的面目做成了贵妃的模样，日日供奉，代替了长生牌位。用自己的方式来记住她。"

"你刚刚问杨义那个宫女是不是张云容，张云容是谁？"李忠卿忍不住又问了一个困扰在他心中的问题。

"史料上记载，张云容在梨园当中极为有名，也是贵妃和玄宗最为欣赏的舞姬，十分擅长霓裳羽衣舞，贵妃还专门为她写了一首诗——'罗袖动香香不已，红蕖袅袅秋烟里。轻云岭上乍摇风，嫩柳池塘初拂水。'她和贵妃之间的感情之深厚显然可见。据说变乱时张云容被带着出逃，但最后却下落不明，不知所终。她有个贵妃给指婚的未婚夫，而那个未婚夫就姓薛。"

李忠卿目瞪口呆。

"所以我能断定谢窈娘外祖母的友人便是张云容，又或者她外祖母就是张云容！谢窈娘给我们说了个假托故人的故事！"

"如果这么想，那鱼符就是她拿来给陈亮下套的，她和林慧娘是真的想杀陈亮？"

"是啊，否则在刘东直的宴席上，月娘子不会给陈亮下曼陀罗。只是阴差阳错，天降大雨，她们没有动手就被黄伟他们抢先了。不过这样也好，她们都是好女子，没必要为摆脱一个男人脏了自己的手。"

"陈亮中的曼陀罗果然是月娘子下的。"

"是她。而我还有点儿疯狂的想法，但是现在不好说。"史无名掩上了寺门，让衙役上了封条，又看了看左右，便不再说话。李忠卿便会意地不再追问，他知道史无名总有一天会和他说明白的。

案子了结，林慧娘回转扬州，谢窈娘也要回长安。两个女人离开的时候眼神都是轻松的。海阔凭鱼跃，天高任鸟飞，前方也许有更好的未来在等着她们。

刘东直的问题也不小，但是这个胖老头似乎对于自己将要受到的处罚并不在意。他甚至说张文远身上带的墓土里的骷髅头也是他偷偷放的，等史无名问骷髅头的来历时，他只说是从乱坟岗捡到的，这么做是为了给案子加上更多神秘色彩罢了。说这话的时候，这胖老头的神情依旧像从前那么无辜且可恨。

苏雪楼接受了这个说法，但是史无名不置可否。

而月娘子依旧在这里开她的酒肆，只是在离开前，史无名又和她见了一面。

"在下还想为某些事情向月娘子寻求一个答案。"

"官人请问。"

"昔年十月十八日夜，有盗贼进入李辅国的宅邸，杀死了这位权臣，随后带着他的头颅和右臂而去。对于是谁杀了李辅国，众说纷纭。普遍的说法是遇盗，但还有一种说法就是有义士不满李辅国的所作所为，所以行刺了他。"

"官人为什么不说是代宗无法忍受李辅国的独断专权，所以派人行刺了他，然后借用江湖义士不满玄宗受欺辱的这个借口呢？"月娘子有些讥讽地回了一句。

"因为在下更想相信人间有古道热肠的侠义之士——就如同这个案子中的你和玉姑，而非只有尔虞我诈、只为一己之私的朝堂之争。"

听到史无名这个答案，月娘子脸上露出了意外的神情，但这个回答显然让她满意，于是她斟酌一下开了口。

"贵妃之死,虽然是迫于当时的形势,但是李辅国也罪责难逃。他与杨国忠是政敌,所以迫切需要剿灭杨家,而且逼迫玄宗缢死贵妃,以绝后患。"

"贵妃确实是这件事的受害者,"史无名说,"她在变乱的洪流中被裹挟而去,帝王的宠爱并不是她保命的礁石。"

"是啊,可那场变乱的受害者又岂止贵妃一人?千千万万的百姓流离失所,命若浮萍。我的祖母曾在宫中献艺,也曾深得贵妃赏识,算是有一份知遇之恩。后来祖母曾经想行刺安禄山,但是他身边侍卫重重,祖母刚刚混入被掳走的梨园子弟当中,安禄山就被自己的义子杀死了。"月娘子有些遗憾地说,"听父亲说,祖母常常扼腕叹息,没有能手刃这等祸国殃民的贼子!"

史无名闻言暗暗心惊,公孙大娘也真的是艺高人胆大,甚至还想过刺杀安禄山,虽然没有成功,但是这份心气和魄力也让人敬佩。

但史无名并没有被这些陈年往事分散过多的注意力,他依旧执着于自己的问题。

"那敢问月娘子,李辅国被刺的那一年,公孙大娘在做什么?不知道月娘子可否听先人提起过。"

月娘子看了史无名一眼,似乎不太想回答他的问题,但最终还是开了口。

"参与当年之事的人,如今已经没有在世的了。就像贵妃,伊人已去,活在世上的人能为她做的都已经做到了,只希望她能够宁静无扰地安眠,所以官人就不必再追问了。"月娘子说完这些话后,就不再开口。

"如此,在下明白了。"史无名向月娘子郑重施了一礼便告辞离开了。

二十八

半个月后，史无名和李忠卿趁着休沐的日子去了一趟泰陵。

泰陵是玄宗皇帝的陵墓，位于金粟山，由他生前亲自选址。本想好好修建，然而变乱来得太突然了，他什么都没来得及做。在他驾崩后，代宗皇帝仅仅花了一年时间便将陵寝建成。修建者以山为陵，在山腹中建造墓室，四周各种礼制建筑无一不缺，还有专门的陵户打理，和西面的贵妃墓的荒凉景象截然不同，这里气势巍峨，但萦绕不去的，却依然是孤寂悲凉之感。

他们并没有走近，只是远远地驻马望了一望。

"你一直说有个想法，是源于这里吗？"李忠卿问道，看到泰陵，他心中似乎也感慨万千，"他生前也算荣耀非常，但是死后只有元献皇后杨氏和高力士相伴。"

元献皇后杨氏是肃宗的生母，逝于开元十七年，死前的封号是贵嫔，本是葬在长安的细柳原。而在肃宗登基后，玄宗就以太上皇的名义册封她为元献皇后，后来在他驾崩后，肃宗就把她迁出与玄宗合葬。

"是啊，贵妃和玄宗也是夫妻一场……只可惜最后不能死同穴，陪在他身边的却是另外一个女人。"史无名有些感慨，"而元献皇后杨氏和贵妃同样出身弘农杨氏，同样都是苦命人。"

"我记得你说过，玄宗也曾经想过要牺牲她。"

"是的，在太平公主当权的时候，玄宗为了保全自己就想牺牲掉杨氏和她肚子里的肃宗；而当他遭遇兵变的时候，也为了保全自己选择牺牲了贵妃。这两个杨家的女人只不过一个早逝，一个晚逝，命运并没有不同。有些人看似多情，其实最为无情！而在宝应二年正月，杨氏的棺椁迁出，与玄宗合葬。"史无名看着那座陵墓喃喃地说。

"这有什么问题?"李忠卿直觉史无名要爆出什么惊天之语,不由得盯着他看。

"听闻变乱时,杨氏的墓穴曾经被叛军破坏,这件事我让你去暗中调查过,是这样吗?"

"是的。叛乱的时候,杨氏的墓被叛军破坏。当时杨家倒了,肃宗也还没当上皇帝,长安还在叛军的掌控之下,所以她的坟墓被破坏了,很久都没有人去管。后来肃宗称帝,又带兵打了回来,当地的官员才急急忙忙地去修缮坟墓,当时里面所有的随葬品都被洗劫一空,唯一庆幸的是棺椁还保存完整,当地官员不敢开棺,只是又埋了进去。好在肃宗回到长安后也没过多追究,只是再次修缮了坟墓,在移棺合葬的时候给了母亲作为皇后的最高规格的礼葬。"

史无名闻言叹息了一声:"杨氏也是个苦命的女人,活着的时候没有受多少重视,死后也是饱受波折。"

"你关注她不是为了评价这么一句吧?"

"知我者,你也。"史无名看着他笑了,"忠卿,我以下的话都只是猜测,做不得准,我这么一说,你且那么一听。"

"你说。"

"我觉得,公孙大娘她们可能暗中做了一件事。"思忖了半晌,史无名说了一句,"公孙大娘和张云容在埋葬贵妃的时候都在现场,最后贵妃的遗体失踪了,她们也隐没于这人世间。我猜她们在失踪前也许将贵妃的遗体葬入了杨氏的坟墓。"

闻言李忠卿讶异地望向史无名。

"你看当时的情况,杨氏的坟墓被叛军破坏,所有的随葬品都被搜刮走,而这种情况下,棺椁不被打开、尸体不被破坏的情况很少——毕竟棺椁里的随葬品才是最珍贵的。"

"你说得是。杨氏死得早，在战乱的时候她的尸身怕是只剩下一把白骨。而如果真的在那个时候遭到破坏，待到肃宗打回来，这把白骨恐怕都找不到了，当时可是遍地尸骸啊！"

"所以随葬品被劫掠，但是棺椁和尸身依然完好，显然不合乎常理。"

"你怀疑她们顺势把贵妃的尸体藏进了杨氏的棺椁。可是，她们怎么会知道杨氏将来会和玄宗合葬？"

"肃宗当时是太子，而且辅佐他的臣子们都野心勃勃，所以后来肃宗自行登基，将玄宗尊为了太上皇。既然已经称了皇帝，那自然要提高生母的位分，玄宗皇帝没有立过皇后，那么必定要为肃宗的生母追封，也必定会与肃宗的生母合葬。"

"对，这是正常的做法。"李忠卿点了点头。

"所以在当时的情况下，未来其实是可以预测的。她们预测了这样的未来，所以才做了这样的事。"

"那贵妃真正的长眠之地就是那里吗？他们真的'在天愿作比翼鸟，在地愿为连理枝'了？"李忠卿望着泰陵说。

"谁知道呢！"此时的史无名却不那么笃定了，他望着青天一笑，"我也只是猜测。我们永远不知道当年的那个雨夜发生了什么，也许她们只是给贵妃找了个青山绿水的地方安葬，让她得到了真正的安宁。"

"无论是什么结局，都告诉了我们一件事——她至高无上的丈夫还不如一群与她短暂相交的人有情有义。"李忠卿淡淡地说。

史无名闻言一笑，他拍拍李忠卿的肩膀。

"忠卿，这话也就是你我之间说了，若说出去可是大不敬。"他的笑容逐渐变得讥讽，"毕竟皇帝即使做错了，也是因为身边的人把他误导了，帝王能够有什么错呢？就怕千百年后，大家都会说错的是那个被缢死的女人！"

"是啊，毕竟荒淫误国这种事情完全都怪女人，一个巴掌也是拍得响的！"李忠卿也难得阴阳怪气，说完还朝天翻了个白眼。

一个人的灭亡可能可以归于外人或者外力，但是一个时代的灭亡又怎能归罪于一个人呢？如非要把商周灭亡归罪于妲己，盛世之衰归罪于贵妃，其实都毫无道理，只不过是上位者给自己扯的遮羞布罢了。

"天道不为尧存，亦不为桀亡。芸芸众生在其中不过是随波逐流罢了。把关乎历史兴衰的大事归罪于一个人身上，永远都是不公平的。"

"希望世人都像你一般想吧！"李忠卿叹息道。

"忠卿，你说如果另外一个传言是真的——贵妃没有死，而是假死脱身，那这个案子的走向会是什么？"

"贵妃没有死……可能性不大吧？"李忠卿摇摇头。

"当初她被缢死，下手的是高力士。高力士与玄宗和贵妃相伴多年，也许下手时就不忍了一些。他当时留了情，贵妃只是闭过气去，被人们草草掩埋，并未隔绝空气，因此到了晚上又缓了过来，恰巧被留下的张云容和公孙大娘救走了。如果贵妃真的逃离生天，那么了因他们留在这里只是为了守住贵妃还活在人世的秘密。"

"可是在当时的乱世当中，一个女人要怎么活下去呢？"

"是啊，所以这也只是良善之人的想象而已。"史无名微微一叹，随后，两人策马慢慢往回走去，走了不久，史无名又想起一件事来。

"张文远尸体上发现的头颅——虽然刘东直说那头颅是自己随便找的无主枯骨，但是我对那头颅的真实身份有所猜想。"

"你觉得那是李辅国的头颅——你问月娘子前尘往事的时候我就猜到了。"

史无名闻言一笑。

"知我者你也。当年李辅国被刺杀，刺客砍去了他的头颅和右臂，有一种说法是右臂被送到了泰陵祭祀玄宗，而他的头颅一直不知所踪。用右臂到泰陵祭祀是因为李辅国当年欺辱了玄宗，那么头颅被送到了哪里呢？很可能就是马嵬——李辅国在逼死贵妃一事上脱不开干系，因此他的首级被带来祭祀贵妃。"

"有些道理，但那只是个骷髅头而已，你为什么会确定它是李辅国的？"

"那头颅的骨相非常奇怪，刘仵作说过，这人活着的话一定长得奇丑无比，从前人的记载看，李辅国长相就是如此。"

李忠卿闻言笑了笑。

"岁月已久，这些事情的真相如何其实已经不重要了。不论是那边的青冢孤坟，还是这里的巍峨陵寝；无论他们生前如何荣华，死后都同样落寞，最后都变成了世人的一点谈资，而每个人也都终将被岁月遗忘。所以，无名，人生在世最重要的就是珍惜眼前人，让有生之年不留遗憾，因为世间并没有那么多来日方长。"

图书在版编目（CIP）数据

长安异闻录 . 2 / 远宁著 . -- 北京：新星出版社，
2024. 11. -- ISBN 978-7-5133-5778-4

Ⅰ . I247.5

中国国家版本馆 CIP 数据核字第 2024JR6421 号

午夜文库
谢刚 主持

长安异闻录 2
远宁 著

责任编辑　刘　琦　　　　**责任校对**　刘　义
责任印制　李珊珊　　　　**装帧设计**　冷暖儿
封面绘制　KEN

出 版 人　马汝军
出版发行　新星出版社
　　　　　　（北京市西城区车公庄大街丙 3 号楼 8001　100044）
网　　址　www.newstarpress.com
法律顾问　北京市岳成律师事务所
印　　刷　北京天恒嘉业印刷有限公司
开　　本　910mm×1230mm　1/32
印　　张　10.75
字　　数　185 千字
版　　次　2024 年 11 月第 1 版　　2024 年 11 月第 1 次印刷
书　　号　ISBN 978-7-5133-5778-4
定　　价　52.00 元

版权专有，侵权必究。如有印装错误，请与出版社联系。
总机：010-88310888　　传真：010-65270449　　销售中心：010-88310811